Littérature d'Amérique

Collection dirigée par
Isabelle Longpré

De la même auteure

Jeunesse

SÉRIE ROBIN SYLVESTRE

Robin Sylvestre 2 – La Petite Serre des horreurs, coll. Gulliver, Éditions Québec Amérique, 2011.

Robin Sylvestre 1 – Livreur express, coll. Gulliver, Éditions Québec Amérique, 2010.

SÉRIE L'ARCHIPEL DES RÊVES

Où es-tu, Aurélie…, coll. Ado, La courte échelle, 2009.

Aurélie et la mémoire perdue, coll. Ado, La courte échelle, 2007.

Aurélie et l'île de Zachary, coll. Ado, La courte échelle, 2005, réédition 2007.

L'île d'Aurélie, coll. Ado, La courte échelle, 2004, réédition 2007.

Zeckie Zan, coll. Ado, La courte échelle, 2007.

La Chatière

Catalogage avant publication de Bibliothèque et Archives nationales du Québec et Bibliothèque et Archives Canada

Drouin, Véronique
La chatière
(Littérature d'Amérique)
ISBN 978-2-7644-1298-5
I. Titre. II. Collection: Collection Littérature d'Amérique.
PS8607.R68C42 2011 C843'.6 C2011-940910-0
PS9607.R68C42 2011

Conseil des Arts du Canada · Canada Council for the Arts · SODEC Québec

Nous reconnaissons l'aide financière du gouvernement du Canada par l'entremise du Fonds du livre du Canada pour nos activités d'édition.

Gouvernement du Québec – Programme de crédit d'impôt pour l'édition de livres – Gestion SODEC.

Les Éditions Québec Amérique bénéficient du programme de subvention globale du Conseil des Arts du Canada. Elles tiennent également à remercier la SODEC pour son appui financier.

Québec Amérique
329, rue de la Commune Ouest, 3e étage
Montréal (Québec) Canada H2Y 2E1
Téléphone: 514 499-3000, télécopieur: 514 499-3010

Dépôt légal: 3e trimestre 2011
Bibliothèque nationale du Québec
Bibliothèque nationale du Canada

Projet dirigé par Isabelle Longpré
en collaboration avec Anne-Marie Fortin
Mise en pages: Karine Raymond
Révision linguistique: Annie Pronovost et Chantale Landry
Conception graphique originale: Isabelle Lépine
Adaptation de la grille graphique: Célia Provencher-Galarneau
Illustration en couverture: Céline Sirois

www.quebec-amerique.com

Imprimé au Canada

Véronique Drouin

La Chatière

roman

Québec Amérique

Parce qu'il y a des dépendances
dont on ne guérit pas et des relations
dont on ne se remet jamais.

Prologue

La voiture s'arrêta près d'une croisée de chemins, en crissant sur le gravier qui bordait la route.

Un nuage de poussière monta en spirales du sol, bloquant momentanément la vue avant de se dissiper. La portière du passager s'ouvrit et un homme émergea du véhicule. Sans enthousiasme, il s'avança de quelques pas le long du chemin qui menait à l'agglomération visible un kilomètre plus loin.

Justin soupira. Une moue dédaigneuse se dessina sur ses lèvres et il tendit les doigts vers la poche de son manteau. Il posa une cigarette à la commissure de ses lèvres puis fit craquer une allumette. À l'abri derrière sa paume, il protégea la flamme fragile de la brise tandis que le tabac rougeoyait. D'un geste négligent, il rejeta ensuite l'allumette dans le fossé.

Ses yeux gris balayèrent le paysage. Il examina avec mépris le village qui s'étalait à ses pieds. Les commerces aux façades désuètes qui s'agglutinaient le long de la route principale, les maisons vieillottes sans personnalité et le clocher d'église qui pointait au milieu de ce foutoir déprimant.

Il ne pouvait se faire à l'idée qu'il était revenu. Pourtant, il le devait. Il n'avait pas le choix. S'il voulait repartir à neuf, c'était ici que son périple débutait.

En arrière de lui, le conducteur sortit de l'automobile.

— C'est ben icitte ?

— Ouais.

Le conducteur ouvrit la coffre arrière et en tira un sac de voyage qu'il déposa à côté de son passager.

— Ils vont être ben contents de t'accueillir. Après tout ce qu'ils t'ont fait, c'est la moindre des choses, compatit le conducteur en posant une patte réconfortante sur son épaule.

— C'est ça, lâcha Justin en se dégageant.

Il était parvenu à destination, il n'en avait plus rien à cirer des conseils de ce gros colon – il ne se rappelait déjà plus son nom. Alcide ou Aristide ou un autre trésor de l'Antiquité. Il venait de passer deux heures à se faire abrutir des anecdotes banales de ce morse suintant qui sentait le camphre et les cigares bon marché. Au moins, il avait réussi à l'amadouer pour qu'il effectue un détour jusqu'ici.

Le conducteur dut le trouver peu amène, car après un moment, il tourna les talons et s'engouffra dans son véhicule.

— Bonne chance, en tout cas, lança-t-il, s'efforçant sans doute de comprendre le mutisme soudain de son passager.

Celui-ci agita brièvement la main en espérant que son *lift* dégagerait au plus vite. La voiture vrombit alors et s'engagea sur la route transversale.

Justin n'y jeta pas un second coup d'œil. Il empoigna son bagage et marcha le long du ruban de bitume crevassé qui descendait vers la bourgade en contrebas. Le vent lui fouettait le visage comme pour le repousser au loin, l'empêcher d'avancer. Il brava les bourrasques, le corps ployé en avant, déterminé à affronter ce qui se présentait devant lui. Étrangement, dans ce souffle soutenu, il était presque certain d'avoir perçu un miaulement strident.

1

Le chat sort du sac

Lucie s'appuya sur le comptoir. La ruée matinale était terminée. Les clients, tous servis, étaient attablés à leurs places respectives. Toujours les mêmes, aux mêmes endroits. Étrangement. Jour après jour. Semaine après semaine. Les mêmes plats, aussi. Chacun était désormais associé à un chiffre du menu.

Numéro douze, le spécial Élisabeth Lafrenière, présentait un éventail de fruits, un bol de yogourt parsemé de céréales et un thé Earl Grey longuement infusé. La jeune femme, journaliste au quotidien local, s'asseyait à la première banquette près de la porte, lisait un peu et notait ses idées dans un carnet écorné tout en remuant son thé. Entre ses doigts aux ongles rongés, la cuillère effectuait une valse calculée; deux tours et demi à droite, deux tours et demi à gauche, avec le son irritant du métal grattant la porcelaine. Puis elle retirait la pochette et déposait son ustensile dans la soucoupe avec un tintement.

Numéro trois, le spécial Francis Carpentier, consistait en deux œufs, fruits et rôties, avec un café très noir. Lui, qui travaillait pour l'entreprise de rénovation familiale, prenait place au deuxième tabouret. Il feuilletait toujours un des journaux qui traînaient devant lui et retournait la visière de sa casquette vers l'arrière avant d'entamer son déjeuner. Et malgré ses épaules larges et ses mains calleuses, ses gestes étaient empreints de retenue, comme s'il craignait de casser quelque chose.

Le numéro six, le spécial Henri Dupont, contenait deux œufs, bacon, fèves au lard, patates rissolées et rôties en plus d'un café dilué de deux laits et deux sucres. Lucie trouvait que le régime de l'inspecteur de police n'aidait pas à maîtriser son embonpoint ou son taux de cholestérol. De plus, il engouffrait son repas à une vitesse record. Il finissait en essuyant sa lèvre supérieure bordée d'une moustache touffue, repliant trois fois la serviette de papier avant de la chiffonner dans l'assiette vide.

Auparavant, il y avait aussi le numéro neuf, le spécial Maggie Leduc, ou les crêpes aux fraises et au sirop d'érable. Hélas, la vieille dame n'avait pas mis les pieds au restaurant depuis des mois.

On ne pouvait oublier la table du coin, aux éclats de rire bruyants, qui rassemblait les gars de l'usine de meubles Boisvert. Eux prenaient sans exception le numéro quatre: deux œufs, bacon, rôties.

Les clients ne lui donnaient même plus leur commande. Dès qu'ils entraient, Lucie la dictait de mémoire à son fils Gabriel qui travaillait à la cuisine le matin.

Lucie s'inclina en avant et sourit. Elle aimait bien analyser ces personnages qu'elle avait parfois l'impression d'avoir façonnés elle-même. Les héros d'un téléroman qui se déroulait sous ses yeux. Cette routine stagnante, ce rituel affecté que plusieurs s'imposaient. Elle tentait de décoder leurs mouvements machinaux. Dans le cas de certains, elle soupçonnait un besoin de sécurité, une habitude qui rappelait l'effet de ces vieilles pantoufles usées qu'on enfile en arrivant à la maison après une journée éprouvante. On ne les remplace pas, leur confort devient notre bouée de sauvetage.

Bien que la plupart des clients soient des habitués, il y avait aussi des gens de passage, des camionneurs ou des vagabonds, qui empruntaient la route traversant le village. Car Lucie avait bonne réputation : elle ne prenait que les œufs d'une ferme de poules en liberté avec un jaune plus gros et plus goûteux, ne servait que du jus d'orange frais pressé ainsi que de la confiture maison puis n'utilisait que du vrai sirop de la Beauce. Tous les plats étaient préparés sur place. Son resto ne représentait qu'un minuscule commerce de moins de vingt-cinq places, pourtant il faisait sa fierté.

— Bye, m'man ! s'écria Gabriel en troquant son tablier contre son manteau.

— Bye, Gab. Oublie pas ton rendez-vous chez le dentiste après l'école.

— Je le sais, je le sais ! s'exaspéra-t-il en sortant.

Lucie soupira. Ce matin, la fatigue minait son habituelle bonne humeur. C'était ce temps du mois qui lui faisait regretter d'avoir arrêté de fumer. Qu'est-ce qu'elle aurait donné pour s'allumer une cigarette et en aspirer une longue bouffée ! Mais elle n'avait pas eu le choix de mettre fin à cette délicieuse accoutumance : ça devenait un peu compliqué de servir les clients et d'aller s'en griller une à l'extérieur.

Le souffle printanier la stressait ; elle se sentait tendue. Il y avait quelque chose dans l'air.

Elle resserra son chignon, dont plusieurs boucles s'échappèrent, et frotta sa nuque d'une main lasse. Elle fut tirée de sa torpeur lorsqu'une dépanneuse bien familière se stationna en face du restaurant. Les sourcils froncés, elle se redressa.

Le conducteur, son ex-mari, posa un baiser sur le front d'une adolescente blonde qui surgit du véhicule avec un salut enjoué. Puis il se détourna vivement et démarra, sans un regard vers le commerce.

Lucie croisa les bras. Jacques la fuyait encore. Ça faisait onze ans et il se défilait toujours. Ce n'était pourtant pas facile de s'éviter dans une si petite paroisse. Tout le village connaissait leur histoire. Ils ne pouvaient faire autrement que de se rencontrer, même s'ils tentaient de dévier leur chemin, les yeux dans le vide, pour esquiver le regard de l'autre.

Lucie aurait préféré qu'il ne l'ignore pas. Mais après tout, peut-être lui avait-elle fait trop mal pour qu'il lui adresse de nouveau la parole.

La jeune fille du camion entra en coup de vent et s'exclama :

— Salut, m'man !

Elle se jucha sur un banc face à Lucie tandis que celle-ci se penchait pour ramasser un livret sous le comptoir.

— Comment as-tu fait pour oublier ton cahier de français chez nous ? T'es pas à tes affaires, Rosalie !

— Oh, ça va, m'man. Est-ce que je pourrais avoir des toasts, s'il te plaît ? J'ai pas déjeuné…

— Quoi ? Ton père a même pas pris le temps de te faire manger avant de partir ? s'indigna Lucie en déposant deux tranches dans le grille-pain.

Rosalie brandit ses mains ouvertes dans le but de l'apaiser.

— Panique pas ! Y avait juste plus de lait pour les céréales et en plus, papa était pressé.

— Pourquoi ?

— Je sais pas ce qu'il a, ces temps-ci. Il passe une phase… J'ai l'impression qu'il file pas trop fort, raconta-t-elle en nappant de confitures les rôties qui venaient de lui être servies.

— Qu'est-ce que c'est ? Sa santé ?

— Nah ! Je pense pas… D'après moi, ça se passe plutôt entre ses deux oreilles, répondit Rosalie, enfournant ses rôties.

— Rosalie, dis pas ça de ton père.

— Je te suis pas, m'man : une minute tu te fâches contre lui et la minute d'après, tu le défends. De toute façon, tu le sais pas, tu vis plus avec lui… Moi, oui !

« Touché ! » songea Lucie, les lèvres pincées, forcée d'admettre que sa fille avait raison. Elle essuya distraitement la surface laminée et replaça les menus entre les salières et les poivrières, face à leurs tabourets respectifs. Puis elle consulta sa montre.

— Vite, Rosalie ! Tu vas être en retard à l'école ! Ton frère est déjà parti depuis dix minutes.

La jeune fille s'inclina par-dessus le comptoir, embrassa sa mère sur la joue et repartit aussi promptement qu'elle était arrivée.

— Bye, m'man ! lâcha Rosalie par-dessus son épaule avant de sortir.

De biais à Lucie, Francis referma le journal tout en frottant son pouce et son index au-dessus de son assiette pour détacher les miettes de pain qui s'y collaient.

— Josiane va bien ? s'enquit Lucie.

— Oui, toujours…

— Sur quoi tu travailles en ce moment ?

— Maggie se fait construire une véranda.

— Ah ? Pourtant, sa maison est immense et elle est toute seule…

— Elle dit que sa collection d'orchidées manque de lumière. Et que ses chats ont pas assez de place, répondit-il avec un demi-sourire.

— La Ville a donné un permis pour ça ? Je veux dire, sa maison est centenaire, me semble.

Francis haussa les épaules.

— Eh oui. C'est quand même un beau projet. Et ça va me tenir occupé pendant un bout. À demain ! lança-t-il en se levant de son tabouret.

Avant de sortir, il s'arrêta à la table d'Élisabeth.

— Bon article, Élie.

La jeune femme sursauta et leva les yeux de son calepin, sa bouche tordue d'un sourire nerveux.

— Euh… Merci. Tu penses pas que j'y suis allée trop fort ?

— Non. Tu dis tout haut ce que ben du monde pense tout bas.

— En tout cas, je me ferai pas d'amis avec ça...

— T'as mon appui. C'est une situation qui mérite d'être dénoncée depuis longtemps. Bon, ben... Bonne journée! la salua-t-il en passant le pas de la porte, la démarche claudicante.

Pensive, Élisabeth garda ses yeux noirs fixés au battant un instant. Elle lorgna ensuite le groupe de la table du fond et se mordit la lèvre. La bande à Phil. Ils ne devaient pas encore être au courant. Et ils ne seraient pas très contents une fois mis au parfum.

Elle reporta son attention vers la rue principale, le visage appuyé au creux de la paume, l'esprit loin. De l'autre main, elle jouait avec sa serviette de papier, la triturait, la déchirait. Son regard balaya l'avenue, les façades des magasins, les vitrines, les voitures stationnées à la queue leu leu, et détailla un homme qui déambulait du côté opposé de la rue.

Préoccupée, elle s'attarda un instant, l'œil morne. L'image de cette silhouette se fraya un chemin jusqu'à son cerveau et elle plissa les paupières pour s'assurer qu'elle se trompait.

Sa vue lui jouait des tours. Elle espérait en être remise, avoir tourné la page; il semblait que non. L'individu approcha. Le focus se fit. Son expression se figea. Ses doigts se crispèrent sur la serviette de table qu'elle torturait.

Non! Sa tête ne se foutait pas d'elle!

Élisabeth rangea d'une main fébrile son calepin dans son sac, s'élança vers la porte, revint lancer un billet et quelques pièces à sa table et se dirigea de nouveau vers la sortie. Debout dans le vestibule, elle observa l'homme, interloquée, le souffle coupé. Même s'il lui tournait le dos, elle reconnaissait chaque parcelle de lui. La taille moyenne, les cheveux bruns, les longs doigts sensuels. Elle devinait aussi son regard gris sous ses paupières mi-closes et son sourire moqueur.

La main sur la bouche, Élisabeth quitta le restaurant et détala dans la direction opposée.

Au resto, Lucie avait remarqué la réaction soudaine de la jeune femme et s'avança vers la fenêtre pour découvrir ce qui avait provoqué ce tumulte. L'individu qui foulait le trottoir d'en face ne lui était pas étranger non plus.

— As-tu vu ça, Lucie ? Justin est en ville, constata Henri, l'inspecteur de police, tasse de café en main.

Lucie sourcilla. Justin. Justin Leduc. Il avait vieilli un peu, était devenu un homme. Mais l'essentiel n'avait pas changé. Pourquoi était-il revenu ?

Elle retourna derrière le comptoir et continua à le frotter, cette fois avec plus de vigueur que nécessaire. Elle souffla. Peut-être que ce n'était pas le bon moment pour arrêter de fumer.

~

— C'est un méchant gros projet, constata Rémi en feuilletant les plans.

— Ça va nous changer des jobines.

Malgré ces paroles, les grands yeux marron de Francis brillaient d'un reflet sombre.

— *Shit, man* ! On a jamais entrepris quelque chose de même ! C'est pas comme de la petite rénovation intérieure. En plus, la finition sera pas évidente si on veut que ça s'harmonise avec le reste de la maison. Ça prendrait des artisans, pas des charpentiers comme nous !

Rémi marqua une pause.

— C'est ton père qui nous a embarqués là-dedans?

— C'est lui le *boss*. Il a soumissionné et il a eu la job. Nous, on exécute.

— Mouais, lâcha Rémi d'un ton peu convaincu.

— De toute façon, il va falloir se faire la main. Prendre ce qui passe si on veut survivre au ralentissement économique. Les contrats pleuvent pas dans la région, ces temps-ci.

Rémi déroula le mètre à ruban, piétinant la rocaille qui disparaîtrait bientôt sous la nouvelle véranda de Maggie Leduc. À l'extrémité, Francis enfonça un pieu dans le sol à l'aide d'une masse. Rémi le regarda un instant, bras croisés.

— Qu'est-ce qu'il y a?

— Quoi? s'enquit Francis. Il y a rien...

— Ça va-tu, avec Josiane?

— Oui, ça va avec Josiane, rétorqua-t-il, irrité. Qu'est-ce que vous avez tous ce matin à être sur mon dos? Tout va bien, la vie est belle, point à la ligne. Ok?

— *Man*, je te connais assez pour savoir quand il y a quelque chose qui te fatigue: tu parles encore moins que d'habitude...

— C'est toi qui me fatigues, Poirier! Sacre-moi donc patience.

Tandis que son collègue lui tournait le dos, Rémi empoigna un des amas de neige granuleuse qui subsistait en ce début d'avril et en fit une boule. La balle éclata dans la chevelure claire de Francis, qui laissa échapper un chapelet de jurons.

— Ostie! T'es-tu donné pour mandat de me faire chier aujourd'hui?

— Dépompe un peu, le grand, répliqua Rémi, hilare.

D'une chatière découpée au bas de la porte jaune ornementée, un chat tigré s'échappa. Il traversa le jardin en quelques bonds, frôla brièvement la jambe de Rémi qui s'était assis sur le coffre à outils et courut rejoindre Francis. Il essaya d'attirer l'attention de l'homme en tournoyant autour de ses mollets mais, constatant son insuccès, il affûta ses griffes sur le bas de son pantalon en ronronnant fort. D'abord agacé, Francis se laissa charmer et récompensa l'animal d'une caresse sous le menton. Le chat lécha affectueusement la main tendue et se retrouva juché sur l'épaule de Francis.

— Je vois que Stanislas t'a adopté, s'exclama Marguerite Leduc en sortant à son tour. Il a toujours su reconnaître les bons cœurs.

Rémi releva l'expression en roulant les yeux au ciel.

— C'est mutuel, affirma Francis, secouant ses cheveux afin de les débarrasser des cristaux de glace qui s'y accrochaient encore.

L'excentrique septuagénaire déposa un plateau garni d'une théière, de tasses, d'un sucrier, d'un gobelet de lait et de petits sablés sur une table de granit, à côté des plans enroulés. Comme toujours, elle était vêtue de violet de pied en cap ; elle avait aussi pris soin de nouer un fichu sur sa chevelure blanche. Maggie était coquette, pourtant ses tenues extravagantes ne parvenaient pas à cacher qu'elle avait encore perdu du poids.

— Stanislas a un excellent sixième sens ! déclara Maggie. C'est lui qui m'a avertie lorsqu'on a tenté d'entrer par effraction dans la maison, il y a deux mois. Mais c'est Jupiter et Artémisia qui ont chassé le voleur !

— Comment ils ont fait ça ? s'enquit Rémi, sans cacher son scepticisme.

— Tu lis pas le journal ? demanda à son tour Francis avec un demi-sourire. C'était à la une du *Messager* il y a un mois.

— Ah oui ? J'ai dû le manquer…

Maggie sourit, tendre et fière.

— Ma petite meute est très territoriale.

Après avoir préparé le thé selon les règles de l'art, elle tendit une tasse à chacun des ouvriers. Devant l'odeur de bergamote, Rémi hésita puis y trempa les lèvres, résigné. Agréablement surpris, il sourit.

— *Man* ! Ça, c'est le meilleur thé que j'ai bu…

— J'ai été mariée à un importateur pendant trente-deux ans, j'ai donc développé mon goût : j'ai maintenant le palais très fin et je ne bois que ce qu'il y a de mieux, expliqua-t-elle avec un clin d'œil.

— En passant, où est Jupiter ? Je l'aime ben, celui-là, il joue tout le temps ! demanda Rémi.

— Il est indisposé aujourd'hui. Il a encore mangé quelque chose de louche. Pauvre petit, il se prend pour une balayeuse. Il est trop curieux et pourtant il a l'estomac si fragile…

La dame parlait de ses chats comme s'il s'agissait de ses enfants. Elle en avait dix-huit et connaissait leurs manies, leurs qualités, leurs défauts… et leurs faiblesses, rien ne lui échappait.

Elle se recula vers le centre du terrain pour avoir une vue d'ensemble de sa maison. De style victorien, c'était la plus belle résidence du village.

— Alors, est-ce que mon projet vous emballe ? demanda-t-elle.

— Pour un défi, c'est un défi, maugréa Rémi à mi-voix.

Francis lui jeta un regard de reproche et rassura Maggie.

— C'est plus compliqué que quand on a rénové la pièce du grenier. Et ça va prendre assurément plus de temps. Mais je pense que vous allez pouvoir en profiter avant la fin du mois de juin.

— Bien! s'enthousiasma-t-elle. J'aurai peut-être même le temps de refaire un arrangement paysager.

À l'intérieur de la maison, la sonnette retentit. Deux fois, avec insistance.

Maggie sourcilla, surprise, puis s'excusa auprès de Rémi et de Francis avant de s'engouffrer dans la demeure. D'un pas incertain, elle parcourut la cuisine et le hall. Elle sursauta lorsque le carillon résonna de nouveau. Sur le seuil du vestibule, elle plissa les paupières afin de distinguer la silhouette qui se dessinait derrière le vitrail coloré de la porte d'entrée. Un homme.

Sa mésaventure avec le cambrioleur un mois auparavant l'avait laissée méfiante.

Ses chats se pressaient contre ses chevilles, battant de la queue avec impatience. Ils semblaient calmes. Il n'y avait qu'Artémisia qui grognait, mais la chatte sifflait devant tous les étrangers.

Maggie pivota à demi. Peut-être devrait-elle envoyer un des ouvriers répondre. Ah, et puis elle était ridicule. Personne ne l'attaquerait en plein jour.

Elle tourna le verrou et ouvrit. Doucement. Craintive.

Le visiteur ne s'avança pas. Il demeura en retrait à guetter sa réaction.

En découvrant les traits de l'individu face à elle, Maggie porta les mains tremblantes à son visage. Ses lèvres frémirent sans qu'aucune parole ne puisse les franchir. L'homme soutint son regard embué sans broncher.

— Maggie, susurra-t-il simplement.

La vague d'émotion passée, la dame posa les paumes sur son cœur. Quelques larmes cristallines roulèrent le long de ses joues flétries. Le souffle coupé, elle murmura :

— Justin…

Elle écarta les bras et accueillit l'homme avec un soupir de soulagement, se vautrant dans son odeur, se pressant contre lui avec force afin de s'assurer qu'il était bien là. Il lui rendit son étreinte avec autant de vigueur, enlaçant les épaules décharnées qui pointaient sous la veste de la vieille femme.

Maggie se recula et examina Justin, les yeux brillants de fascination. Il n'était plus un garçon, ni un adolescent, il était devenu un homme ; son visage s'était défini, façonné. Quelques plis le creusaient, sculptés par une vie mouvementée. Elle tendit les doigts vers sa joue, qu'elle caressa. Il était beau, il l'avait toujours été. Mais il avait l'air si fatigué. À ce contact, il ferma les paupières, réconforté.

Elle remarqua alors qu'un volumineux sac de sport était posé sur le porche près de lui. Il était bel et bien revenu. Maggie s'efforça de sourire.

— Où sont mes manières ? Entre ! Entre, mon garçon ! l'invita-t-elle en retirant le carré de soie qui couvrait ses cheveux.

Elle s'effaça derrière le battant, lui libérant le passage vers le hall. Là, cependant, se dressait une barrière de félins curieux qui fixaient le visiteur. Roulée en boule dans l'escalier, le dos rond et les pupilles dilatées, Artémisia crachait de rage.

— Artémisia, méchante fille ! lui reprocha Maggie. Allez, dehors !

La mine renfrognée, la chatte noire tachetée de caramel disparut vers le fond de la maison, rampant à même le sol, à l'affût. Maggie ricana nerveusement.

— Ne fais pas attention à Artémisia, elle souffre d'insécurité. Elle a de la difficulté à supporter les étrangers.

Justin attrapa son fourre-tout et pénétra dans la maison qui avait abrité son adolescence. Le menton levé, il admira le hall avec son plafond haut, sa tapisserie chargée de fleurs aux couleurs chaudes, les meubles de bois de rose jonchés de bibelots de porcelaine et les carpettes aux motifs orientaux qui se superposaient sur le plancher de chêne huilé. Et ce parfum. Des épices en abondance, de la cardamome, de la lavande, de la bergamote et, surtout, du thé. Cet arôme qui embaumait chaque recoin de la demeure, ce vulnéraire de l'âme.

Rien n'avait changé. Tout était intact, tel que dans son souvenir. Le temps semblait s'être arrêté ici comme dans ces boules enneigées aux décors utopiques.

Il inspira, rasséréné. Il était parvenu à son havre.

Par contre, lorsqu'il baissa le regard, Justin fit face à une douzaine de paires d'yeux chatoyants qui le scrutaient toujours sans gêne. C'était la seule chose qui différait dans ce cadre impeccable.

— C'est quoi ça, Maggie ? demanda-t-il, oscillant entre le dépit et l'intimidation.

— C'est ma petite famille, gloussa-t-elle, hors d'haleine en sentant un reflux d'émotion l'envahir.

Elle n'était pas elle-même. Elle qui avait habituellement de la répartie ne savait comment réagir. Maggie loucha de nouveau vers le sac de voyage de Justin. Elle ne pouvait pas lui demander combien de temps il désirait rester sans le froisser.

— Tu veux t'asseoir, tu veux quelque chose à manger, à boire ?

— Oui... souffla-t-il, distrait par la ménagerie à ses pieds. En fait, pour l'instant, Maggie, je prendrais une bonne douche. J'ai fait du pouce toute la nuit et j'ai envie de me laver. Après, on boira un thé, conclut-il avec un sourire bienveillant.

Il se pencha et posa un baiser sur la joue de sa tante, puis commença à gravir le long escalier circulaire qui menait à l'étage. Certains chats inquisiteurs le suivirent.

C'est avec une étrange impression de déjà-vu que Maggie s'appuya à la rampe pour l'observer, encore abasourdie par son apparition.

— Rien n'a changé. Tu devrais trouver ce dont tu as besoin sans problème. Ta chambre aussi est telle que tu l'as laissée, ajouta-t-elle.

Justin lui jeta un sourire par-dessus son épaule avant de se perdre dans la pénombre de l'étage. Maggie lui rendit son sourire sans parvenir à effacer ce pli d'anxiété qui barrait son front.

~

Sa chambre était effectivement telle qu'il l'avait laissée neuf ans auparavant. Il posa son sac et s'affala sur le lit recouvert d'une housse de denim bleu.

Étendu en étoile, il balaya du regard les murs couverts d'affiches. Adolescent, il avait voulu cacher la tapisserie ornée de fers et de chevaux qu'il jugeait trop kitsch. Au fil des années, les cloisons avaient connu toutes les modes. Le quatuor de Clockwork Orange, Scarface, Reservoir Dogs. Et il y avait son vieux poster de The Cure. Il se rappelait être allé voir un concert du groupe en ville. À cette époque, il était tombé amoureux de la métropole. Il avait alors su qu'il ne se contenterait jamais de rester dans cette bourgade éloignée ; l'effervescence citadine lui manquerait trop. Le rythme effréné de la ville battait dans ses veines.

Malgré cela, il avait été contraint de revenir dans ce village qu'il méprisait.

Il soupira. D'un bond, il se précipita vers la salle de bains pour laver non seulement la poussière accumulée durant le voyage, mais aussi ces amers regrets qui lui pesaient sur l'échine.

~

Maggie posa la bouilloire sur la corolle de flammes bleues qui vacillaient sur le poêle. Songeuse, elle leva le menton vers un point indéfini au-dessus d'elle.

Il était là. Elle n'en revenait pas. C'était lui qui prenait sa douche et qui faisait du bruit à l'étage. Personne d'autre qu'elle n'avait habité dans cette maison depuis neuf ans. À part les chats.

Son cœur balançait entre la joie et une autre émotion qu'elle avait de la difficulté à saisir. Ou à s'avouer.

Il refaisait surface après des années d'absence, sans avertissement, sans explication. Sans cérémonie. C'était bien son genre. Elle l'avait élevé, elle le connaissait.

Elle savait aussi qu'il ne répondrait à aucune de ses questions. Qu'il se livrerait au compte-goutte et omettrait l'essentiel. Il avait toujours eu besoin d'espace et de liberté. Peut-être plus qu'un autre.

Oh! comme elle s'était trouvée impuissante face à ses comportements excessifs! Comme elle s'était sentie incapable d'être une mère, une tutrice apte à imposer une discipline. D'avoir l'instinct d'aimer comme il faut, d'être forte et persévérante face à son enfant. Même lorsqu'il perdait les pédales. Mais voilà. Parfois elle admettait que le bon Dieu avait eu raison de ne pas lui en avoir donné un à elle, de l'avoir gardée stérile.

Elle avait cru que la solution était de lui accorder l'amour et l'attention qui lui avait cruellement fait défaut. Ce n'était pas assez.

D'un autre côté, sa maison lui était toujours ouverte. Ça, elle en avait fait le serment le jour où elle l'avait adopté. Hélas, pouvait-elle oublier ses frasques? Ses bévues, ses inconduites, les angoisses et les tumultes qu'il avait provoqués?

Le sifflement de la bouilloire la tira de ses songes.

Maggie rinça deux fois la théière à l'eau bouillante afin de la réchauffer. Elle se demanda quel thé servir à Justin; jadis, il détestait tous les breuvages chauds. Ça le rebutait. Comme une forme de révolte contre elle. Elle se dit, pleine de regrets, qu'il y avait tant de choses qu'elle ignorait encore de lui.

Dans une armoire où étaient classés des pots de feuilles de toutes provenances, elle choisit un thé blanc fin. C'était le meilleur, ses bourgeons étaient récoltés à la main deux jours par an. Elle saupoudra deux petites cuillères d'aiguilles d'argent dans la théière et, après avoir vérifié la température de l'eau, inonda les feuilles qui se gonflèrent et exhalèrent des vapeurs parfumées.

Après tout, elle se réjouissait que Justin soit sain et sauf. Elle avait longtemps redouté de recevoir un appel fatidique lui annonçant une mauvaise nouvelle, alors elle devait apprécier sa visite. Et s'il avait changé ? Un psychologue lui avait déjà expliqué que passé trente ans il pourrait s'apaiser, s'assagir. Dans ce cas, elle n'aurait pas le choix de lui accorder l'amnistie.

Assise à la table de la salle à manger, bercée par les tic-tac de l'horloge, Maggie fixait d'un œil lointain le plateau couvert de carreaux de porcelaine de Delft, les tasses aux anses dorées, les serviettes de lin disposées avec soin.

Le deuil avait été long et la stabilité, durement acquise.

La sérénité face à l'inévitable commençait seulement à s'installer.

Elle scruta ses mains noueuses, parcourues de veines violacées et peintes de taches de son.

Avait-elle encore l'énergie ?

Distraite, elle déplaça les ustensiles dans les soucoupes et roula les serviettes en éventail. Elle consulta sa montre : 10 h 12. Elle se leva et décida de préparer un sandwich pour Justin au cas où il aurait une fringale.

Devant le réfrigérateur, elle creusa sa mémoire et tenta de se remémorer ce qu'il aimait. Elle tartina deux tranches de pain de beurre et de moutarde de Dijon. En humant le jambon de Parme, Charlotte et Bartélémy arrivèrent en trombe avec des miaulements rauques.

— Non, mes petits, ce n'est pas pour vous, c'est pour…

En prononçant ces mots, une nouvelle bouffée d'émotion monta en elle. Elle prit appui sur le comptoir. La moutarde se détacha du couteau qu'elle serrait dans son poing, pour s'écraser sur le sol, formant un soleil auréolé de stries jaunes. Déconcertée, Maggie s'essuya le nez et les yeux du revers de la manche. Elle ne voulait pas que Justin la trouve dans cet état.

Elle inspira afin de se donner une contenance puis compléta le sandwich et le coupa en quatre parts triangulaires.

Quand Justin redescendit, frais et changé, Maggie l'accueillit avec un sourire qu'elle voulut doux et sincère. Tel que prévu, il ne parla pas de lui et se contenta de lui demander des nouvelles d'elle et des habitants du village.

Maggie le vit avec désarroi repousser sa tasse de thé à peine entamée. Par contre, il dévora son sandwich avec appétit.

~

Tandis que Rémi délimitait l'espace qu'allait occuper la future véranda en entourant les pieux de ficelles jaunes, Francis s'appliquait à enfoncer le dernier piquet, projetant le poids de la masse par-dessus son épaule. Plus loin, dans un carré de lumière qui réchauffait la pelouse encore tendre, Stanislas présentait son abdomen au ciel alors que la revêche Artémisia était tapie sous un buisson, surveillant la scène de ses yeux ambrés.

— Ok, admettons que c'est vrai, concéda Rémi.

— Moi, j'ai trouvé que l'article était pertinent. Élisabeth a eu raison de briser le silence, jugea Francis.

— N'empêche que cette fille est une vraie folle. Savais-tu qu'elle est déjà sortie avec Carl?

— Non, répondit Francis, peu intéressé.

— C'était l'an passé. Au début, tout allait bien. Il était en train de s'amouracher ben comme il faut. Puis, du jour au lendemain, elle voulait plus rien savoir. Comme ça, sans explication ! Quand il l'a revue, elle lui a servi le classique « C'est pas toi, c'est moi »...

Rémi se redressa et poursuivit :

— *Man*, c'est comme une araignée : elle attend que le gars tombe dans son piège et après elle le regarde souffrir. C'est pas la première fois qu'elle fait ça. Elle est du genre que tu ne touches pas avec une perche de dix pieds. C'est plus compliqué qu'un moteur de Boeing, dans sa tête. En plus, il paraît qu'elle se gave de pilules. Des antidépresseurs...

— As-tu fini ? s'enquit Francis, avec une pointe d'exaspération.

— Quoi ça ? rétorqua Rémi, surpris.

— As-tu fini de mettre la corde ? J'aimerais ça commander le matériel avant le lunch.

— C'est bon, donne-moi encore une minute.

Francis ramassa les outils disséminés dans le gazon et les lança dans le coffre. Sa claudication était plus prononcée aujourd'hui, l'air frais et humide courbaturait son articulation abîmée. Une douleur lancinante remonta le long de sa jambe et il tenta de l'endiguer en frictionnant le muscle de sa cuisse.

Rémi perçut ce geste. Il détourna les yeux et se garda de tout commentaire. Voilà pourquoi le grand était de mauvais poil ce matin.

— Écoute, j'emmène Mireille manger au resto vendredi, peut-être que Josiane et toi pourriez vous joindre à nous? proposa Rémi pour faire diversion.

Le corps raide et les poings fermés, Francis tournait le dos à son collègue. Il serra la mâchoire jusqu'à ce que le spasme passe puis ouvrit les yeux. Le souffle court, il répondit d'une voix rauque:

— Ça serait une idée…

— T'es trop casanier, il faut que tu sortes un peu. Même les marmottes sortent au printemps!

— Bon, Josiane a parlé de ça à sa sœur, grommela Francis en adressant un regard de biais à Rémi.

— Non, Mireille m'a rien dit…

Sur son lit d'herbe, Stanislas se dressa, oreilles pointées vers l'arrière. Artémisia, elle, battit en retraite, poils hérissés. Le ressort d'une porte grinça. Quelqu'un venait de sortir de la maison.

S'attendant à voir apparaître Maggie, Francis se retourna. Il se figea. Livide, il eut un mouvement de recul.

Justin arpenta le jardin défraîchi et reconnut Rémi en premier.

— Merde! Justin? chuchota ce dernier.

— Rémi? Rémi Poirier? Ça fait un méchant bout de temps, mon gars! s'exclama Justin, la paume tendue. Et j'ai entendu dire que tu t'étais marié avec Mireille, félicitations!

Sans répondre, Rémi baissa les yeux avec embarras. Justin retira sa main avec un froncement de sourcils. Les poings sur ses hanches, Rémi glissa un regard contrit de l'autre côté du terrain. Justin suivit son regard.

Francis et Justin se toisèrent longuement, se dévisageant avec insistance. Rémi se racla la gorge, nerveux, afin de briser l'insupportable silence.

— Ah, Francis, laissa échapper Justin. Ça va?

L'expression de Francis trahissait un mélange de colère et de confusion. Les dents serrées, il secoua la tête et remua les lèvres, sur le point de dire quelque chose, mais il se retint. À présent, les paroles étaient superflues. Rien, aucun fiel ne traduirait sa pensée.

Il se contenta d'empoigner sa boîte à outils et sortit de la cour, la démarche rigide, essayant avec tout l'orgueil qui lui restait de ne pas boiter. Il ne voulait en aucun cas s'attirer la pitié de ce salaud. Avec impatience, il jeta le coffre à l'arrière du *pick-up* dans un fracas de métal. La portière claqua aussi brusquement.

Justin et Rémi demeurèrent côte à côte dans un mutisme déconcerté. Quand Justin s'avança vers le camion pour rattraper Francis, Rémi lui barra le passage.

— Écoute, *man*, moi, j'ai pas de problème avec toi, tu m'as jamais rien fait. Mais lui, il s'en est jamais remis. Fait que, laisse-le tranquille, ok?

Justin ouvrit la bouche pour répliquer mais se ravisa. Il lança un regard oblique à Rémi puis retourna à l'intérieur de la maison.

~

Avachie sur le divan du salon, les genoux repliés contre elle, Élisabeth tentait sans succès de faire le vide. Ou le point.

Devant elle, la table basse était jonchée de revues et de journaux ouverts. Dans son calepin de notes s'étalaient plus de dessins distraits dans les marges que de mots sensés. Sur l'écran de l'ordinateur portable, le curseur clignotait, solitaire, à la suite de quatre mots répétés en série.

Va te faire foutre.

Toute la journée, elle avait en vain tenté de travailler, fixant d'un œil hagard l'article qu'elle avait commencé pour la prochaine édition du journal. Chaque paragraphe, chaque phrase, chaque mot était aussitôt effacé; ce qu'elle entreprenait était mauvais et devrait être refait. Elle avait finalement abandonné, repoussant l'idée de passer une soirée aussi improductive devant son ordinateur. Elle mettrait les bouchées doubles le lendemain. Surtout après l'altercation de ce matin.

Roger Gagnon, le rédacteur en chef du *Messager*, n'avait pas apprécié son article qui dénonçait la pollution que générait l'usine de meubles locale dans la forêt environnante. En fait, il n'avait jamais été d'accord avec ce reportage et elle l'avait inclus en douce dans le dernier numéro.

Pourquoi avait-elle insisté pour le publier? Elle savait qu'elle allait s'attirer ses foudres.

« On est un petit journal de village, icitte, on parle des bonnes nouvelles pis des chiens écrasés ! On ne dénonce surtout pas les Meubles Boisvert, le fleuron du coin, l'usine qui fait manger la moitié du monde de la région ! À cause de ton ostie de tête de cochon, on risque de se faire crucifier par le maire ! » avait hurlé Roger.

Ces paroles, de même que son rictus d'enragé, étaient imprimés dans la tête d'Élisabeth et repassaient en boucle depuis ce matin.

Mais justement, elle était écœurée de parler des poteries artisanales de madame Unetelle et des porcs primés de monsieur Chose. Surtout quand il y avait de vraies manchettes qui méritaient d'être diffusées. Pas rien que de la merde communautaire.

Pourtant, la vertu était loin d'être la seule motivation de son article. Et elle le savait, même si elle détestait se l'avouer.

Va te faire foutre.

Pourquoi endurait-elle cela ? Pourquoi ne laissait-elle pas derrière ce village de petite mentalité, son boulot moche et sa relation à couteaux tirés avec son patron ? Elle était bien trop lâche, voilà pourquoi.

Va te faire foutre.

Elle avait envoyé un dossier de presse à plusieurs quotidiens importants aux quatre coins de la province, mais hélas, elle n'avait reçu aucune réponse positive. Parfois des « Nous avons parcouru avec beaucoup d'intérêt vos reportages. Votre écriture est très prometteuse. Nous vous contacterons le cas échéant »... Jamais rien de concluant.

Ses parents lui affirmaient que c'était parce qu'elle se cherchait encore, que lorsqu'elle serait prête pour la réussite, elle l'obtiendrait. Cela la mettait en rogne ; ils ne vivaient pas sa réalité. Et qu'est-ce que cela pouvait bien signifier, « être prête pour la réussite » ? Y avait-il une recette ?

Non. Il n'y avait jamais de recette dans la vie.

De toute façon, elle ne voyait plus vraiment ses parents. Ils avaient quitté le village depuis cinq ans, depuis que son père avait décidé d'aller enseigner le français à de jeunes Inuits dans le Grand Nord. Et lorsqu'elle leur parlait, elle évitait de mentionner ses problèmes pour échapper à leurs conseils qui ne s'appliquaient plus à sa vie.

Elle émit un sanglot sec qu'elle noya d'une lampée d'eau.

Et voilà que Justin était réapparu ce matin. La cerise sur le foutu *sundae.*

C'était la dernière personne qu'elle avait besoin de voir en ce moment. Qu'est-ce qu'il venait foutre ici ?

Elle rabattit la tête en arrière pour déposer deux gouttes de larmes en bouteille dans chacun de ses yeux. Le liquide humecta ses paupières et roula sur ses joues, lui procurant un soulagement artificiel. Depuis que ce salaud avait quitté le village, elle était incapable de pleurer. Elle était plus sèche et désolée qu'un *no man's land.*

Il y avait si longtemps qu'elle se laissait aller, léthargique, dans sa bulle confortable et protectrice. Tous ceux qui essayaient d'y pénétrer se cognaient contre les parois qu'elle tenait fortifiées. Elle se gardait dans une position invulnérable. Et ce n'était pas Justin qui ferait éclater le semblant de stabilité qu'elle avait réussi à se bâtir.

Le visage blême, elle glissa les yeux des motifs de peinture écaillés du plafond aux flacons près de l'évier de cuisine, dans la pièce attenante. Morose, elle lorgna un instant vers ses capsules de Zoloft.

D'un bond, elle se redressa et se dirigea vers le frigo. Avec un soupir, elle examina les tablettes presque vides et referma la porte d'un geste las. Allait-elle enfourner un sandwich au fromage pour le troisième soir consécutif ?

Hissée sur le comptoir de mélamine craqué, elle empoigna une boîte de craquelins dans l'armoire et s'assit pour manger à même le carton, par poignées, sans quitter des yeux ses pantoufles défraîchies.

Quand un nouveau sanglot lui serra la gorge, elle reposa le paquet de craquelins. Exaspérée, le visage enfoui entre les mains, elle se frictionna les joues. Elle était pathétique.

Le téléphone sonna encore, comme il l'avait fait plusieurs fois ce soir. Élisabeth s'agrippa aux rebords du comptoir, tendue, les jointures blanchies. Cette fois, l'interlocuteur se décida à laisser un message sur le répondeur. Une voix rêche et exaspérée siffla :

— C'était quoi ça, Élisabeth ? T'es pas *fair* ! Ce qui s'est passé, ça avait pas de rapport avec l'entreprise ! T'aurais dû venir me le dire en pleine face ! Maudite vache !

Il raccrocha avec fracas.

Le timbre de sa voix se cassait à la fin. Elle sentait qu'elle avait atteint un rempart. C'était son but, elle aurait dû s'en réjouir, pourtant elle était incapable de savourer le désarroi contenu dans l'intonation de l'homme.

Va te faire foutre.

Elle monta à l'étage, où elle enfila un vieux jean criblé de taches de peinture ainsi qu'un tricot rouge trois points trop grand. Dans la glace, elle se trouva une mine affreuse. Ses yeux noirs étaient rougis et ses cheveux couleur aile de corbeau se collaient sur son visage, ébouriffés. Elle les natta rapidement et chaussa ses grosses lunettes de corne. Si cela n'eut pas l'effet d'améliorer son allure, ça dissimulait au moins sa détresse au reste du monde.

Va te faire foutre.

Elle dévala ensuite l'escalier et attrapa le premier manteau qui lui tomba sous la main.

Elle devait parler à quelqu'un.

2

La langue au chat

Il était sept heures moins quart lorsque les derniers clients du restaurant payèrent la note. Lucie desservait et nettoyait lorsque la clochette suspendue à la porte retentit de nouveau. Francis se tenait debout sur le seuil, mal à l'aise, les mains dans les poches de son manteau.

Lucie fut surprise de le trouver là ; les jours de semaine, à peu près personne n'arrivait si tard.

— Salut, lança-t-elle, cordiale.

Il répondit d'un hochement de tête courtois, puis hésita avant de prendre place à la première banquette. Les coudes sur la table, il joignit les doigts et les frotta ensemble, les yeux rivés à l'extérieur. Ses gestes étaient nerveux, saccadés : il semblait plus tendu qu'à l'habitude.

— Qu'est-ce que je te sers ? s'enquit Lucie derrière le comptoir.

Francis sursauta et dissimula ses mains.

— Euh… Le spécial du jour. Le chili.

Lucie sourcilla et examina l'homme. Ce n'était certainement pas le travail acharné sur la véranda de Maggie qui l'avait mis dans cet état. Puis elle fit le lien: Justin était arrivé dans le décor ce matin. Les lèvres de Lucie se retroussèrent d'un rictus. Elle ne s'attendait pas à ce que ce trouble-fête fasse des ravages aussi vite.

Elle déposa une grande louche de *chili con carne* dans un bol, qu'elle nappa de crème sûre et de fromage, puis l'apporta à Francis. Il la remercia mais fixa son assiette d'un œil morne.

Les poings sur les hanches, Lucie demanda:

— Veux-tu une bière?

Il leva le regard vers elle et grimaça un sourire penaud. Elle avait tout compris.

— Oui…

Lucie revint avec deux bouteilles ambrées et s'assit en face de Francis. Elle sortit ensuite un cendrier et un paquet de cigarettes de la poche de son tablier.

— T'avais pas arrêté? s'étonna Francis

— Oui, mais aujourd'hui fait exception.

Elle glissa le pouce sur la roulette du briquet et alluma sa cigarette. L'extrémité incandescente brilla lorsqu'elle en aspira la fumée. En principe, elle n'avait pas le droit de fumer dans le restaurant, mais elle voyait mal qui, sinon Henri, la dénoncerait.

— Alors Justin est revenu? lança-t-elle, tout de go.

Francis se racla la gorge. Nullement surpris par la question, il hocha la tête à contrecœur.

— Il t'a parlé ? poursuivit-elle.

Après une gorgée de bière, il baissa le nez et se mit à déchirer l'étiquette de la bouteille.

— Il a essayé mais je l'ai planté là.

— T'as bien fait.

— Je sais pas, soupira-t-il.

Il repoussa sa casquette en arrière et des mèches de cheveux blonds tombèrent sur son front. Lucie se doutait qu'un million de pensées confuses s'emmêlaient dans sa tête et qu'il ne savait pas par quel bout commencer. Elle n'était pas dupe : il s'était réfugié ici pour éviter de ruminer seul.

— J'aurais peut-être dû lui dire ce que j'avais sur le cœur.

Il avait trop de tact pour ça. Depuis l'enfance qu'il était écrasé entre un père et un frère qui prenaient toute la place. Deux jars vaniteux qui s'imposaient avec trop d'assurance, imbus de leur personne. La mère, elle, était dotée d'une personnalité insipide et demeurait confinée dans un rôle effacé. Elle avait d'ailleurs succombé à un cancer six ans plus tôt ce qui avait laissé Francis orphelin d'empathie parentale.

De ce fait, Francis avait beau être grand et avoir les épaules solides, il demeurait réservé. Il n'avait pas toujours été si discret ; à l'époque de ses nombreuses victoires aux compétitions de ski de fond, il affichait même une certaine confiance. Hélas, une nuit, un tour du destin lui avait raflé son estime de lui-même.

— Élisabeth aussi l'a vu ce matin. Elle est partie en coup de vent.

Devant l'évidence de cette réaction, il serra la mâchoire. Lucie, qui l'observait entre ses paupières plissées, se doutait qu'elle venait de toucher un point sensible.

— Francis, qu'est-ce qui s'est passé, ce soir-là ? Je connais la version des journaux, mais je ne sais pas ce qui est réellement arrivé…

Francis tergiversait, ses jointures crispées sur le bord de la table. Il oscillait entre l'envie de fuir et celle de se livrer. Il détestait s'exposer de la sorte. Même si la cicatrice suppurait encore, il préférait éviter de jouer dedans.

Lucie couvrit sa main de la sienne.

— Est-ce que ton histoire a un rapport avec celle d'Élisabeth ?

— Non.

— Je veux dire, je vous vois tous les deux chaque matin, alors c'est impossible de pas établir un lien.

Elle omit de mentionner qu'ils étaient aussi amochés l'un que l'autre.

— Enfin… Nos vies ont changé le même soir. Mais ce sont des événements indépendants.

Il se décida à parler. C'était pour cela qu'il était venu ce soir, pas pour se recroqueviller. De toute façon, il n'avait rien à cacher à Lucie.

— Ça remonte à l'année où j'avais été choisi pour faire partie de l'équipe canadienne olympique de ski de fond. Ça faisait des mois que je m'entraînais et que je participais à des compétitions un peu partout. Ce soir-là, la gang organisait un gros party dans la clairière, près du lac. Je savais que j'allais revoir personne avant longtemps, fait que j'en ai profité. C'était une belle soirée. Au bord du feu, j'ai croisé Élisabeth :

on a parlé un peu. D'après ce que je me souviens, elle sortait avec Justin et elle était sur le point d'obtenir son diplôme. Elle avait l'air assez bien. De bonne humeur.

Il s'interrompit et avala quelques gorgées de bière.

— Un peu plus tard, après m'être baigné, je revenais me réchauffer au feu quand j'ai entendu crier. Je pensais que c'était juste une chicane. Élisabeth était en larmes et se faisait consoler par Mireille. Justin, lui, est passé devant moi en criss. Bon, on était loin d'être des chums, donc j'ai pas posé de questions.

« Vers une heure et demie, j'avais assez bu et je cherchais un *lift.* J'ai vu quelqu'un embarquer dans son char et je l'ai rejoint en courant. Quand j'ai vu qui était le chauffeur, j'ai hésité. C'est là que Justin m'a ouvert sa portière et m'a invité à monter. Après, tu connais le reste. »

Francis se tut. Lucie demeura suspendue à ses lèvres ; il venait d'aligner plus de mots à propos de cette affaire qu'il n'en avait jamais dit depuis qu'elle s'était déroulée.

— Ça explique pas l'accident, jugea Lucie.

De la pointe de sa cuillère, Francis entama son chili sans appétit.

— Justin avait pas bu. Il buvait presque jamais. Peut-être parce que son père était un ivrogne. Mais il était complètement gelé. Je sais pas quoi. De la coke, de l'acide… Il conduisait trop vite et j'ai essayé de le raisonner. Il écoutait pas. On a commencé à s'engueuler et après, tout ce dont je me souviens, c'est le bruit.

Il se prit la tête. Le bruit. C'était ce bruit, cet impact terrible, ce vacarme de métal froissé, qui résonnait en lui depuis neuf ans. Ça le réveillait la nuit comme un acouphène subit, le poursuivait partout, sans jamais cesser de retentir.

— Mon premier souvenir après ça, c'est à l'hôpital. J'ai été interrogé deux fois, mais j'ai pas été capable de parler. De toute façon, j'avais pas de preuve que Justin était dopé. Élisabeth est venue me rendre visite et c'est là que j'ai su que son écœurant de chum l'avait laissée parce qu'elle était enceinte.

— Et Justin, comment est-ce qu'il s'en est tiré ? s'indigna Lucie.

La rage refit surface et eut raison de la réserve de Francis.

— Presque rien. Ostie… Juste une clavicule et un bras cassés. Ils ont pas trouvé d'alcool dans son sang, alors il y a pas eu de charges retenues contre lui. Il a aussi inventé l'histoire d'un animal qui barrait la route pour se justifier. Après, il a pris le large et personne l'a revu, même pas Maggie.

Lucie écrasa son mégot et s'alluma une deuxième cigarette. Elle s'adossa contre la banquette pour l'observer avec recul.

— Et ta blonde, elle dit quoi du retour de Justin ?

Francis se calma et détourna les yeux.

— J'ai rien raconté à Josiane encore. Elle travaillait ce soir, donc…

— Elle connaît ton histoire ?

— Un peu. Enfin, les grandes lignes.

Ce qui voulait dire pas grand-chose.

— Ça marche pas, hein ? affirma Lucie.

Il soutint son regard un instant. Il aurait voulu nier et prétendre que tout était parfait, hélas il n'avait aucun talent pour le mensonge. Et Lucie était trop futée.

— Francis, si tu t'ouvres pas un peu à elle, comment veux-tu que ça fonctionne ?

Il prit un ton irrité.

— Lucie, mêle-toi pas de…

C'est ce moment que choisit un autre visiteur pour s'introduire dans le restaurant. À première vue, ça ressemblait à un adolescent déguenillé dans son parka et ses jeans élimés.

Intriguée, Lucie l'accueillit les sourcils froncés.

— Oui ?

Élisabeth abaissa son capuchon, la mine sombre.

Perplexe, Lucie la considéra. Elle devrait bientôt ouvrir un cabinet de consultation pour traiter les âmes écorchées. Comme la Lucy de Charlie Brown. *The doctor is in.*

Affable, elle sourit et d'un grand geste, lui indiqua la banquette.

— Viens te joindre à nous, Élie !

Francis se leva précipitamment et fouilla ses poches pour payer son repas.

— Tu restes pas ? s'enquit Lucie.

— Non… Je vais aller jouer quelques parties de billard au bar. Ça va changer le mal de place, bredouilla-t-il.

— Laisse, c'est la maison qui l'offre, dit-elle en l'empêchant de poser l'argent sur la table.

— Je dérange, hein ? s'inquiéta Élisabeth.

— Non, Élie, j'y allais de toute façon. Bonne soirée, lança Francis en adressant un petit signe de tête pour saluer les deux femmes avant de sortir.

Élisabeth regarda Francis traverser la rue, la casquette baissée et la tête enfoncée entre les épaules pour se protéger du froid. Sa démarche semblait encore plus raide que d'habitude.

— Je voulais pas qu'il se sauve comme ça, j'aurais pu revenir plus tard.

— T'en fais pas. Il m'a confié des choses ce soir et j'ai l'impression qu'il a besoin d'aller ventiler un peu…

Élisabeth se glissa à la place que Francis venait de quitter et se débarrassa de son manteau lourd d'humidité. Elle ramena les longues manches de son tricot par-dessus ses mains en un geste frileux.

— Grosse journée ? demanda Lucie, en déposant sur le comptoir le plat que Francis avait à peine touché.

— Ouais. On peut dire ça.

— Prendrais-tu une bière ?

— Non, un thé s'il te plaît.

— Allez ! Je pense que ça te ferait pas de tort à toi non plus !

Lucie constata avec ironie que la jeune femme replaçait distraitement les morceaux d'étiquette arrachés par Francis comme s'il s'agissait de pièces de casse-tête. Elle finit par chiffonner le tout pour le jeter dans le cendrier.

— Si t'insistes… Je prendrais un chili, aussi.

— Bien !

Le menton appuyé dans sa paume, Élisabeth surveillait les allées et venues de Lucie. Elle l'enviait. À quarante-trois ans, cette femme si épanouie paraissait bien plus jeune que son âge. Son regard bleu et franc, son grand nez en trompette et sa bouche large au sourire coquin lui donnait beaucoup de charme. Elle incarnait d'ailleurs l'oreille attentive du village, celle à qui tout le monde venait se confier sans crainte d'être jugé. Et Lucie savait toujours quoi dire et quoi faire, quels conseils donner et comment aider, semblant au-dessus des problèmes personnels, équilibrée et saine dans sa propre vie. Tout ce à quoi aspirait Élisabeth sans être capable de l'atteindre.

— Lucie, comment fais-tu pour être toujours aussi pimpante?

La question étonna Lucie. C'était un compliment méfiant; comme si sa sérénité cachait quelque chose. Un secret enfoui. Lucie s'assit, offrit une cigarette à Élisabeth qui refusa, et dans un nuage de fumée longuement expirée, elle répondit:

— C'est que je l'ai pas toujours été.

— Ah?

— À une époque, j'étais encore plus maussade que toi le lundi matin.

— Merci! grimaça Élisabeth.

La jeune femme dévorait avec gourmandise son plat de chili.

— Tu savais que j'ai déjà été mariée à Jacques Fortier, le propriétaire du garage sur la route principale?

— Oui, bien sûr! Le village a parlé de votre divorce pendant des mois!

Lucie roula les yeux au ciel, trop consciente des commérages qui avaient suivi sa séparation.

— On a été mariés pendant un peu plus de huit ans. Malheureusement, ça s'est fané.

— Ah? Pourquoi?

Élisabeth ignorait la raison pour laquelle Lucie lui racontait cela, puisque cette dernière avait l'habitude d'être plutôt discrète sur ce pan de sa vie.

— Qui sait? répondit Lucie en haussant les épaules. Pourtant, la première fois que je l'ai vu, ça été le coup de foudre. Il venait de déménager dans le coin pour reprendre le garage de son oncle qui était décédé. Je travaillais à la boulangerie et il était entré s'acheter un sandwich un midi. Je l'ai tout de suite aimé. Il avait cette franchise désarmante, peut-être une certaine naïveté aussi, et ça me touchait.

Le visage lové au creux de la main, elle sourit, nostalgique.

— Après ce premier contact-là, il est revenu chaque jour. Nous parlions longtemps, jusqu'à ce que je me fasse rappeler à l'ordre par mon patron. Deux mois plus tard, on s'est décidés à sortir ensemble. On s'est pas fréquentés longtemps, on s'est mariés vite et, dans la routine quotidienne, on s'est perdus de vue. Jacques travaillait fort pour se bâtir une clientèle fidèle, ensuite les enfants se sont pointés et ma vie s'est transformée en une interminable liste de choses à faire. Une course contre la montre. Préparer le déjeuner, reconduire les enfants à l'école et à la garderie, aller travailler, faire l'épicerie, les courses, cuisiner un souper équilibré, emmener Rosalie à ses cours de danse, Gabriel à ses entraînements de soccer, trouver du temps pour un peu d'intimité – ce qui se résumait souvent à une petite vite entre dix et onze heures le samedi soir. La fin de semaine se réduisait aux tâches ménagères et aux rencontres de famille. Trop occupés, on ne faisait plus jamais rien à deux; toute la spontanéité du début s'était envolée. Un moment donné, je me suis tannée de ça. J'étouffais, j'en pouvais plus. Je subissais la vie, je la vivais plus. C'est alors que, comme dans tout bon conte de fée, un jeune prince charmant est venu délivrer la reine qui se mourait d'ennui dans sa cage dorée.

Élisabeth déglutit et posa sa cuillère, les yeux baissés. S'adossant contre la banquette, Lucie croisa les bras, le regard perçant.

— Dis-moi pas que tu sais pas qui c'est…

— Je… je vois pas du tout, bredouilla Élisabeth, cachant mal son embarras.

— Voyons ! Tu sais très bien que c'est Justin Leduc.

Mal à l'aise, Élisabeth se rongeait l'ongle du pouce sans parvenir à relever les yeux vers Lucie.

— Je connaissais la rumeur, c'est certain, mais j'ai jamais su si c'était vrai. Il y a tellement de choses qui se racontent dans un village… Des fois, ça frise le ridicule, hasarda-t-elle d'un ton peu convaincant.

— Allez, Élie. Pourquoi es-tu vraiment venue ici ?

La jeune femme soupira, prise au piège. La tête inclinée, Lucie l'observait, l'air grave, sans aucune raillerie.

— Je sais que t'es pas ici parce que t'as eu une rude journée, ajouta-t-elle. Moi aussi j'ai été secouée par l'arrivée de Justin, ce matin. Mettons cartes sur table tout de suite, Élie.

Confuse, Élisabeth bondit de la banquette avant que Lucie ne puisse lui saisir le bras. La figure enfouie entre les mains, elle arpenta le restaurant de long en large puis revint sur ses pas.

— J'avais besoin de clarifier des choses et ça devait venir de toi, admit-elle. De quelqu'un qui l'avait connu comme moi. Et de quelqu'un qui l'avait vu partir comme moi aussi.

Élisabeth regagna sa place et avala quelques gorgées de bière afin de se ressaisir. Elle se sentait stupide, malhonnête de ne pas avoir été franche dès le départ.

— Je te jure que j'avais pas de mauvaises intentions. Je voulais pas te mettre en boîte ou rien du genre. Je suis juste… mêlée. J'ai besoin de savoir que c'était pas moi qui avais un problème quand il est parti.

Avec un sourire redevenu conciliant, Lucie couvrit la main de la jeune femme de la sienne.

— Non, c'est pas toi. Justin a toujours été libre comme l'air et il y a jamais rien eu pour le retenir.

— Ça, c'est vrai, gloussa Élisabeth. Alors, qu'est-ce qui s'est passé au juste entre vous deux si c'est pas trop indiscret? La différence d'âge devait être assez marquée, non?

Après une brève hésitation, Lucie décida qu'il était temps qu'elle s'ouvre un peu sur cet épisode de sa vie.

— Effectivement. Il avait vingt ans et moi, trente-deux, commença-t-elle. Au début, je le remarquais pas. C'était juste un beau gars qui venait acheter du pain de temps en temps. J'étais trop enlisée dans ma petite vie pour me préoccuper d'autre chose. Un jour, je sais pas pourquoi, tout a basculé. J'ai découvert qu'il me faisait souvent des allusions subtiles; il me complimentait, il effleurait mes doigts lorsque je lui donnais son sac, il me lançait des regards insistants. Ça me flattait. Je trouvais ça mignon. Après un certain temps, je me suis même prise à surveiller son arrivée à la boulangerie et, le soir, à la maison, je fantasmais sur un gars qui avait douze ans de moins que moi. Jusque-là, c'était seulement un *flirt* insignifiant. Pourtant, à ce moment, ma relation avec Jacques avait commencé à battre de l'aile. Oh, c'était pas un mauvais gars, mais il me tenait pour acquise. Il arrivait à la maison le soir et croyait que je serais toujours là, à l'attendre, avec le souper prêt, pour le reste de l'éternité. Moi, j'aspirais à autre chose.

Le mardi matin, Lucie ne travaillait jamais. Elle en profitait pour faire du ménage et se recueillir un peu puisqu'elle était seule à la maison. Pas de mari, pas d'enfants, elle avait le champ libre pour rêvasser, croire que sa vie pouvait être différente. Consulter les programmes universitaires disponibles sur Internet, regarder des offres d'emploi ambitieuses et les prix des locaux commerciaux de la région. Durant ces moments, il n'y avait rien à son épreuve.

Un jour, quelqu'un avait sonné. Surprise, ou plutôt estomaquée, elle avait trouvé Justin Leduc sur le pas de la porte. Rempli de cette assurance innée qui était la sienne, il n'était pas du tout embarrassé d'être là. C'était plutôt elle qui était troublée. « Justin ? Est-ce que je peux t'aider ? » Elle n'avait pas osé interpréter son regard perçant. « Je peux entrer ? » avait-il dit.

Elle n'avait rien répondu. Aussitôt que la porte avait été fermée, cependant, il l'avait plaquée contre le mur et embrassée. Lucie l'avait vivement repoussé. « Voyons, Justin, ç'a pas de bon sens ! T'es pas sérieux, quand même. »

Elle s'était forcée à ricaner, pourtant ses paroles bredouillées trahissaient ses émotions. Même si elle essayait de tourner la situation à la dérision, de prendre un air autoritaire, il n'était pas dupe.

Lucie avait quitté le vestibule pour se réfugier dans le salon et, sans se démonter, sans lâcher prise, il l'avait suivie. « Pourquoi ? » avait-il voulu savoir. « Je suis mariée, j'ai des enfants… Je suis bien trop vieille pour toi ! » « Qui cherches-tu à convaincre, toi ou moi ? »

Lucie n'avait pas su quoi riposter à cela. Elle avait frémi lorsqu'il l'avait enlacée de nouveau. Puis elle avait répondu. Pleinement. Il y avait tant d'années qu'elle vivait le sexe programmé qu'elle s'était lancée dans cette liaison à corps et à cœur perdus.

Elle se rappelait comment ses mains tremblaient, chaque fois qu'elle ouvrait la porte à ce jeune et bel incube qui venait la délivrer de son coma habituel. Créature mi-homme mi-démon, il pénétrait chez elle avec une confiance qui la faisait chavirer dans un dépaysement total. Il lui arrachait les baisers de la bouche avec une passion qu'elle n'avait jamais cru pouvoir inspirer à un homme.

Il lui avait redonné vie comme un mage l'aurait fait d'un golem de chair brûlante. Elle se sentait de nouveau comme une femme, pas comme une mère. Une femme sexuée, séductrice. Cette idylle avait eu pour conséquence de métamorphoser sa personnalité. Lucie travaillait le sourire aux lèvres, elle dansait devant la cuisinière en préparant les repas, elle fredonnait à tout instant. Ironiquement, Jacques s'était réjoui de ce changement d'attitude. « Je sais pas ce qui t'arrive, t'as l'air plus détendue… Y a quelque chose qui se passe ? » « J'ai un jeune amant », lançait-elle, à la blague.

Lucie se moquait ouvertement de lui. C'était méchant, elle le savait, mais durant cette période, elle était juchée sur un nuage, au-dessus du monde. Le mal était fait, elle ne pouvait plus revenir en arrière. Elle était redevenue elle-même, la jeune fille déterminée et délurée qu'elle avait toujours été. Et désormais, elle était incapable de réprimer cette énergie retrouvée.

— La liaison a pas duré bien longtemps, six mois peut-être, continua Lucie. À la fin, la transformation était complète. Justin venait plus très souvent et s'inventait des travaux d'université ou des maladies imaginaires pour s'excuser. Lorsque je vous ai vus marcher ensemble dans la rue, j'ai compris. Sur le coup, j'ai pleuré. Après, je me suis rendu compte que j'étais pas vraiment amoureuse de Justin. J'étais tombée amoureuse de ce qu'il avait fait de moi. Cette relation m'avait ramené ma joie de vivre, ma liberté. J'étais pas heureuse de me faire baiser deux ou trois fois par semaine ou entre ses journées de cours, j'étais seulement heureuse que les couleurs soient revenues dans ma vie. Parce que je pouvais plus mentir à Jacques, je me suis décidée, quelques semaines plus tard, à demander le divorce. Il l'a très mal pris. Je sais pas s'il s'en est jamais remis; on s'est pas beaucoup reparlé depuis. Au moins, ça l'a rapproché des enfants. C'est un très bon père. De mon côté, quand j'ai eu assez d'argent, j'ai repris le local ici pour ouvrir mon resto, conclut Lucie.

Élisabeth détourna les yeux.

— Désolée d'avoir été celle qui a mis fin à votre histoire. Tu t'en doutes: je savais pas. Il s'est présenté à moi comme célibataire. En revanche, tu dois être la seule personne que Justin ait jamais aidée dans sa vie, railla-t-elle. Et c'est bien parce qu'il en était inconscient.

— Il m'a délivrée sans le savoir, acquiesça Lucie en revenant avec deux autres bières.

Le menton appuyé au creux de la paume, Élisabeth s'enferma dans un moment de réflexion. Elle oscillait entre des émotions opposées, incapable de reconnaître celle qui l'emportait. Au milieu de cet imbroglio, il ne subsistait que l'image de Justin et les dernières paroles qu'il lui avait adressées avant de disparaître. *Tu m'étouffes. Laisse-moi.*

— Merci, Lucie. Merci de m'avoir raconté ton histoire. Ça prouve que j'étais pas la seule fautive dans notre relation.

Lucie lui leva sa bière en guise d'assentiment.

— C'est à propos de Justin que Francis était ici, lui aussi ? s'enquit Élisabeth.

Comme si elle était liée par le secret professionnel, Lucie hésita un instant.

— Pas besoin de le cacher, c'est flagrant. Parmi les éclopés de Justin, c'est peut-être lui le pire, maugréa la jeune femme. Les quelques fois que je l'ai visité à l'hôpital après son accident, ça m'a crevé le cœur. J'avais jamais imaginé qu'un être humain pouvait être aussi magané et survivre.

— T'étais proche de lui ? hasarda Lucie.

— Pas vraiment, j'étais sortie avec son frère Pier-Luc pendant à peu près un an. Un autre de mes mauvais choix de relation, expliqua-t-elle, la mine dégoûtée. Mais quand j'ai su ce qui était arrivé, je me suis sentie coupable. Je devais le voir. J'étais la blonde de Justin à ce moment-là, donc ça me rendait un peu responsable.

La première fois, elle avait pénétré dans une pièce éclairée d'une lumière jaune feutrée qui filtrait à travers les rideaux tirés. Entre les bips réguliers et le ronron des machines, elle percevait la respiration rauque de Francis. Elle ne l'avait pas immédiatement regardé. Elle était plutôt demeurée au milieu de la salle, le cœur enserré dans un étau. Elle n'osait, ne voulait pas voir. Elle avait peur. Elle se doutait trop que son image s'imprimerait dans son cerveau et la changerait.

Au moment où elle avait enfin tourné la tête, le choc avait été terrible. Durant le trajet jusqu'à l'hôpital, elle avait imaginé le pire, des images difficiles et tragiques, afin de se préparer. Rien n'aurait pu l'aguerrir contre ça.

Elle avait mis du temps à déchiffrer son visage tuméfié au front bandé d'un pansement rougi, son corps encombré de fils et de tubes, de sondes et de cathéters. La jambe plâtrée maintenue par des armatures métalliques.

Cette vision lui avait rappelé ces histoires de monstres qu'elle contait aux enfants du temps qu'elle faisait du gardiennage. Cela provoquait des hurlements de rire mais, ensuite, elle devait rassurer les petits que ces monstres ne les guettaient pas sous le lit, prêts à les martyriser et à les torturer.

Ici, le gentil, le héros de l'histoire, avait bel et bien subi les assauts d'un monstre. Un monstre qui l'avait écrasé, saccagé, démoli comme une vulgaire poupée de chiffon. Pourtant, ce monstre ne se cachait pas sous le matelas, il était dans l'auto avec lui. Le monstre était au volant.

Élisabeth s'était effondrée sur un fauteuil dans le coin de la chambre et avait pleuré longtemps, se forçant à soutenir la vue de ce jeune homme brisé. Francis dormait, abruti par les antidouleurs, et ne percevait pas sa présence.

C'était à ce moment qu'elle avait décidé de procéder à un avortement.

Si ce désastre était l'œuvre de Justin, elle ne voulait rien de lui. Surtout rien qui pourrait lui rappeler aussi cruellement son existence.

— J'ai pas continué à voir Francis après sa sortie de l'hôpital. Remarque, j'aurais peut-être dû. Le sort nous liait. De toute façon, je pouvais pas sentir sa famille. Surtout son père. Le vieux criss. Il a jamais enduré que quelqu'un parle plus fort que lui. De toute façon, moi aussi ça m'a pris du temps à me relever du départ de Justin.

Elle avala avec difficulté. Chaque fois qu'elle mentionnait le départ de Justin, un sentiment de honte l'envahissait. Elle s'en voulait d'avoir été si crédule, si naïve. De s'être laissé manipuler. Pourtant, elle savait très bien qu'elle n'aurait pas pu faire autrement.

— Quand Justin est parti, j'étais enceinte d'à peu près un mois et demi. L'avortement a été le deuil d'un paquet de choses ; d'un pan de ma vie qui s'était brusquement fini, d'un avenir qui n'existait plus. Il y avait bien plus qu'un fœtus de mort, dans cette histoire-là. Et comme si c'était pas assez de se faire larguer dans cet état-là, Justin avait vidé notre compte en banque. Complètement nettoyé. Même l'héritage de ma grand-mère que je venais de déposer. Six mille deux cents dollars en tout. Je pouvais plus payer le loyer, donc j'ai été obligée de retourner vivre chez mes parents. Méchant coup dans l'orgueil d'une fille. Surtout que dès le départ, ils doutaient que ma relation avec Justin fonctionnerait. J'ai pas trop eu le choix que de leur donner raison.

— T'as porté plainte pour récupérer l'argent ?

— Non. J'étais bien trop humiliée et déprimée pour entreprendre un combat comme ça… L'argent était dans un compte conjoint et c'était pas un montant assez substantiel pour que j'y mette de l'énergie.

— T'avais déjà ouvert un compte en commun avec lui ? s'étonna Lucie.

— On a vécu ensemble presque un an et demi. La relation a été courte mais intense. Et comme tout le reste avec Justin, ça s'est passé à vitesse grand V. Moi, j'y croyais aveuglément, à notre couple ; j'ai donc investi… et je me suis fait avoir. Royalement.

Élisabeth termina sa bière.

— Ç'a quand même pas été facile de retrouver ma santé mentale et financière ensuite… J'ai mis des années à rembourser mes dettes d'études en plus de celles qu'il m'avait laissées sur mes cartes de crédit. Une chance, de ce côté,

Maggie m'a dédommagée pas mal. Elle m'a aussi beaucoup épaulée dans mon rétablissement.

Elle tira sa manche et consulta sa montre.

— Déjà dix heures moins quart ! Il faut que je parte ! Roger va m'attendre avec une brique et un fanal demain matin.

— Si on s'était promis de plus jamais se faire de bile à cause de Justin, c'est raté, ricana Lucie en désignant le cendrier plein à ras bord.

— Et moi qui devais retourner chez Maggie pour voir comment elle allait après la tentative de vol d'il y a quelques semaines. Je pense pas aller la voir avant que Justin disparaisse encore, avoua Élisabeth en enfilant son manteau.

La jeune femme se leva en fouillant ses poches et Lucie lui fit signe de ne pas payer. Avant de sortir, Élisabeth se tourna vers elle.

— Merci, Lucie. C'est sincère.

— Bonne nuit, Élie. Rumine pas trop, là.

Élisabeth franchit le battant et la clochette résonna en écho dans le restaurant vide. Elle traversa la rue en courant et disparut dans l'air brumeux, affublée de son capuchon.

Lucie éteignit les lumières de même que le néon qui indiquait que le commerce était ouvert.

Dans la pénombre, elle alluma une autre cigarette et demeura assise, à repenser aux histoires et aux confidences qu'elle avait entendues.

Soirée étrange et inattendue.

Le premier avait un deuil à faire. L'autre devait se ressaisir.

Et elle ? Elle s'était remise depuis longtemps du passage de ce garçon dans sa vie. Elle avait même pu en tirer quelque chose de bon. Malgré cette leçon, elle savait à quel point il était égoïste.

Elle porta son regard dehors, au loin, sur la rue principale, déserte à cette heure. Il n'y avait que quelques panneaux lumineux qui scintillaient dans la nuit noire pour se refléter sur le bitume humide. Ce village n'était paisible qu'en apparence.

— Sacré Justin, à peine revenu, tu recommences à faire des vagues…

— Pourquoi dix-huit ? interrogea Justin en balayant du regard la pièce où, partout, des yeux l'épiaient avec curiosité.

— Dix-huit quoi ? demanda distraitement sa tante en levant les yeux de son secrétaire jonché de papiers et de dossiers pêle-mêle.

— Dix-huit chats ! J'en ai jamais vu autant ! T'avais juste Cosette et Huxley quand…

Il se reprit, évitant de mentionner son départ.

— … au début.

— Dix-huit, songea-t-elle en enlevant ses lunettes, son menton pointu appuyé dans sa paume. C'est peut-être parce que trois est un numéro magique, que six est un chiffre divin et que neuf est un symbole de renouveau. Additionnés ensemble, ça fait dix-huit.

Justin lui jeta un coup d'œil médusé.

— Tu t'es convertie à l'ésotérisme, Maggie ?

— C'est peut-être aussi parce que le patriarche et sa dulcinée m'ont donné seize rejetons dont je n'ai pas pu me séparer, ajouta-t-elle avec un air espiègle. Ça m'a pris un moment à me décider à les faire stériliser. Ils le sont presque tous…

Justin sourit. Un petit chat élancé et beige s'avança vers lui, renifla brièvement le bout de son soulier et se sauva plus loin.

— Qui c'est, celui-là ?

— Ça, c'est Bartélémy, le bébé de la famille, seul survivant de la dernière portée de Cosette. C'est un petit curieux qui doit toujours tout sentir et tout examiner. Il a horreur des portes fermées, car il est convaincu qu'on lui cache quelque chose. Mais il est parfois un peu craintif comme tu as pu le constater ; il a besoin de se faire materner.

— Tu connais vraiment ta meute au complet ?

— Bien sûr ! La chatte noire, c'est Artémisia, l'amazone. Il y a Stanislas, l'astucieux, Jupiter, l'éternel joueur, Heathcliff, le gros chasseur roux, Napoléon et Joséphine, qui se ressemblent comme des jumeaux, Sidonie, Antoine, Isaak, Ludovic, Cléopâtre, Elliot, Darien… Le gros pacha blanc étendu sur la couverture à carreaux, c'est Sylvestre, qui ne bouge de là que pour manger. Et enfin, il y a mini-Charlotte, baptisée ainsi car, pour une raison inexplicable, elle n'a jamais atteint la taille d'un chat adulte.

Justin rit et secoua la tête, incrédule. Maggie avait toujours été pleine de surprises.

— Il faut vraiment aimer ces bêtes-là…

— Tu les intrigues beaucoup. Ils n'arrêtent pas de flairer ce que tu touches. C'est étrange comme les senteurs semblent leur révéler ou même, leur raconter des histoires. Ils communiquent par l'odorat. Le parfum des choses leur livre des secrets qui peuvent autant les sécuriser que les effrayer, conclut Maggie avant de retourner à son travail.

En examinant ces iris phosphorescents rivés sur lui avec une lueur suspecte, Justin doutait que les sentiments de ces félins aillent en sa faveur. Il se leva du canapé de velours et s'étira. Il s'avança ensuite vers le secrétaire où sa tante était assise et la vit remplir un formulaire. Puisque Justin était peu loquace depuis le début de la journée, Maggie avait décidé de le laisser se reposer tranquillement tandis qu'elle mettait de l'ordre dans de la paperasse trop longtemps négligée.

— Qu'est-ce que tu fais ? fit Justin, intéressé, en se penchant par dessus son épaule.

— Mon testament.

— T'en avais pas avant ? se surprit Justin.

— Bien sûr que oui ! Mais uniquement sous la forme d'une lettre que je gardais dans mon secrétaire. Quand je me suis informée, on m'a dit qu'il était peut-être mieux de dresser une liste des biens que je souhaite transmettre et de les présenter à un notaire. Ça fait déjà des mois que je repousse le moment de m'en occuper et je m'étais promis de m'y mettre cette semaine. Chose promise, chose due !

— C'est pas une lettre mais un roman ! s'exclama Justin en désignant une pile de feuilles pliées. Tu donnes un morceau de la maison à chaque habitant du village ?

— Mais non ! s'exaspéra Maggie devant son air moqueur. Il y a des gens à qui je veux léguer des choses symboliques…

— Je te taquine ! ricana-t-il en se dirigeant vers la porte.

— Justin, tu t'en doutes, c'est ta réapparition qui m'a enfin décidée à refaire ce testament, avoua Maggie d'une voix faible.

Sur le point de sortir de la pièce, Justin s'arrêta net en entendant la révélation de sa tante.

— Tu es ma seule famille. Tu le sais? dit-elle.

Il se tourna, un sourire plaqué sur les lèvres.

— Je le sais. Et je suis là.

Il monta à l'étage, invoquant une longue journée qui avait débuté avec un pénible trajet de voiture. En gravissant les marches, il se rendit compte avec irritation que les félins suivaient à distance ses moindres gestes. Il ferma la porte de sa chambre pour échapper à ces regards lourds.

~

Élisabeth entra chez elle au pas de course, son souffle traçant de petits nuages de condensation sur son chemin. Cet exercice la força à méditer sur sa situation. Elle avait menti à Lucie – d'ailleurs, elle se mentait souvent à elle-même: elle n'avait pas mis *du temps* à se rétablir du départ de Justin, elle n'en avait *jamais* guéri. Et ce n'était pas demain la veille qu'elle s'en remettrait, à constater les comprimés qu'elle ingurgitait encore chaque jour.

Elle avait bien sûr eu de meilleures périodes, de celles où elle touchait presque à la sérénité. Hélas, le poids des échecs qu'elle encaissait sur plusieurs fronts depuis quelque temps l'enfonçait dans le marasme. Elle avait parfois l'impression qu'elle bousillait tout ce qu'elle touchait et y excellait avec un soin méticuleux: ses relations aussi courtes que dérisoires, son travail merdique, sa santé mentale tout court.

Pour ne pas aider son moral vacillant, elle était encore là après des années, à végéter dans le même bled et à attendre l'approche galopante de la trentaine. En *loser* extrême, elle n'avait rien accompli, rien du tout.

Elle pourrissait par en dedans, ses revers la rendant caustique et intolérante. Méchante aussi, par-dessus le marché. De moins en moins fréquentable. Elle avait géré sa dernière aventure comme une vraie salope. C'était ce qu'elle était de toute façon. Ce pauvre Carl n'a jamais su ce qui l'avait frappé. Dès qu'un semblant de confort s'installait dans une relation, elle en ressentait un malaise. Elle s'empressait de tout gâcher et fuyait, prenant les jambes à son cou. Elle n'était pas digne d'être aimée, elle n'endurait pas le regard éperdu de l'autre, ça lui brûlait la peau.

Faisait-elle délibérément mal ou se sentait-elle encore trop souillée pour mériter de l'affection? Elle se questionnait souvent au terme de ses relations. Au début, elle était presque certaine de le faire pour se venger de Justin et des erreurs qu'elle avait commises en demeurant avec lui. Désormais, elle savait qu'elle avait seulement peur, effrayée par un nouveau risque de défaite ou de trahison.

Élisabeth dévia de sa route et traversa la pelouse hirsute qui entourait la demeure qu'elle louait depuis bientôt trois ans. Cette habitation d'un demi-siècle avait sans doute déjà été très originale lorsque ses propriétaires l'avaient égayée d'une façade bourgogne et de volets jaunes. Hélas maintenant, la peinture s'effritait, ternissant son charme. Stationnée à côté, il y avait sa vieille voiture qui tombait en ruine et qu'elle n'osait que rarement utiliser. Cette maison et cette auto en état de décrépitude résumaient bien sa vie.

Dans l'ombre du porche, Élisabeth remarqua avec un juron qu'un défaut électrique persistant avait de nouveau grillé l'ampoule. Elle fouillait son trousseau à la recherche de ses clés quand un fracas la fit sursauter.

Saisie, elle se précipita vers la balustrade pour voir quelle était la source du vacarme à cette heure du soir. Elle ne put réprimer un sourire en voyant Francis qui remettait avec maladresse les poubelles et les sacs éventrés en place en bordure de la rue. Il semblait avoir pris un verre de trop. En constatant le dégât qu'il avait produit en trébuchant, il se releva avec un soupir et ôta sa casquette pour lisser ses cheveux. À ce moment, il aperçut Élisabeth. À la lueur du lampadaire, elle distingua le sourire contrit qu'il lui adressa avant de se diriger rapidement vers la maison voisine. Élisabeth répondit d'un petit salut et entra à son tour.

Francis. Élisabeth avait eu près d'une dizaine de relations depuis que Justin l'avait quittée, mais lui, elle n'avait pas osé l'approcher.

Du temps où elle fréquentait son frère cadet, Pier-Luc, Francis la troublait. Son flegme cachait quelque chose de mystérieux, quelque chose qui bouillait, qui grondait. Elle avait de la difficulté à soutenir son regard qui semblait trop profond, tourmenté même. À l'époque, ils avaient vécu des rapprochements, mais ils étaient si subtils et éphémères qu'Élisabeth se demandait si elle ne les avait pas rêvés. Et après l'avoir vu dénué de tout, dans sa plus grande vulnérabilité à l'hôpital, elle l'observait de loin. Elle préférait ne pas le salir.

De plus, ils avaient de vieux démons en commun et elle ne désirait pas les contempler. Surtout pas les affronter.

Elle soupira devant le tableau de son salon bordélique. Sans énergie, elle s'écrasa sur le divan, où elle s'endormit quelques heures plus tard, le téléviseur allumé sur une chaîne de nouvelles relatant les détails d'une guerre lointaine.

~

L'oreiller sur la tête, Justin tentait de trouver le sommeil. Ce foutu chat Bartélémy miaulait depuis qu'il avait découvert que la porte de sa chambre était close.

À bout, Justin fouilla à tâtons le tiroir de sa table de chevet, prit une balle de tennis qui traînait là depuis toujours et la lança avec rage contre le battant de chêne. Le bruit éloigna momentanément le félin, mais il revint, intrigué par ce qui se cachait derrière la cloison. Justin finit par ouvrir avec un juron. Les yeux ronds, le petit minet beige le fixa quelques secondes avant de battre en retraite.

Lorsque les yeux de Justin furent habitués à la pénombre du couloir, il constata qu'une douzaine de félins dormaient roulés en boule devant la porte de leur maîtresse. Stupéfait par cette étrange vision, il retourna dans ses quartiers, prenant soin de ne pas enclencher le loquet, et ouvrit la fenêtre pour fumer une cigarette.

Une ondée fraîche tombait doucement, nappant les maisons d'un halo de brume. Il sortit la tête, les paupières fermées, et laissa les gouttelettes de pluie lui rafraîchir le visage. Il huma avec délice le parfum d'herbe mouillée qui s'élevait.

Il se demanda alors s'il était encore capable d'escalader l'arbre devant la maison comme il l'avait si souvent fait durant son adolescence. Non, ce soir, il allait rester sage et dormir, ça aiderait sa cause.

Puis une image, pas sage du tout, s'imposa à lui. Il tenta de l'éloigner d'un geste agacé, mais l'idée persista, promettant de le hanter tant qu'il ne vérifierait pas. C'était plus fort que lui. Le goût ne s'était pas atténué pendant ces derniers jours d'abstinence.

Il jeta son mégot par la fenêtre avant de se diriger vers sa commode. Il enleva le tiroir et le vida de son contenu; des cartes d'anniversaire, des vieux journaux étudiants, des numéros de téléphone sans nom. Du bout des doigts, il chercha une encoche sur le panneau de bois qui couvrait le fond du tiroir. En le soulevant, il découvrit un petit sac de marijuana sans doute trop sec pour être fumé. Il trouva aussi ce qu'il cherchait. Il se rappelait s'être maudit de l'avoir oublié, neuf ans auparavant, lorsqu'il avait quitté le village à bord d'un autobus en pleine nuit. Il sourit et tint devant ses yeux le sachet de poudre blanche. Une once de belle neige, d'une pureté inhabituelle.

Son sevrage forcé était terminé.

3

Le chat et la souris

Le lendemain, Francis passa le seuil de la porte, les yeux largement cernés et la barbe rêche. Il s'affala sur le tabouret en face de Lucie, le dos courbé et son visage rugueux reposant dans ses paumes.

— Oh ! On a besoin d'un café extra noir, ce matin, commenta Lucie avec un sourire moqueur.

— Ouais. Avec la cuillère debout dedans, rétorqua-t-il d'une voix enrouée.

Lucie s'exécuta en le guettant du coin de l'œil ; elle ne l'avait jamais vu avec une gueule de bois un vendredi matin.

— Pas bien dormi ? hasarda-t-elle.

— Pas faim non plus.

Lucie lui servit son expresso double dans une tasse minuscule et le scruta avec une moue désapprobatrice. Gabriel, qui s'apprêtait à casser deux œufs sur la plaque, jeta un regard interrogateur à sa mère.

— Tu peux pas travailler l'estomac vide, quand même, rétorqua Lucie. Prends au moins des rôties.

— Oui, mère ! persifla Francis.

Gabriel gloussa et Lucie lui jeta un regard mauvais. Ce cynisme mordant était plutôt rare chez Francis. Évidemment, elle le connaissait : il avait dû regretter ces paroles aussitôt qu'elles avaient franchi ses lèvres.

— Salut ! s'exclama Élisabeth derrière lui.

Pressée, elle entra en coup de vent, ses cheveux noirs encore mouillés étalés sur ses épaules. Une pile de papiers disparates, emprisonnée sous un de ses bras, tentait de glisser vers le sol tandis qu'elle retenait son manteau et son sac de l'autre main. Elle s'avançait vers sa banquette habituelle quand l'amas de feuilles céda pour choir sur le carrelage. Lucie, un instant distraite par la jeune femme désordonnée, commença à lui préparer son thé.

— Oh non, Lucie ! J'ai besoin de quelque chose de fort, ce matin ! s'écria Élisabeth en ramassant ses documents éparpillés.

— Je devrais commencer à offrir le café turc au menu, marmonna Lucie en remarquant les yeux bouffis de la nouvelle venue.

— Et je vais prendre du pain doré avec beaucoup de sirop ! ajouta Élisabeth. J'ai l'impression qu'il va falloir que je passe les deux prochains jours au journal sans bouger de ma chaise !

— Est-ce qu'y a quelqu'un qui va prendre la même chose que d'habitude ? maugréa Gabriel.

Lucie soupira. Son fils avait raison.

Francis se pencha et cueillit les feuilles rebelles qui s'étaient faufilées sous son tabouret, puis tendit le bras pour les remettre à Élisabeth. La jeune femme l'examina quelques secondes, un sourire complice aux lèvres.

— On dirait que je suis pas la seule à avoir dormi sur la corde à linge !

Il baissa le nez sur son journal et grogna :

— La mienne a cassé, en plus.

Élisabeth s'esclaffa et Lucie répliqua, d'un ton hautain :

— Pas étonnant que tu sois d'humeur si agréable !

— C'est parce que tu t'es pas vue pendant ton syndrome prémenstruel, riposta Gabriel à l'intention de sa mère.

Cela provoqua un éclat de rire général. Contrariée, Lucie balaya son fils de son chemin d'un geste agacé et resservit une généreuse tasse de café bien noir à Francis.

~

Justin finit de se doucher et s'épongea avec vigueur avant de nouer sa serviette autour de ses reins. Lorsqu'il sortit de la salle de bains et émergea de son aura de vapeur, il fit face à trois regards jaunes. Il laissa échapper une exclamation de surprise devant ces bêtes qui observaient avec intérêt cet intrus qui envahissait de plus en plus leur repaire. Exaspéré, Justin fendit le groupe de félins, sans prendre garde où il posait les pieds, et se réfugia dans sa chambre. Bartélémy, qui était vautré dans les couvertures en bataille, releva la tête en entendant la porte claquer. Reconnaissant le bourreau de son sommeil, Justin projeta le chat en bas du lit et le catapulta hors de la pièce d'un coup de pied. « J'ai toujours haï les criss de chats ! » songea-t-il en reprenant son calme. Ces bêtes semblaient vouloir le supplicier, s'incruster dans ses pensées avec leurs regards accusateurs.

Il s'habilla avec soin, pour plaire à Maggie. En se coiffant d'un coup de peigne devant le miroir, il remarqua que ses yeux étaient parcourus de veinules rouges. Il fouilla son sac de voyage, hélas il n'avait pas de méthylène pour y remédier. Il descendit le grand escalier circulaire avec précaution, espérant échapper au regard inquisiteur de sa tante. Il n'aurait pas dû se défoncer si tôt après son arrivée.

Maggie l'accueillit dans la cuisine et, évidemment, ce détail fut la première chose qu'elle releva.

— Ça va ? Tu n'as pas bien dormi ?

— Tes maudits chats m'empêchent de fermer l'œil, gronda-t-il un peu trop vite.

Il regretta d'avoir si vivement avoué son antipathie pour les félins et craignit que Maggie y voie de la mauvaise foi.

— Pourquoi donc ? Es-tu allergique ? s'inquiéta-t-elle.

En son for intérieur, Justin sourit. Il saisit la balle au bond.

— Il semblerait…

— Mais tu ne l'as jamais été auparavant !

— Ça a dû se développer avec le temps, j'imagine, insista-t-il en renâclant.

Les paupières plissées, Maggie le dévisagea et tenta de forcer son regard dans le sien afin de s'assurer qu'il était sérieux. Justin ne broncha pas, imperturbable. D'ailleurs, bien malin était celui qui aurait pu le sonder.

— C'est vrai que je t'ai entendu renifler avant de me coucher, lança-t-elle avec une pointe d'ironie.

Décontenancé par ce que laissaient filtrer les cloisons de cette maison, Justin se détourna. Il était pourtant convaincu que Maggie dormait déjà profondément à ce moment-là, puisqu'il avait repéré un flacon de somnifères dans la salle de bains. Ressaisi de sa courte surprise, il se moucha pour prolonger le coup de théâtre.

— À moins que je passe les prochains jours sur les antihistaminiques, il faudrait peut-être mettre les chats dehors.

— Je ne peux pas ! s'exclama Maggie. Les pauvres petits ! Ce sont des chats d'intérieur, ils vont être désemparés !

— Ils entrent et sortent comme ils veulent. Je vois pas ce que quelques nuits à l'extérieur va changer ! essaya-t-il.

Maggie nota qu'il venait de dire « quelques nuits » ; il n'avait donc pas l'intention de rester bien longtemps. Si elle voulait profiter de sa présence le temps qu'il était là, elle devait accepter. Elle n'avait surtout pas l'intention de précipiter son départ ni de le voir prendre une chambre à l'auberge. Elle acquiesça à contrecœur.

— Je m'excuse, Maggie, mais je peux pas empêcher mes allergies, se défendit-il. Pour que tu me pardonnes, je te prépare le déjeuner et après, on s'occupera de tes chats. Je vais m'assurer qu'ils sont bien installés et qu'ils manquent de rien.

Maggie eut un sourire triste.

— Si tu veux me faire plaisir, emmène-moi manger des crêpes au restaurant, chez Lucie, proposa-t-elle.

Justin hésita. « Chez Lucie. » Une confrontation, ce n'était pas ce qu'il avait en tête ce matin. Cependant, après avoir convaincu sa tante de renoncer à ses chats, il était mal placé pour lui refuser un déjeuner au village. De plus, elle n'était sans doute pas au courant de son aventure avec Lucie.

— Bien sûr ! Tout ce que tu voudras ! dit-il en l'enlaçant avec affection.

Justin aida Maggie à enfiler son manteau. Avant de sortir derrière elle, il aperçut les chats qui le surveillaient de l'escalier. Il leur lança un sourire narquois : « Vous perdez rien pour attendre. »

~

Justin s'engagea dans le vestibule du restaurant derrière Maggie au moment où Élisabeth recevait sa portion de pain doré nappé de sirop d'érable. Le bout de la langue sortie, la jeune femme entama son repas avec appétit. Justin reconnut, amusé, cette manie qu'elle avait lorsqu'elle dégustait un plat dont elle raffolait. Francis, lui, lisait le journal, sa joue paresseusement logée dans le creux de sa main. Ses cheveux blonds désordonnés s'échappaient de sa casquette à l'envers. Lucie lui offrit une autre tasse de café, qu'il refusa d'un signe de la tête.

Ce paisible tableau changea lorsque Justin entra en scène. Des visages ravis accueillirent d'abord Maggie, puis se métamorphosèrent quand il suivit. Francis se figea, sa confusion s'arrêtant sur un air buté. Troublée, au bord du mal de cœur, Élisabeth posa sa fourchette en biais dans l'assiette encore à moitié pleine. Malgré l'atmosphère soudain glaciale, Lucie demeura impassible.

Au moment où Justin retirait le manteau de sa tante et l'invitait à choisir une banquette, Francis se leva pour payer. Rembruni, il maugréa un salut avant de sortir.

Élisabeth observa la porte qui se refermait et décida à son tour de partir, les bras pleins de sa mallette, de son manteau et de ses feuilles emmêlées. Lucie fixa les deux places vides d'un œil morne. Seulement deux clients n'avaient pas fui les lieux et demeuraient attablés au fond du restaurant. Maggie, elle, étudiait le menu, tentant d'ignorer l'inconfort de la situation.

Justin avait senti le malaise dès qu'il s'était introduit dans le commerce. Il ne s'attendait pas à voir tous ces gens avec qui il avait eu des embrouilles réunis dans un même endroit ; il savait que son retour dans le village serait difficile et probablement mal accueilli, mais pas que ça se produirait si rapidement.

Et il y avait Lucie.

Il ne s'était pas encore mesuré à elle. En fait, il ne croyait pas lui avoir reparlé depuis leur liaison.

Lucie arriva avec un sourire chaleureux à leur table, sans pourtant s'adresser à Justin.

— Bonjour, Maggie ! Je suis contente que tu reviennes enfin nous visiter !

— Merci, ma belle Lucie. L'occasion est bien spéciale, répondit-elle en désignant Justin du menton.

Justin était affalé sur la banquette, les bras déployés de toute leur envergure, comme l'adolescent qu'il n'avait jamais cessé d'être. Lucie adopta un timbre de voix neutre pour dissimuler son irritation devant cette attitude.

— Et toi, jeune homme, il y a des lustres qu'on t'a pas vu dans notre coin perdu.

— La vie va tellement vite, marmonna-t-il, vaguement.

Leurs regards s'accrochèrent un instant. Justin soutint sans gêne l'air ironique de Lucie. Celle-ci ne poursuivit pourtant pas ses interrogations ; il était clair que Maggie ne se doutait pas du lien qui les avait déjà unis.

— Qu'est-ce que je vous sers, ce matin ?

Maggie porta l'index à ses lèvres en signe de réflexion.

— Il y a si longtemps que je ne suis pas venue déjeuner que je n'arrive pas à me décider… Tous tes bons petits plats me manquent !

— Alors prends tout ! Inutile de choisir, je peux t'offrir un festin !

Lucie leva les yeux au ciel devant les excès de Justin et Maggie esquissa un petit sourire timide.

— Non, je n'ai pas si faim. Je prendrai ces crêpes que j'aime tant.

— Et moi, le numéro huit, la totale !

— Bien ! fit Lucie en s'éloignant d'un pas énergique.

Peu de temps après, Justin s'excusa auprès de Maggie pour aller chercher le journal qui traînait sur le comptoir. Il en profita pour s'asseoir sur le tabouret en face de Lucie. Elle essayait de paraître très occupée.

— Comment ça va ? lança-t-il d'un ton doucereux, évaluant ses moindres gestes.

Elle le toisa avec un demi-sourire.

— Ça va.

— C'est bien ce que t'as fait avec le local.

— Merci.

— Toujours si froide ?

Il n'était nullement embarrassé ; il savait trop bien calculer l'impact de ses mots. Lucie jeta un œil par-dessus son épaule pour s'assurer que son fils s'affairait dans l'arrière-boutique.

— Donne-toi pas trop d'importance. Ça fait neuf ans que t'es disparu ; je suis plus fâchée… dit-elle.

— Tu me rassures.

Elle poursuivit son travail, tourna les crêpes dans la poêle et remua patates, saucisses et bacon sur la plaque.

— Tes œufs, tu les voulais comment, déjà ? demanda-t-elle, comblant le silence.

— Soleil. Peut-être qu'un moment donné on pourrait…

— Voyons, Justin ! Es-tu vraiment sérieux ?

Lucie se tourna d'un bloc, affichant un sourire moqueur.

— Ok, c'était drôle dans le temps, on s'est bien amusés, mais là, c'est fini. J'ai autre chose à faire de ma vie. De toute façon, si j'avais à me remettre en relation avec quelqu'un, ça serait pas avec toi… T'es un peu trop égoïste à mon goût.

— Arrête ça, Lucie ! Tu sais très bien que je l'ai eu dur, moi aussi.

— Ça excuse pas le fait que t'agis comme un vrai sans-cœur, des fois, maugréa Lucie.

Elle chuchotait, balayant la salle des yeux afin de vérifier que personne n'observait.

— Tu sais c'est quoi le problème du monde, ici ? Vous vivez dans le passé ! Vous évoluez pas ! riposta Justin.

— Au contraire. Moi, j'ai fait la paix avec ce qui est arrivé et maintenant, j'ai tourné la page. Je suis pas certaine que tu peux en dire autant.

Avant qu'il ne puisse répondre, elle l'interrogea :

— Qu'est-ce que t'es revenu faire au village ?

— Je commence à me le demander.

À ce moment, Gabriel apparut, un contenant de pommes de terre coupées en cubes entre les mains. Il examina avec subtilité la scène, englobant d'un même regard l'expression crispée de sa mère et celle, suffisante, de l'homme assis en face d'elle. Il ne s'attarda que quelques secondes et retourna à la plaque tandis que sa mère déposait un éventail de fruits dans les assiettes des nouveaux clients.

Humiliée, Lucie songea qu'elle avait peur que son fils la juge ou interprète mal cette conversation. S'il était au courant pour la liaison, il n'en avait jamais parlé.

De son côté, Justin reprit sa place, souriant et impénétrable, et tendit le journal à Maggie. Rien dans son attitude n'indiquait que les paroles de Lucie avaient eu un quelconque effet sur lui. D'ailleurs, il termina son copieux déjeuner et lui décocha un sourire comme s'ils étaient les meilleurs amis du monde.

~

Plus tard, après son retour de Chez Lucie, Maggie avait mis les chats à la porte et certains, comme Sylvestre, le plus casanier, avaient émis de fortes protestations. La septuagénaire avait ensuite donné comme instruction à la femme de ménage de procéder à un nettoyage plus ardent qu'à l'habitude afin de débarrasser la maison des poils de chats.

Justin, égal à lui-même, avait disparu à ce moment, prétextant une course à faire au village. Maggie se demandait d'ailleurs ce que cela pouvait être ; il était de retour depuis à peine une journée et déjà il trouvait de bonnes raisons de s'éclipser.

Drapée dans un châle mauve brodé d'éléphants dorés, Maggie rejoignit Francis qui s'affairait à l'extérieur, le genou appuyé sur une planche de bois qu'il découpait d'un trait de scie. Dès que la retaille toucha le sol, il releva les yeux et ôta ses lunettes de sécurité.

— Est-ce que ce serait possible pour toi de bloquer la chatière de la porte arrière ? lui demanda-t-elle.

— Pourquoi voulez-vous la condamner ?

— Parce que… mon neveu est allergique, répondit-elle en prenant soin de ne pas mentionner le nom de Justin. Ça n'a pas besoin d'être bien fait, ce n'est que pour quelques jours.

Sans rien laisser paraître, Francis releva cette dernière parole avec soulagement. Ainsi Justin ne tarderait pas à repartir dans les limbes de son passé.

Il ramassa un morceau de bois carré ainsi qu'un marteau. Lorsqu'il planta le premier clou pour boucher l'ouverture, les chats se groupèrent autour de lui comme s'ils avaient découvert le subterfuge. Désormais, ils étaient exclus de la demeure.

— Pauvres petits, ils n'ont jamais eu à affronter une nuit seuls dehors, commenta Maggie en prenant Bartélémy dans ses bras.

Le jeune chat frôla la joue de Maggie d'un coup de tête comme si cette caresse pouvait lui épargner sa punition.

— Je pense pas que ça leur fasse tant de mal, la rassura Francis.

— Ah, ils sont peut-être adultes et ont l'air bien maître d'eux, mais au fond, ils ont besoin de sécurité. Ce sont tous de petits êtres habitués à leur routine confortable. La demeure est si importante pour les chats…

Sa tâche terminée, Francis se releva et ferma la porte pour évaluer ce qui ressemblait à un pansement de fortune. Le bois blond contrastait étrangement avec la vieille porte repeinte cent fois, comme la peau d'une cicatrice fraîche sur un corps parcheminé.

— Tu sais qu'il y a des gens qui vont porter leurs chats à des dizaines de kilomètres dans la forêt pour s'en débarrasser, mais que ces chats retrouvent souvent le chemin de la maison ? continua Maggie.

Plusieurs chats s'avancèrent pour sentir cette entrave qui bloquait l'accès à leur refuge. Maggie poursuivit, pensive :

— La légende dit que souvent, en Égypte ancienne, les gens n'éteignaient pas l'incendie de leur demeure, car ils étaient trop occupés à empêcher leurs chats de se jeter dans les flammes. Ensuite, ils enterraient leurs félins sacrés ; c'était une façon de faire le deuil avant de repartir à neuf.

— Pourquoi les chats se lançaient-ils dans le feu ? s'enquit Francis, intrigué.

— Les chats ne voulaient pas abandonner leur maison, et ce, au péril de leur vie. Comme je l'ai déjà dit, la maison est très importante pour les chats, répéta-t-elle simplement.

À ce moment, Sylvestre vint appuyer ses pattes sur la trappe fermée et poussa un miaulement plaintif. Francis adressa un regard interrogatif à Maggie, qui secoua la tête de dépit.

Elle se demandait si le retour de Justin justifiait tout ceci.

~

Élisabeth cogna trois coups brefs à la porte du docteur Armand Arsenault qui, assis à son bureau, flanqué de part et d'autre de piles de dossiers, lisait un document, les lunettes sur le bout du nez et les sourcils froncés.

— Oui ? fit-il, évasif.

Élisabeth se racla la gorge.

— Docteur Arsenault, votre épouse m'a dit que vous étiez toujours là…

Le médecin examina la jeune femme.

— C'est ce qui arrive lorsqu'on engage sa femme comme secrétaire ; elle laisse entrer n'importe qui après les heures d'ouverture de la clinique, maugréa-t-il, pince-sans-rire.

Élisabeth gloussa et se cala sans gêne dans la chaise devant le bureau. Elle le connaissait trop bien pour savoir qu'il n'était pas sérieux.

— Qu'est-ce que je peux faire pour toi, Élisabeth ?

— Je… Mon ordonnance de Zoloft va finir bientôt et je…

Docteur Arsenault s'appuya contre le dossier de son fauteuil et l'observa un instant à travers ses verres en demi-lune, l'index posé sur les lèvres. Sous ce regard inquisiteur, Élisabeth se détourna, penaude.

— Élisabeth… commença-t-il. La dernière fois, on avait dit que ce serait fini, après. J'avais beaucoup diminué la dose et je pense que maintenant, tu es prête à arrêter ton traitement. Combien t'en reste-t-il ?

— Une… Pour à peu près une semaine. Je… Je voulais pas trop attendre avant de demander mon renouvellement, bredouilla-t-elle.

Les épaules de la jeune femme s'affaissèrent et elle baissa la tête. C'était inutile, il voyait en elle. Lui aussi la connaissait trop.

— Ce n'est pas une panacée, Élisabeth. Tu dois te donner une chance de récupérer toute seule.

La gorge d'Élisabeth se noua et elle se sentit comme une enfant grondée. Anxieuse, elle se rongea l'ongle du pouce, craignant par-dessus tout d'être laissée à elle-même.

— Justin est revenu en ville ? fit-il.

Elle releva le menton.

— Vous saviez ?

Le médecin hocha la tête. Il devait se douter que cette simple visite justifierait bien des émois.

— Si c'était juste ça. Au *Messager*, Roger m'a rétrogradée aux tâches les plus ingrates, poursuivit Élisabeth.

— C'est à cause de l'article sur l'entreprise Boisvert ?

— Vous l'avez lu ?

Docteur Arsenault opina de nouveau.

— Tu devais bien savoir dans quoi tu t'embarquais…

— Ils risquent de polluer la nappe phréatique, vous êtes pas d'accord ? s'emporta-t-elle.

— Oui, bien sûr, mais ça n'allait pas faire plaisir à ton patron. Le PDG de Boisvert joue au golf avec le maire et commandite une partie du journal. Tu es certaine que c'est juste pour sauver la qualité de l'eau du village que tu as écrit ton article ?

— Quelle autre raison est-ce que j'aurais ? rétorqua-t-elle, mal à l'aise.

Puis Élisabeth craqua et se cacha le visage entre les mains.

— Je suis une maudite sans dessein! J'aurais dû me taire! Jouer au mouton comme tout le maudit monde du village! Là, je suis prise pour composer des reportages sur la foire commerciale de la fin de semaine et j'ai plus le droit d'émettre mon opinion à moins de cinq cents mètres du journal!

— Si tu voulais quitter ton emploi, il y avait des moyens moins controversés.

Le médecin tendit le bras et tapota la main d'Élisabeth.

— Écoute, ma chère, pour l'instant, oublie ça et fais-toi un peu plaisir. Retourner chez toi pour broyer du noir ne donnera absolument rien.

— J'ai rien de planifié…

— Paye-toi un beau repas au restaurant. Va danser. Ordre du docteur.

Pourtant, ce n'était plus l'omnipraticien qui parlait mais le sexagénaire, père d'une famille de six enfants et grand-père déjà plusieurs fois. La jeune femme esquissa un pauvre sourire.

— Et reviens me voir en début de semaine. J'aurai quelque chose pour toi, ajouta-t-il.

— Un placebo fonctionnera pas, ironisa-t-elle.

Docteur Arsenault secoua la tête.

— J'ai lu un article dernièrement qui pourrait t'intéresser. Ça va t'aider à comprendre.

Élisabeth le remercia et se leva à contrecœur. Avant de sortir, elle se tourna vers lui.

— À force d'accumuler les gaffes, je me demande des fois si je ne suis pas complètement fêlée.

— Non, Élisabeth, la rassura-t-il. Tu es juste très, très blessée.

~

Malgré la vue qu'offrait la baie vitrée du restaurant, le visage de Francis exprimait tout sauf l'enthousiasme. Courbé, la mine maussade, il consulta sa montre une énième fois sans réellement la regarder. Il n'avait aucune envie de cérémonies, ce soir ; il aurait préféré se terrer chez lui et boire une bière devant la télévision. À contrecœur, il s'était vêtu d'une chemise blanche et d'un pantalon propre. Hélas, même un sérieux coup de peigne n'avait su dompter ses mèches désordonnées.

Ils étaient tous en retard ; Josiane, sa sœur Mireille et Rémi. La famille au grand complet.

Francis s'agitait, les doigts pianotant sur la nappe dont plusieurs traitements de javellisant avaient laissé des vestiges de taches blêmes. Au centre de la table, un lampion de verre rouge éclairé d'une bougie traçait les pattes d'une longue étoile vacillante. Francis attrapa un morceau de pain dans la corbeille et son geste parsema la surface immaculée d'une constellation de miettes. Il se redressa et étira sa jambe mutilée, massant avec vigueur la rotule endolorie. Il était rarement à son aise plus de quelques minutes assis sur une chaise rigide.

« Qu'ils arrivent, qu'on en finisse. »

Lorsque ses compagnons de repas se présentèrent à l'entrée, balayant la salle des yeux, Francis s'empressa de replier le genou et leur fit signe en levant l'index. Ils se précipitèrent vers lui avec des éclats de rire et des gloussements qui témoignaient que le chemin jusqu'au restaurant s'était déroulé dans l'hilarité. Francis soupira. Il était épuisé. Il n'avait pas envie de se joindre à leur allégresse. Il se força néanmoins à sourire.

Josiane lui enlaça les épaules et déposa un baiser sur sa joue. Elle sentait les fleurs, comme toujours.

— Mon Dieu ! Quel bel homme ! Je le reconnaîtrais pas si c'était pas le mien ! le taquina-t-elle.

D'un mouvement subtil, elle lissa les cheveux de Francis. Il perçut cette réprimande voilée avec un froncement de sourcils.

Enceinte de plusieurs mois, sa sœur Mireille se débarrassa de son manteau et posa la main sur l'épaule de Francis, avec une petite pression réconfortante.

— Ça va, Francis ? Mon chum te malmène pas trop au boulot ces temps-ci ?

Le regard de la jeune femme brillait de perspicacité. Ils se connaissaient depuis longtemps et elle semblait lire facilement en lui. Sa question semblait donc en sous-entendre une autre. Francis secoua la tête avec un sourire embarrassé.

— Je m'en accommode.

Mireille s'excusa vite auprès des autres.

— Désolée ! Je dois m'éclipser, en ce moment ma vessie a la capacité d'une cuillère à thé !

— Je te suis, lança Josiane en l'accompagnant.

Rémi s'assit de biais à Francis et le fixa un instant.

— Ça va ? s'enquit-il.

Toujours cette même maudite question.

— Ouais.

— Dans ce cas-là, pourquoi t'as l'air d'un chien battu un vendredi soir ?

Francis le dévisagea, ennuyé.

— Tu me cherches encore ?

— Même ton père m'a demandé qu'est-ce que t'avais aujourd'hui, poursuivit Rémi, étalant sa serviette de table sur ses genoux.

« Le vieux pense à ses profits », songea Francis avec amertume. Même après l'accident, son père s'inquiétait plus de sa carrière manquée que de sa santé détraquée.

— Écoute, *man*, je le sais que c'est dur ces temps-ci avec *l'autre* qui s'est pointé dans le décor, mais tourne la page.

« Facile à dire. » Francis laissa errer son regard loin de celui de Rémi. Il vit alors Élisabeth qui patientait à l'accueil, les yeux dans le vide, attendant qu'on la conduise à une table. L'expression de la jeune femme trahissait sa mélancolie. Son angoisse. Elle releva les yeux et sourit à l'hôtesse. Un sourire plaqué, qui ne parvenait pas à masquer sa détresse. Francis se voyait en elle comme dans un miroir. Cette laideur qu'il ressentait à l'intérieur, elle la ressentait aussi.

Tandis qu'elle traversait la pièce, leurs regards se croisèrent. Elle le salua et il répondit d'un hochement de la tête avant qu'elle ne disparaisse dans la pénombre de la salle.

Il se prit à songer qu'il aurait préféré être à sa table à elle. Pas besoin d'épancher ses sentiments. Elle savait déjà tout ça. Juste le silence. Pas besoin de parler, de rien justifier, juste être. Juste vivre.

Rémi n'était pas malintentionné, mais il parlait trop. Il devait verbaliser chaque idée, chaque émotion, et les décortiquer, les analyser. C'était sans doute plus sain, pourtant Francis en était incapable.

Josiane revint s'asseoir devant lui et se badigeonna les mains d'une lotion désinfectante qu'elle cueillit dans son sac. Elle en offrit à Francis qui refusa.

Elle était mignonne avec ses frisettes blondes remontées au sommet de sa tête et son tricot d'un rose tendre qui soulignait délicatement sa poitrine. Avec affection, elle serra les doigts de Francis entre les siens.

— Je suis contente, murmura-t-elle.

En guise de réponse, il opina du chef.

C'était bien pour lui faire plaisir que Francis était sorti de sa tanière. Et malgré ses efforts, il ne savourait pas le moment présent, sa tête demeurait ailleurs. Toujours.

Cette apathie revenait sans cesse, comme le ressac sur un nageur qui tente de garder la tête hors de l'eau. Et lorsqu'il se croyait tiré de sa torpeur, la vague déferlait à nouveau sur lui, l'étouffant, anéantissant tout.

Et il s'en voulait. Parfois, il se demandait ce qu'il faisait ici ; il n'était qu'un fardeau pour lui-même. Et pour le reste de la planète, d'ailleurs. Ces gens qui essayaient de le consoler et lui qui ne cessait de vouloir partir. Se retirer dans un espace reclus.

Le serveur apparut à ses côtés, le forçant à émerger de ses réflexions.

— Vous êtes prêts à commander ?

— Ouais, avant que je prenne une bouchée de la table, je vais tester votre gigot d'agneau, clama Rémi.

— Puisque je mange pour deux, ce sera la même chose, dit Mireille en se frottant le ventre.

— Moi, ce sera la bavette. Et toi, Francis ? l'interrogea Josiane.

— Le saumon.

Elle eut une imperceptible moue. Elle n'aimait pas le poisson. La provoquait-il ?

Non, il était trop préoccupé pour ça. Le bruit était revenu dans sa tête. Assourdissant. Aliénant.

Il avait aperçu Justin se diriger vers le fond du restaurant. Ce dernier feignit de ne pas le voir, mais c'était impossible. Leur antipathie était trop forte, à l'instar de deux aimants qui se repoussent.

Francis se redressa avec orgueil et fit mine de s'intéresser à ceux qui l'accompagnaient.

À côté de lui, Mireille le guettait. Elle lui adressa un petit sourire compatissant.

— On prend une bouteille de vin ? lança alors Francis.

Son intervention surprit les autres, qui accueillirent cette proposition avec joie.

~

À l'autre bout de la pièce, Élisabeth contemplait le paysage en silence, assise seule à une table près de la fenêtre. Le crépuscule gagnait le ciel, le noyant d'une palette de couleurs de feu. Les derniers rayons dorés éclairaient les nuages lumineux et donnaient l'impression de coups de pinceaux maladroits sur un fond sombre. Au dessous, la masse noire et inquiétante des montagnes dominait le miroir trouble du lac qui se teintait, lui aussi, de violet et de cramoisi.

Élisabeth fit tournoyer le bourgogne dans son verre avant d'en prendre une gorgée. Elle sourit, se délectant des arômes de cassis et de vanille. De café, aussi.

Elle avait été vite servie, comme si tout le monde se sentait mal à l'aise qu'elle soit seule un vendredi soir. Dans un village, prendre un repas en solitaire dans un beau restaurant semblait une pratique étrange et mal vue, inconcevable même. L'hôtesse et le serveur l'avaient scrutée avec incompréhension quand elle avait exigé une table pour une personne.

« Merde ! Je veux juste manger d'autre chose qu'une barquette de bouffe congelée ! » avait-elle eu envie de répliquer.

Par chance, le vin lui avait fait oublier les regards interrogateurs braqués sur elle. La majorité des occupants de la salle savaient qui elle était et se demandaient sans doute s'ils ne devaient pas l'inviter à se joindre à eux. Aussi gardait-elle les yeux résolument fixés vers l'extérieur.

« Allez tous vous faire foutre. »

— Voilà, mademoiselle ! s'exclama le serveur en déposant devant elle des médaillons de saumon nappés de sauce hollandaise.

Elle se contenta d'attaquer son assiette, esquivant une conversation avec le serveur qui était le fils d'une proche amie de sa tante. Si la rumeur de ses sorties en solo arrivait aux oreilles de ses parents, elle aurait droit à une pseudo thérapie via un appel interurbain : « Tu devrais sortir plus, tu devrais voir du monde, tu devrais rencontrer untel, bla bla bla. »

Élisabeth enfourna une autre bouchée.

Éviter les contacts visuels. Refléter une profonde sérénité.

En d'autres circonstances, elle aurait ri de sa situation de célibataire coriace. De l'accoutrement qu'elle avait déniché dans sa garde-robe mortuaire: pantalon noir, tricot noir, veston noir et escarpins noirs. D'ailleurs, la moitié des gars de la ville la prenaient pour une folle, une sorte de créature mangeuse d'hommes. L'autre moitié était mariée ou n'était pas en âge pour les fréquentations.

Elle avait raté le bateau, voilà. À son âge, tout le monde, à part peut-être les marginaux extrêmes, était casé; elle, elle errait encore sans but. Incapable d'admettre quelqu'un dans son intimité. Incapable de faire confiance. Incapable de se convaincre que malgré les erreurs passées, elle méritait l'amour, elle aussi.

Tandis qu'elle savourait son plat et divaguait sur sa condition, elle ne porta pas attention à la silhouette qui s'approchait d'elle.

Justin prit une chaise inoccupée de la table voisine et s'assit face à Élisabeth, l'air grave. D'instinct, elle eut un mouvement de recul et sa main se crispa sur sa serviette de table. Confuse, elle aurait voulu protester avec véhémence, mais elle calma sa panique avec une gorgée de vin. Sous le regard intense qui pesait sur elle, elle sentit que son cœur battait la chamade, que ses doigts tremblaient.

— Qu'est-ce que tu fais ici? eut-elle la force de demander.

Justin ne répondit pas immédiatement.

Les yeux ailleurs, suivant la courbe des lointaines collines, elle s'abstint de l'observer, terrorisée à l'idée de découvrir en elle une parcelle de sentiment pour lui.

Pour ajouter au malaise, le serveur revint demander s'il devait prévoir un couvert pour le nouveau venu. Élisabeth trancha:

— Non. Il ne restera pas.

C'était autant à l'adresse de Justin que du serveur.

Après une profonde inspiration, elle se décida à examiner l'homme assis en face d'elle. Il était pareil. Identique au dernier moment où elle l'avait vu, dans la clairière, le soir de la fête.

Tu m'étouffes. Laisse-moi.

Une pâle empreinte de pattes d'oie au coin de ses yeux gris, pas plus. Ça le rendait peut-être encore plus séduisant.

Elle aurait voulu qu'il se soit flétri, qu'il soit bouffi, rattrapé par ses excès. Au moins, qu'il ait eu l'air plus mal en point qu'elle.

Non. La vie était trop ironique pour ça.

Chez elle, les cernes ne s'estompaient plus et des plis d'amertume creusaient les coins de sa bouche. Elle était trop maigre et son teint blême témoignait qu'elle se négligeait à plusieurs points de vue.

Élisabeth tenta de se remémorer les sermons fictifs qu'elle avait imaginé prodiguer à Justin. Maintenant qu'il était devant elle, elle manquait de mots, incapable de démêler ce qu'elle éprouvait. La haine prédominait, et le goût de lui arracher cette expression de confiance qu'il affichait en permanence. Il y avait aussi cette joie perverse de revoir ce visage qu'elle avait trop chéri et, enfin, cette indescriptible tristesse.

— Ça fait longtemps, commença-t-il.

— Pas assez, apparemment.

Au moins, il n'eut pas l'effronterie de sourire à cet aveu.

Il marqua une nouvelle pause, comme s'il hésitait à se lancer. Entre ses mains, il portait un sac à l'effigie du restaurant ; il avait dû venir chercher un repas pour gâter Maggie, puisqu'elle ne sortait que rarement.

— Je… Je voulais m’excuser.

Devant l’absurdité de ses propos, Élisabeth pouffa.

— Il est un peu tard, non ? ricana-t-elle.

— Élie, je le sais, j’ai pas été correct. C’était à une époque où j’avais plus de repères…

— Es-tu sérieux ? Voyons, Justin, tu peux pas revenir après des années pour me présenter tes plates excuses ! Te rends-tu compte qu’on aurait un enfant de huit ans aujourd’hui ?

— J’avais jamais dit que j’étais d’accord avec ça, en passant, affirma-t-il.

— Ok, je te l’accorde, c’était un accident. Mais j’aurais au moins voulu qu’on en parle ! Pas me faire sacrer là en plein milieu d’un party, me faire voler mon argent pis plus jamais entendre parler de toi !

Les yeux plissés, Justin rétorqua.

— C’était *notre* argent ! Je te rappelle que moi aussi j’avais déposé dans le pécule. Tu peux rien me reprocher de ce côté-là.

— Quoi ? Es-tu en train de me faire croire que c’est de ma faute ? Que c’est moi la méchante qui a tout orchestré et que c’est toi la pauvre victime, que je t’ai poussé à partir ? Les dettes que t’avais envers Boisvert, ça n’avait rien à voir avec moi ! Ça n’aurait pas dû, en tout cas ! Écoute, ta méthode de manipulation réussissait avec moi avant, mais j’ai fait un bon bout de chemin depuis ce temps-là ! Qu’est-ce qui s’est passé pour que tu viennes me relancer jusqu’ici ? T’as encore besoin de fric ?

Il soupira, les yeux au ciel.

— Je vois que t'es bouchée. Je voulais m'excuser en gars civilisé…

— T'excuser ? Tu sais même pas ce que ça veut dire !

Justin se leva et secoua la tête.

— C'est vraiment dommage que t'aies pas réussi à passer à autre chose. Ok, tu peux peut-être me blâmer pour notre séparation. Pis pour d'autres affaires. Mais pas pour tes malheurs des neuf dernières années.

Sur ce, il tourna les talons et gagna la sortie avant de disparaître dans la nuit. Élisabeth abattit son poing sur la table.

— Eh, criss !

La coutellerie tinta dans l'assiette et le vin tressaillit dans son verre. Ses voisins de table lui jetèrent un coup d'œil intrigué. Elle baissa le nez, humiliée. Ce n'était rien de nouveau.

Élisabeth s'imposa une contenance, pour la forme, et poursuivit son repas. Pourtant, après deux ou trois bouchées, elle déposa quelques billets sur la table, vida son vin d'un trait et s'en alla, le menton haut et le regard fixe.

~

La musique de la radio jouait en sourdine et Lucie s'affairait à astiquer le plancher de son restaurant, nettoyant les plaques de nourriture renversée. Était-ce possible de s'adonner à une tâche aussi ingrate un vendredi soir ? Hélas, elle était bien obligée ; elle n'avait pas les moyens de payer quelqu'un. À l'aide d'une brosse, elle frotta sans succès une marque noire laissée sur le sol. Elle vaporisa un nettoyant concentré dont le parfum citronné ne parvenait pas à masquer l'odeur d'ammoniaque. La gorge en feu, Lucie retint sa respiration et redoubla d'ardeur, récurant à deux mains. La sueur perla sur son visage et s'écrasa en gouttes rondes sur le linoléum. Avec un gémissement, elle se redressa sur un genou et essuya son front humide du revers de sa main gantée de caoutchouc jaune. En levant les yeux, elle découvrit une série de gommes à mâcher collées sous une table. Elle soupira.

Elle entendit cogner et, malgré l'écriteau qui indiquait « Fermé », elle se dirigea vers la porte en essuyant ses mains sur son tablier. N'importe quoi plutôt que le boulot. Elle reconnut Élisabeth et déverrouilla.

— Qu'est-ce que tu fais ici à cette heure-là ?

— As-tu encore de la bière ? s'enquit Élisabeth en la bousculant pour entrer.

Lucie sourcilla.

— Oui, bien sûr. Qu'est-ce qui se passe ?

— Je viens de parler à Justin. Est-ce que j'ai besoin d'en rajouter ? rétorqua-t-elle.

Élisabeth contourna les flaques qui séchaient sur le plancher miroitant et s'écrasa sur une banquette, le visage entre les mains.

— Le chien sale ! Il est venu ruiner ma soirée au restaurant ! J'ai envie de massacrer quelque chose !

Lucie déposa une bouteille devant la jeune femme et reprit sa serpillière.

— Il a réussi à te faire croire que t'étais responsable ?

Les yeux brillants de rage d'Élisabeth en disaient long.

— Tu dois bien t'en douter…

— C'est sa spécialité. Il connaît nos points faibles et sait exactement comment s'y prendre, affirma Lucie. Ce matin, il m'a prise en souricière devant mon fils. Je ne sais pas ce que Gabriel a pu en penser.

— C'est lamentable. Il faudrait que je trouve un moyen de savoir ce qu'il a fabriqué ces dernières années pour le relancer ! Pour savoir ce qu'il fait ici !

— Élie, laisse aller les choses…

— Mais c'est un voleur ! Il n'a pas de scrupules ! Je suis sûre qu'il a trempé dans je sais pas quelle merde ! Pourquoi penses-tu qu'il m'a accostée ? Pour jaser ?

— À déterrer cette merde, tu risques de tomber dedans.

Contrariée, Élisabeth pinça les lèvres et se tourna vers la fenêtre. Un mouvement furtif attira son attention et elle reconnut Artémisia, la chatte de Maggie. Celle-ci traversa la rue principale et se fondit dans le bosquet sombre du parc qui bordait l'hôtel de ville.

— Bizarre. Je viens de voir passer la chatte de Maggie. Je me demande pourquoi elle est aussi loin de chez elle en pleine nuit, réfléchit tout haut Élisabeth.

— La voisine de Maggie m'a raconté que Justin est allergique et qu'il a insisté pour laisser les chats dehors.

Élisabeth renifla avec mépris.

— Justin n'est pas plus allergique que moi. Il déteste seulement tous ceux qui lui volent la vedette.

— Je m'en doutais. Pauvre Maggie…

— Il obtient toujours ce qu'il veut, peu importe le reste. Je me demande juste si c'est inné ou acquis.

— Pourquoi acquis ? Il n'a pas hérité ça de Maggie !

— De Maggie, non, mais de son père, peut-être. Du temps qu'on était ensemble, Justin a jamais mentionné sa vraie famille. C'est par Maggie que j'ai pu en apprendre un peu. Après la mort de son mari, Maggie est revenue de l'Inde pour s'établir ici, dans son village natal. Elle avait cinquante-six ans. Quand elle a su que son neveu, Justin, était en famille d'accueil, elle a décidé de l'adopter parce qu'elle avait jamais pu avoir d'enfant. Justin avait peut-être neuf ans à ce moment-là et c'était un enfant déséquilibré du côté émotif. Son père, le frère de Maggie, était alcoolique, et violent en plus. Il persécutait tout le temps son fils. Mais Justin était un garçon intelligent : pour éviter de recevoir des raclées, il a appris à mentir. C'était son mécanisme de survie. Quand Maggie l'a accueilli chez elle, le mal était fait. Justin était égoïste, il avait aucune considération pour les sentiments des autres. Il paraît que ses années passées à l'école secondaire ont été particulièrement pénibles. Pourtant Maggie était persuadée qu'avec beaucoup d'affection, il deviendrait quelqu'un de bien.

Élisabeth marqua une pause. Ses épaules s'affaissèrent.

— Et elle pensait y être parvenue le jour où on a emménagé ensemble. On y a tous cru. Tu le sais, tu l'as connu toi aussi. Il était si… Quel mot employer ? Passionné. Vif. Intense. Ça couvrait tout le reste. Parce que malheureusement, il était comme un tigre bien toiletté et bien dressé ; malgré ses airs civilisés, il était indomptable. Et cruel. On l'a tous appris à nos dépens.

Lucie jeta un coup d'œil sceptique à Élisabeth.

— Je sais pas si les parents sont coupables de ça. Prend Francis, par exemple. Son père est un des pires abrutis que j'ai rencontré et ça en a pas fait quelqu'un de mauvais, loin de là.

— C'est parce que t'as pas connu son frère…

— Non, selon moi, Justin est un insensible à la base. Il a viré la vie de tout le monde à l'envers et il est parti sans rien dire. S'il avait eu l'ombre d'un sentiment, il aurait au moins contacté Maggie…

— Raison de plus pour trouver un moyen de le désarçonner ! De le renvoyer d'où il vient !

Lucie fixa Élisabeth d'un air réprobateur.

— Élie, joue pas son jeu. Il en connaît toutes les combines. Je te conseille plutôt de l'ignorer et de reprendre ta vie. T'as eu ce que tu voulais, tu lui as dit ce que tu avais sur le cœur. Tu savais qu'il allait pas te donner raison. Maintenant, c'est fini.

« Je peux pas l'ignorer, j'ai pas de vie à laquelle retourner ! »

Voûtée, la mine renfrognée, Élisabeth plongea le regard au fond de sa bouteille, la mâchoire serrée sur des paroles mesquines. Certes, elle aurait pu lancer à Lucie d'arrêter de jouer à la mère. Hélas, elle avait raison. Avec Justin, il n'y avait pas de gagnants, juste des éclopés.

Une partie d'Élisabeth le comprenait, pourtant l'autre s'entêtait à vouloir le voir payer, souffrir, perdre pour une fois.

Lucie augmenta le volume de la radio et prit place devant Élisabeth avec un sourire compatissant. Bouteille en main, elle proposa un toast.

— À ce qui viendra. Et à ce que la vie nous réserve…

Élisabeth hésita. Elle aurait aimé lâcher prise si facilement. Pourtant elle en était incapable. Néanmoins, elle leva sa bouteille et cogna celle de Lucie.

~

Jacques Fortier déambulait sur la rue principale vide, foulant d'un pas peu allègre le trottoir en direction de la Brasserie à Baptiste au coin de la rue. Il ne savait pas pourquoi il y allait malgré lui. Cette impression persistait depuis des semaines. Peut-être qu'il commençait à trouver redondantes les soirées entre chums les vendredi soirs. Peut-être que ce n'était qu'une phase. Peut-être qu'il pensait trop.

À une époque, ça faisait du bien de se retrouver et de raconter ses déboires, lancer quelques plaisanteries, rire un peu. Maintenant ces échanges semblaient vains. Vides.

Pierre, en parfait mythomane, se vantait de ses chasses ou de ses pêches miraculeuses – Jacques ne se rappelait même plus laquelle de ces deux activités il pratiquait – avec un obscur chum qui connaissait les meilleurs endroits et les bonnes combines. Phil, le plus jeune, était un gars assez correct même s'il sortait toujours les mêmes blagues de bonnes femmes. Sa femme, sa mère, sa belle-mère... Il les mettait toutes dans le même panier. Enfin, Jerry ricanait dans son coin, souvent ivre à ne plus pouvoir se tenir debout. Le même *pattern*, un déjà-vu chaque semaine.

Jacques se demandait où était sa place. Ces gars-là n'évoluaient pas. Au contraire. Ça le forçait à se remettre en question. Est-ce que c'était ça la vie qu'il voulait ? Comment s'était-il rendu là, à se donner des coups de pied dans le cul pour aller prendre une bière la fin de semaine ?

Les années l'avaient rendu intolérant. Trop. Et amer de surcroît.

Il avait atteint la mi-quarantaine et il n'avait même pas quelqu'un avec qui partager sa vie. Juste des revues de cul et des films pornos téléchargés sur Internet pour lui tenir compagnie le soir. Des bimbos plastifiées qui n'avaient rien de bien réconfortant.

La quarantaine, ouais. Il était confiné dans une vie de moine, pourtant il aurait défroqué n'importe quand. Ce n'était pourtant pas faute d'avoir essayé de rencontrer des femmes. Hélas. Personne ne l'intéressait. Sauf elle. Toujours elle, maudite vache !

Et après presque onze ans, il en était encore devant la même impasse à se demander pourquoi Lucie l'avait planté là. Elle lui avait massacré le cœur, celle-là ! En charpie. En quoi est-ce qu'il avait eu tort, où est-ce qu'il avait manqué ? Ok, ok, il avait été un peu négligeant, un peu aveugle, mais pas au point de la pousser dans les bras d'un gars qui avait douze ans de moins qu'elle ! Un petit blanc-bec qui n'avait même pas le nombril sec ! C'était aberrant, non ? Elle n'avait jamais émis une seule protestation, pas un avertissement, et elle l'avait sacré là du jour au lendemain. Il aurait dû voir ça venir. Méchante claque sur la gueule.

Et maintenant, il avait fallu que le gigolo de son ex-femme se remontre la face en ville.

Quand il était arrivé nez à nez avec son air sarcastique à l'épicerie, tout le monde s'était tourné vers lui pour observer sa réaction. Le village au grand complet était au courant, bien entendu. Il avait esquivé l'affront, faisant mine de ne rien voir, ignorant les murmures indiscrets qui s'enflammaient autour de lui. En dedans, c'était différent, par contre. Il grinçait des dents, l'estomac tordu par cette parade humiliante. Comme ces animaux en rut dans les reportages à la télé. Lequel avait le plus beau plumage, le chant le plus mélodieux, la plus grosse queue ?

« Maudite gang d'imbéciles, mêlez-vous donc de vos affaires, câliss ! »

Mais il n'avait rien dit.

Et l'autre avait poussé la provocation jusqu'à lui sourire.

« Ostie que je l'étranglerais ! »

Il s'interrogeait d'ailleurs sur ce qu'en diraient les gars, ce soir. Il redoutait leurs commentaires. C'était peut-être pour ça qu'il y allait à reculons.

Avec un soupir résigné, il arpentait les derniers mètres qui le séparaient de la taverne quand un mouvement de l'autre côté de la rue attira son attention.

Dans le restaurant de Lucie, deux femmes dansaient, le diable au corps. Bouteilles en main, elles s'esclaffaient, valsant devant les vitrines. Il s'arrêta pour les regarder et ne put s'empêcher de sourire devant cette démonstration de joie. La mâchoire lui décrocha lorsqu'il reconnut la journaliste du *Messager*, d'ordinaire si froide, et son ex-femme.

Lucie. C'était bien elle, ça. Pareille comme quand il l'avait connue derrière le comptoir de la boulangerie. La bonne humeur incarnée avec son rire contagieux. En plus, elle était encore très belle. Lui, il semblait dépérir à vue d'œil. Ses cheveux se clairsemaient sur son front, ses yeux bleus devenaient plus globuleux et son ventre grossissait.

Il se prit à envier Élisabeth et Lucie. Il aurait aimé se joindre à leur euphorie. Avoir de quoi rire, de quoi fêter.

Soudain, il avait encore moins le goût d'entrer dans le bar. La moue dépitée, il reprit son chemin. Lucie jubilait-elle à cause du retour de son *playboy*?

La rage au ventre, il poussa la porte de la taverne avec fureur, bien décidé à noyer sa colère. Ses amis, eux, l'accueillirent à grands cris en levant une chope de bière fraîche.

~

Lucie s'appuya au comptoir, la main sur sa poitrine qui se soulevait d'un souffle saccadé. Elle hoquetait, riant des simagrées d'Élisabeth. Cette dernière, impétueuse, posa le pied sur la vadrouille humide et trébucha tête première sur le plancher. Ahurie, Lucie vola à son secours. Penchée au-dessus de la jeune femme, elle se rendit compte que celle-ci était aux prises avec un fou rire hystérique.

— Ma foi ! Justin t'a rendue folle ! s'exclama Lucie, soulagée.

— Si le diable me possède, j'ai besoin d'un exorcisme ! Ordre du docteur ! articula Élisabeth, hilare.

~

Dans la pénombre du salon, Francis passait en revue sa soirée, calé dans son fauteuil aux contours élimés, ses écouteurs l'enivrant d'une musique exotique. Led Zeppelin interprété par la London Philharmonic Orchestra. Il tira une bouffée de son joint et observa les volutes de fumée s'élever, déliant leurs tentacules blafards vers le plafond. Ces nuits fraîches rappelaient les douleurs profondes qui assaillaient encore sa jambe.

Il s'en voulait un peu d'avoir été si peu loquace, ce soir. Tout au long du repas, les rires avaient retenti autour de lui et il y était demeuré étranger, lointain. Incapable d'émerger de ses songes. Parfois, il semblait tenir le rôle de figurant dans sa propre vie.

Et il se trouvait aussi stupide d'être agacé par les manies de Josiane. Il y avait près d'un an qu'ils se fréquentaient, alors il commençait à la connaître. Elle était minutieuse, elle aimait les choses propres et bien rangées. Se laver et se désinfecter les mains après chaque tâche. Faire la vaisselle dès que les assiettes sont vides. Prendre une douche immédiatement après l'amour. Éviter tout contact avec des liquides corporels indésirables.

Et elle essayait d'instaurer un peu d'ordre dans son chaos à lui.

Au départ, ça l'avait séduit. Il y voyait une sécurité, une occasion de parvenir à la stabilité après des années d'errance. Voir l'existence à travers les yeux de Josiane: un long fleuve tranquille où le bonheur était simple.

Mais le naturel morose de Francis était revenu au galop. Il ne pouvait se résigner à cette idée réductrice que la vie était une recette à suivre en quelques étapes faciles. Heureusement, ces dernières semaines, elle avait cessé de lui demander quand il serait prêt à emménager avec elle. Il savait trop ce qui viendrait après. Il le redoutait, même.

Le mariage en blanc, les enfants, la maison avec hypothèque commune et le reste faisaient partie de projets consensuels, pas d'une formule à appliquer pour un rendement de vie optimum. Avant d'entreprendre quoi que ce soit, il préférait s'assurer qu'il était avec Josiane pour les bonnes raisons. Et il n'en avait jamais autant douté.

En ce moment, elle dormait à l'étage et il s'était échappé du lit pour descendre fumer tranquille. Elle détestait qu'il consomme de la *mari*. Même lorsqu'il tentait de la convaincre que ça calmait la douleur. Pourtant, ces derniers temps, il se bourrait plus qu'autre chose.

Il avait besoin de partir. Vraiment. Il se promit que lorsque la véranda de Maggie serait terminée – et qu'il aurait eu à endurer l'air condescendant de Justin pendant des semaines –, il s'offrirait un voyage d'un mois, plus si possible, loin de tout et surtout de ce village. Un endroit reculé, en marge de toute civilisation, de quelconques moyens de communication. Une île déserte aurait été idéale. Juste être seul.

Mais l'évasion, était-ce une solution ou plutôt une autre façon de fuir ?

Il écrasa son mégot dans un cendrier et se pencha sur la table basse devant lui pour se rouler un autre joint. Josiane allait se plaindre de l'odeur le lendemain. Il haussa les épaules.

Il remarqua alors une silhouette se profiler dans la fenêtre à l'avant de la pièce. Il retira ses écouteurs et s'avança pour découvrir avec stupeur deux grands yeux jaunes aux pupilles dilatées qui le fixaient.

— Stan ? Qu'est-ce que tu fais là ? chuchota-t-il avec un sourire, reconnaissant Stanislas, le chat de Maggie.

Il enfila une veste et des espadrilles puis sortit voir le chat gris, nonchalamment étendu contre le châssis.

— Pauvre matou, t'es perdu ? Je vais te ramener, assura-t-il, juchant le félin ronronnant sur son épaule.

Il se dirigea vers la maison victorienne qui se situait au bout de la rue, à trois pâtés de maisons de chez lui. Il espérait ne croiser personne, conscient de ses yeux rougis et de l'odeur qui imprégnait ses vêtements. Mais il était passé minuit et tout le monde semblait dormir dans cette bourgade.

Arrivé à la hauteur de l'imposante demeure, il crut être victime d'une hallucination. La façade de briques rouges était plongée dans le noir et des chats se prélassaient un peu partout devant. Ils jonchaient le porche, la balustrade et guettaient les intrus du haut du chêne qui se dressait jusqu'au toit.

Les félins l'examinèrent de leurs yeux fluorescents lorsqu'il déposa Stanislas près de l'escalier. Francis perçut quelques sifflements et cette menace le fit frissonner malgré lui.

À ses pieds, Stanislas roula plusieurs fois sur le dos, exposant son ventre, pour signifier que le visiteur n'était pas hostile. Malgré ses poils dressés sur l'échine, Heathcliff, le chasseur roux qui gardait la porte, cligna des paupières en guise d'approbation.

Décontenancé, Francis tourna les talons et rentra chez lui au pas de course malgré les élancements qui tenaillaient sa jambe.

4
À chat perché

En ouvrant la porte pour prendre le journal, Maggie constata que, comme on le prédisait dans l'hebdomadaire, ce samedi matin lumineux serait le théâtre idéal pour la foire commerciale du printemps qui avait lieu au village chaque année. Le ciel clair et l'air sec donnaient envie de se débarrasser des manteaux encombrants et des gros lainages.

« En avril, ne te découvre pas d'un fil », songea-t-elle.

En remarquant un garçon courir dans la rue sans plus de protection qu'un chandail à manches courtes et un jeans coupé, Maggie en conclut, avec un sourire tendre, que ces vieux proverbes étaient plutôt casse-pieds.

Elle se rappelait des années auparavant avoir essayé de persuader Justin de se couvrir un peu. Il protestait chaque fois avec insolence et, un jour qu'elle lui avait glissé incognito un chandail dans son sac, elle l'avait retrouvé accroché aux branches élevées du chêne devant la maison.

Son regard se voila. Si seulement toutes les anecdotes concernant l'adolescence de Justin pouvaient être aussi cocasses. Car lorsqu'elle le contrariait, il avait plutôt l'habitude de piquer des crises épouvantables. Violentes même.

Perdue dans ses pensées, Maggie ne remarqua pas le chat qui se faufila entre ses jambes pour entrer dans la maison. Elle se tourna à temps pour voir le matou gravir l'escalier et foncer droit sur Justin qui descendait. Ce dernier fut déséquilibré par l'assaut, perdit pied et glissa jusqu'en bas. Maggie se précipita vers lui mais Justin se releva en jurant, la main sur la hanche. Sylvestre, le félin coupable, le défiait du haut des marches.

— Pauvre Sylvestre ! s'exclama Maggie. Il ne sort jamais, d'habitude. Il doit être un peu déboussolé de devoir passer ses nuits dehors.

— C'est moi qui manque de me casser le dos et c'est ton criss de chat qui fait pitié, vociféra Justin.

Maggie le fixa. Sachant très bien qu'il n'était pas blessé, elle se mit à rire afin de désamorcer sa soudaine colère.

— Si tu veux bien pardonner ta tante sans cœur, je te préparerai un bon petit-déjeuner à la dimension de ton appétit gargantuesque, lança-t-elle, un brin moqueuse, en lui tapotant la joue avant de disparaître dans le couloir.

Justin releva les yeux vers l'étage, où le gros matou à figure aplatie et au poil blanc angora continuait de l'épier. Il reconnut celui qui l'avait scruté toute la nuit, installé sur une branche d'arbre qui se ramifiait devant la fenêtre de sa chambre. Le regard du chat semblait poindre à travers les minces rideaux, suivant ses moindres gestes. Et Sylvestre n'était pas le seul à le surveiller; sur chacune des grosses branches de l'arbre, un félin était tourné dans sa direction. Cela l'avait empêché de gagner un sommeil profond avant les premières lueurs de l'aube.

Sylvestre se coucha au sommet de l'escalier, les oreilles rabattues et la queue fouettant l'air.

— Je te revaudrai ça, mon ostie de tas de poil, grommela Justin entre ses dents.

Il rejoignit Maggie qui s'affairait devant la cuisinière. Les œufs tournés crépitaient dans la poêle.

— Justin, aujourd'hui je devais aller porter la voiture au garage pour le changement d'huile. Voudrais-tu me rendre ce service ? Je trouve ça un peu loin quand je dois revenir à pied…

— C'est où ?

— Au coin de la route principale. C'est le garage de Jacques Fortier.

Justin grimaça.

— Qu'y a-t-il ? s'enquit Maggie.

— Eh ben… Lui et moi, on s'entend pas vraiment bien.

— Tu n'as qu'à déposer l'auto, pas à jaser avec lui ! Jacques est un des hommes les plus serviables que je connaisse, il n'en fera pas de cas !

Cherchant un moyen d'esquiver cette tâche sans toucher un mot sur la nature de son différend avec Jacques Fortier, Justin croisa les bras, un pli lui barrant le front.

— C'est plus profond que ça.

Maggie soupira. Voilà encore un squelette dans le placard de Justin dont elle n'avait pas eu connaissance.

~

Plus tard cette journée-là, dans la chambre noire de son sous-sol, Élisabeth fixait les photographies de la foire. Après avoir été baignées d'une cuve à l'autre, elles séchaient, accrochées aux nombreuses ficelles qui couraient entre les murs de la pièce exiguë.

Roger lui reprochait souvent que ses photos servaient mal le journal. Trop poétiques, parfois hors champ ou mal cadrées. Elle aimait le côté technique qu'exigeait l'utilisation de la pellicule ; il lui répétait de se convertir au numérique. Elle appréciait cet art complexe ; il la trouvait simplement entêtée.

Avec une moue sceptique, Élisabeth songea que peut-être, finalement, les images de la fête tenaient plus du roman-photo que d'un journal local d'informations. Il n'y avait que celle de Josiane, la fleuriste, qui avait le potentiel de faire une bonne page couverture. La jeune femme couronnée de verdure souriait, les lèvres charnues et les dents régulières, tenant un énorme bouquet printanier entre ses bras. En plus, cette charmante fée de la flore débordait de gentillesse, le bonheur étampé en permanence sur sa figure affable.

— Miss Parfaite, ronchonna Élisabeth.

Au fond, elle l'enviait. Et elle le savait. Cette fleur bleue ne semblait souffrir d'aucun complexe, elle était bien dans sa peau au teint de rose. Et elle était énervante à force d'être trop jolie, trop fine et trop tout.

C'était bien Élisabeth, ça. Haïr la fille qui l'obligeait à reconnaître à quel point elle-même était minable. Et qui lui enfonçait le nez dans la médiocrité de sa propre vie. Elle en avait encore eu une preuve aujourd'hui.

Au fond, Francis était chanceux. Il méritait cette bonne fille, pas compliquée ni amère. Seulement heureuse.

Ses yeux se posèrent ensuite sur le cliché d'une femme, la main cachant ses yeux embrouillés de larmes et tirant son fils derrière elle. C'était Solange, la secrétaire du cabinet de notaire.

Élisabeth avait croqué cette photographie au moment où elle avait compris le drame qui se déroulait. Une scène inattendue, mais peut-être inévitable.

Anthony courait dans la foule, sans porter attention à ce qui se passait devant lui. Il était entré de plein fouet dans Justin, qui déambulait entre les kiosques. « Attention, ti-gars ! »

Le garçon de huit ans avait relevé de grands yeux gris, étrangement familiers, vers l'inconnu. « Tasse-toi, monsieur ! »

Justin avait souri, surpris, devant ce petit bonhomme plein d'audace qui dressait le menton vers lui, la mine fière et effrontée. Solange s'était précipitée vers lui, avec un air réprobateur qui tentait d'éclipser son sourire en coin. « Anthony ! Arrête de galoper comme un poulain ! Excusez-le, il… »

Elle avait adressé un regard complice à celui qu'elle croyait être un étranger. Son sourire s'était figé dans son visage exsangue. « Où est papa ? » avait demandé Anthony. « Il… Il… » bafouillait sa mère, des sanglots dans la gorge. Justin semblait aussi décontenancé qu'elle. Il s'était rendu compte de l'ironie de la situation. Ton père est devant toi, petit.

Si le contexte n'avait pas été aussi tragique, Élisabeth en aurait ri. Elle se crispa plutôt derrière sa caméra.

L'effroi de Solange s'était ensuite transformé en animosité. Elle avait tourné les talons, traînant Anthony médusé derrière elle, pour prier son mari de quitter la foire.

L'œil rivé derrière l'objectif, Élisabeth avait suivi cette subtile confrontation, déconfite, l'estomac noué. Elle-même avait été transportée neuf ans auparavant, lors de la fête dans la clairière, lorsqu'elle avait avoué à Justin qu'elle était enceinte.

Il avait marmonné quelque chose. C'était presque inintelligible, mais cette parole était restée gravée dans son esprit.

Ce n'était qu'à présent qu'elle comprenait.

« Pas toi aussi. »

« Quoi ? » avait-elle répliqué.

« Non, rien. »

Il avait marché plus loin et avait envoyé son poing dans l'enseigne qui bordait le sentier pédestre, s'écorchant les jointures au passage. Assise sur la banquette d'une table de pique-nique, Élisabeth avait sursauté. Elle retenait ses larmes, se balançant la tête basse, les bras croisés sur la poitrine.

C'était à cet instant qu'il avait prononcé ces paroles :

« Tu m'étouffes. Laisse-moi. »

À présent, le fils de Solange avait huit ans. Le même âge que l'enfant d'Élisabeth aurait eu si elle avait mené sa grossesse à terme. Ça disait tout.

La prochaine photographie montrait Justin de profil, la tête inclinée, le regard lointain. C'était la première fois qu'elle pouvait distinguer le dépit chez lui. Il calculait toujours tout et, en général, cela arrivait à point. Mais le regard gris et insolent du petit garçon qui était le sien l'avait jeté au sol. À l'instar d'Élisabeth.

Elle aurait volontiers abandonné son insignifiant reportage après ce tirage grotesque, hélas Roger n'était pas loin afin de la rappeler à l'ordre. Les gens du coin désiraient voir un portrait positif de leur communauté après les ratés de la semaine d'avant. Par ratés, Roger entendait son article acerbe contre l'usine Boisvert.

D'ailleurs, elle avait dû effectuer une série de clichés du président de l'entreprise, Patrice Boisvert, qui assistait le maire durant son discours inaugural. Boisvert était un des principaux commanditaires de cet évènement printanier.

Consciente de l'hypocrisie qu'exigeait cette situation, elle avait de la difficulté à soutenir la vue de l'homme d'affaires dans son objectif. Elle l'avait gardé délibérément hors champ. De toute façon, lorsqu'il avait relevé les yeux vers la caméra d'Élisabeth, il ne souriait pas. Son regard acéré traduisait son animosité envers elle. L'article avait fait mal.

Masquée par son appareil, Élisabeth avait serré la mâchoire. Il avait bien changé depuis le temps. Il avait perdu sa dégaine de jeune premier pour devenir un quarantenaire quelconque, aux cheveux grisonnants et au tour de taille nourri par les repas d'affaires. Ses vêtements coûteux lui donnaient une autre prestance, plus affectée, plus officielle. Il était entouré de sa femme, une fille fadasse, la même depuis la fin du secondaire, et de ses deux enfants devenus adolescents.

À l'agrandissement des photos, elle confina Boisvert dans un coin ou encore recadra en lui laissant la moitié du corps coupé, refusant de lui accorder l'image d'importance qu'il recherchait tant.

Elle ne regrettait pas l'article. Elle ne le regretterait jamais. Il n'avait qu'à aller se faire foutre !

Élisabeth plissa alors les yeux. Sur une des photos du discours, elle remarqua une tache blanche et floue derrière le maire. Elle reconnut un gros chat blanc. Et il n'était pas seul. En parcourant un bon nombre de clichés, Élisabeth aperçut d'autres silhouettes élancées qui se déplaçaient en arrière-plan. Sur une image, le boulanger chassait un félin qui avait tenté de lui subtiliser une foccacia aux lardons. Toute la journée, ils avaient erré de la même façon, en chasse.

Les chats de Maggie étaient perdus, dehors. Sans leur refuge, ils se trouvaient déboussolés. Comme des aveugles sans repères. Ils avaient aussi délaissé leurs manières avec l'abolition de leur routine. Cette transition trop brusque avait rendu leur comportement sauvage.

Son parcours visuel se termina sur une autre photographie manquée. Flous, Rémi et Mireille lui envoyaient la main avec des sourires joyeux. Le focus s'était effectué sur Francis qui se tenait derrière eux avec une expression qu'elle ne pouvait déchiffrer.

Elle procéda à un agrandissement de cette partie de l'image. Lorsqu'elle trempa le papier dans le révélateur, l'image se définit peu à peu. Malgré son grain grossier, cette nouvelle image était néanmoins parlante. Pensif, Francis semblait ailleurs, à mille lieues de la cohue hilare qui se massait autour de lui. Il la regardait, elle.

Élisabeth médita sur cette image avant de la suspendre à la suite des autres et de sortir de la pièce.

~

Le dimanche qui suivit ne ressemblait en rien à la veille ; le ciel était troublé de gros cumulus chargés d'humidité. L'atmosphère lourde laissait présager que des orages éclateraient en soirée. Le rituel matinal du restaurant se déroulait pourtant comme prévu tandis que Lucie servait le brunch de la fin de semaine.

Devant elle, Francis était seul et avait commandé son déjeuner habituel, le numéro trois.

— T'es pas avec Josiane ? l'interrogea-t-elle.

— Non, elle travaille. Grosse journée au salon funéraire. Des bouquets et des couronnes à livrer, affirma-t-il, mais sa réponse ne suffit pas à satisfaire celle qui s'immisçait sans vergogne dans sa vie personnelle.

— Ah, dit-elle avec un air entendu.

Il lui jeta un regard de biais, intrigué par ces questions qui en cachaient d'autres. Et il n'avait pas tort ; Lucie s'accusa, avec un sourire, d'être une semeuse de zizanie. Pourquoi s'acharnait-elle sur Francis ?

Derrière lui, assise à sa banquette, Élisabeth scrutait son calepin d'un air absent en dégustant un plateau de fruits. Elle avait troqué son thé pour un verre d'eau dans lequel elle déposa deux comprimés antiacides qui fondirent au contact du liquide.

Quelques instants plus tard, ce fut Justin qui s'introduisit dans le commerce avec Maggie. Cela créa, encore une fois, un profond malaise. Ils prirent place au même endroit que lors de leur première visite, à la banquette du fond, un peu à l'écart.

Ce matin-là, Élisabeth fit mine d'ignorer la présence de Justin et réprima son envie de fuir.

Lucie se dirigea vers Maggie et Justin à contrecœur pour prendre leur commande. Elle fut cependant arrêtée par une étrange apparition : trois chats les scrutaient à l'extérieur de la vitrine. Bartélémy, Heathcliff et Artémisia.

— Qu'est-ce qu'ils font là ? demanda Lucie.

— Ils me suivent. Je crois qu'ils sont un peu désorientés depuis qu'ils vivent à l'extérieur, répondit Maggie.

— Ils ont l'air de te surveiller, Maggie... pour que rien de mal t'arrive, affirma Lucie, adressant un regard en coin à Justin.

Celui-ci se détourna, agacé.

— C'est peut-être aussi Justin qui les intrigue, ricana Maggie.

« Même plus moyen de m'envoyer une ligne en paix sans qu'un criss de chat gratte à ma fenêtre », pensa Justin avec ressentiment, observant son menu, tête baissée.

Lucie nota leurs choix et, comme elle retournait derrière le comptoir, elle se retrouva nez à nez avec Jacques. Depuis que le restaurant était ouvert, il n'avait jamais mis les pieds à l'intérieur. De ce fait, Lucie s'imagina le pire.

— Il est arrivé quelque chose aux enfants ? s'écria-t-elle, la main sur la poitrine.

— Ben non ! Voyons ! Les enfants sont au chalet de ton frère en fin de semaine. Tu t'en souviens pas ?

— Ah oui ! C'est vrai, murmura-t-elle, soulagée. Dans ce cas-là, qu'est-ce que tu fais ici ?

— Je suis venu manger. Il paraît que les déjeuners sont bons, ici.

Ce compliment était éclipsé par son air critique. Décontenancée, Lucie hocha la tête et lui désigna une table. Elle perçut le regard interrogateur d'Élisabeth, qui n'avait rien perdu de l'échange, puis l'expression moqueuse de Francis. Lucie haussa les épaules.

— Bonjour, Maggie ! lança Jacques, courtois, avant de s'asseoir.

La dame le salua d'un signe du menton. Si elle avait été seule, elle aurait sans doute entamé une conversation avec le garagiste, mais elle se ravisa.

Justin, lui, demeura les yeux soudés à son journal. Les deux fois qu'il était entré chez Lucie, il avait fait des rencontres impromptues. Entre les chats et les villageois, un étau se refermait sur lui.

Une chose le fit sourire cependant : son retour semblait brasser la poussière qui s'était accumulée ici durant son absence.

Il observa Jacques à la dérobée lorsque Lucie lui tendit le menu d'un geste sec.

« Pauvre vieux cocu… »

~

Tandis que Josiane créait un montage floral pour des funérailles, la clochette de la porte avant s'agita, lui indiquant que quelqu'un venait d'entrer. Elle ajusta une dernière rose blanche et quitta l'arrière-boutique pour accueillir son client. Celui-ci était penché sur l'étalage de fleurs exotiques.

— Bonjour, je peux vous aider ?

Phrase automatique, prononcée pour chacun des visiteurs.

L'homme se tourna et lui sourit. Un sourire charmant, juvénile. Elle eut un choc. C'était lui. Justin Leduc.

Étant plus jeune, elle ne l'avait pas connu. Ce qu'elle savait de lui se résumait aux rumeurs et aux racontars qu'elle avait saisis au fil des conversations. Et à ce que Francis avait laissé échapper malgré lui.

Elle lui offrit un sourire crispé, pourtant elle le fixait comme elle l'aurait fait d'un animal étrange ou d'un phénomène de cirque.

— Je cherche une nouvelle orchidée pour que ma tante Maggie puisse l'ajouter à sa collection, dit-il, mais je connais rien là-dedans…

— Oh, euh… je peux sans doute vous éclairer, répondit-elle avant de s'accroupir près de lui.

Elle était mal à l'aise. Elle avait de la difficulté à adopter une expression naturelle et à prononcer les bons mots.

— Ce sera pas facile car ta… votre tante en a une panoplie.

Il s'esclaffa.

— Tu peux me tutoyer. J'ai rien contre.

Josiane rougit et poursuivit, sans le regarder.

— Par contre, j'ai ce cattleya que j'ai reçu la semaine passée et qui est assez tolérant, pas trop d'entretien… Je sais pas si Maggie en a un comme celui-là, mais ça lui fera plaisir, c'est certain !

Au moment où elle allait prendre la plante afin de la lui montrer de plus près, Justin tendait la main vers les fleurs aux pétales d'un jaune soyeux. Leurs doigts s'effleurèrent. Ce contact fit sursauter Josiane. Le pot vacilla et Justin le rattrapa juste à temps. Embarrassée par cet émoi qu'elle s'expliquait mal, la jeune femme s'empourpra encore.

— Merci, je suis maladroite, souffla-t-elle.

— Non, c'est moi. Au moins, y a pas de pot cassé.

Josiane releva le menton et l'observa. Elle s'autorisa à rire, même si avec cette brève démonstration de complicité, elle avait l'impression de trahir Francis.

Elle porta ensuite l'orchidacée derrière le comptoir et demanda :

— Dois-je faire un emballage cadeau ?

— Bien sûr !

Elle étala papiers et rubans puis, avec des gestes qu'elle avait déjà exécutés des milliers de fois, elle enveloppa la délicate fleur dans un joli paquet coloré.

— T'as des doigts de fée…

Sans répondre au compliment, elle lui annonça le montant à payer. Il sortit un paquet de billets froissés de sa poche et déposa le total dans sa main en lui frôlant la paume. Quand elle lui rendit sa monnaie, il désigna la broche qu'elle portait ; elle représentait une fleur d'hibiscus émaillée.

— C'est beau.

— Merci, c'est… mon copain qui me l'a offerte. Elle vient du Costa Rica.

Savait-il qui elle était ? Qui elle était par rapport à lui ?

— Il a du goût. Et pas juste pour la broche.

Avec un sourire courtois, il ramassa son sac et se dirigea vers la porte. Avant de sortir, il la remercia.

— Je te donnerai des nouvelles si ma tante a aimé.

Confuse, Josiane hésita.

— Oui, oui ! Bien entendu…

Le battant se referma sur un tintement de clochette. Josiane s'appuya sur le comptoir et soupira. Cette rencontre lui avait coupé le souffle. Elle avait l'impression qu'une entité gigantesque, oppressante, avait arpenté le magasin.

Au premier abord, il n'avait rien du monstre qui lui avait été décrit. Il était calme, poli et charismatique. Peut-être avait-il changé durant ses années d'exil, peut-être n'était-il pas aussi méchant que les gens le disaient.

Elle se rappelait un Noël où son oncle Henri, alors sergent au poste de police qui desservait la région, était attablé pour le souper familial, soûl et triste. Josiane n'était qu'une fillette de cinq ans à l'époque, mais les paroles de Henri étaient claires dans sa tête.

— T'es ben chanceuse, ma fille, d'avoir des parents qui t'aiment comme ça. J'ai vu ce que ça fait du monde qui maltraite les enfants. C'est pas beau. C'est pas beau pantoute.

Elle avait plus tard su qu'il parlait de Justin quand il l'avait sorti de chez son père. Un doute persistait donc dans son esprit : Justin était sans doute révolté, blessé. Il ne demandait peut-être qu'une seconde chance. Au fond, les gens avaient tous le potentiel d'être bons. Il s'agissait seulement de trouver les ingrédients nécessaires afin de les rendre meilleurs, non ?

Le son de la clochette retentit de nouveau. L'esprit ailleurs, les yeux fixant le vide, Josiane sursauta. Sa sœur entra dans le commerce, jetant des coups d'œil intrigués par-dessus son épaule. Depuis qu'elle était en congé de maternité de la garderie où elle travaillait, Mireille venait parfois lui donner un coup de main lorsque les commandes s'accumulaient.

— As-tu reconnu celui qui vient de sortir d'ici ? demanda-t-elle.

Cachant son trouble momentané, Josiane fit mine de reprendre le travail, rangeant les retailles de papier et les bouts de ruban qui traînaient sur le comptoir.

— Oui. C'était Justin Leduc…

Mireille hocha la tête avec un sourire entendu.

— *Le* phénomène Justin Leduc, ironisa-t-elle. Pas trop affectée ?

— Non ! Voyons, pourquoi dis-tu ça ? gloussa nerveusement Josiane.

— Pour rien, ricana sa sœur en haussant les épaules. Peut-être parce que toutes les filles étaient en amour avec lui, dans le temps. Moi, j'ai toujours trouvé qu'il avait le mot « problème » de tatoué dans le front.

— Quoi ? Il s'est déjà essayé avec toi ?

Mireille émit un claquement de langue irrité en suivant Josiane dans l'atelier.

— Évidemment… J'étais dans la même année scolaire que lui au secondaire ! Quand je l'ai repoussé, on est devenus des ennemis notoires à l'école, se remémora-t-elle en riant. Il racontait que j'étais frigide et moi, je le relançais en le traitant de misogyne qui jetait les filles après usage. Bon, après la graduation, notre relation s'est replacée un peu parce qu'il faisait partie de *la gang*, mais je lui ai jamais vraiment fait confiance. Je sais pas pourquoi ; l'instinct, probablement.

— T'aime mieux les grands livres ouverts, toi, releva Josiane avec un sourire en coin.

— C'est vrai que Rémi est plutôt du type authentique, acquiesça Mireille. J'aime ça savoir à qui j'ai affaire. C'est toi qui les préfères ténébreux… En passant, il est pas trop ébranlé par l'arrivée de Justin, ton homme ?

Josiane soupira.

— Il en parle pas, comme d'habitude ! J'ai même l'impression qu'il se referme encore plus.

Mireille lui secoua l'épaule.

— Persiste. Encourage-le, écoute-le. Il faut que ça sorte. Tu vas l'avoir à l'usure. C'est un bon gars, mais il est un peu perdu…

Josiane opina de la tête, peu convaincue, avant de retourner à son bouquet mortuaire.

~

Élisabeth profitait de cette journée de congé pour effectuer un grand ménage ; tout y passait et les sacs de dons et de déchets s'accumulaient devant la porte d'entrée. Prise d'une soudaine folie d'esthétisme, elle tenait à épurer la maison. Elle vidait, triait et nettoyait avec énergie et sans lésiner. Elle permutait meubles et cadres, bougeant le mobilier d'une pièce à l'autre, donnant une impression de métamorphose de la demeure. Cette mutation comblait le trou qu'elle avait à la place du cœur.

Elle aurait préféré faire peau neuve elle-même, récurer chaque recoin de son esprit à la brosse à plancher, jeter sa mue à la poubelle, mettre le feu à ce qu'elle avait espéré être et se transformer. Hélas, l'évolution prenait beaucoup plus de temps, comme l'avaient démontré les théories de Darwin. Ainsi, elle se sentait condamnée au carcan de ce corps qui ne lui procurait aucune joie, aucun réconfort, aucun plaisir. Juste de la déception et de la culpabilité.

Elle vida un seau d'eau noirâtre dans l'évier de la cuisine et le remplit de nouveau de liquide savonneux, les yeux portés vers l'extérieur. Derrière la vitre poussiéreuse, le soleil perçait les nuages de timides stries de lumière dont se gorgeait la verdure naissante.

Sur le terrain voisin, elle remarqua Francis, vautré dans un hamac, le nez dans un bouquin. De l'index, elle rajusta ses lunettes et vit qu'il s'agissait d'un guide de voyage sans pourtant pouvoir déchiffrer le nom du pays.

À son insu, elle l'examina. Elle le caressa des yeux. Il lui était familier.

Elle ne pouvait s'empêcher de se demander : « Et si ? »

Et si l'accident n'était jamais survenu ? Et si le destin avait tourné autrement ? Et si elle reculait plus loin encore ?

Avant Justin.

Elle repensa à un autre soir de fête, celui où elle célébrait son dernier examen de cégep à l'appartement d'une amie. Elle s'était frayé un chemin dans la foule entassée partout, dissipant d'un geste la fumée de cigarette et l'odeur de hachich qui embaumait l'air. Dans la cuisine, elle s'était penchée à l'intérieur du frigo pour chercher les bières qu'il lui restait et avait constaté avec une pointe d'exaspération qu'elles avaient été subtilisées. « Tu peux piger dans ma caisse », avait offert une voix qu'elle connaissait.

Près d'elle, Francis était juché sur le comptoir et l'observait, l'air espiègle. À cette époque, c'était son expression naturelle, rien à voir avec la mélancolie qu'il affichait à présent. « Ouais, merci », avait-elle répliqué. « Ça va ? » avait-il poursuivi.

Elle avait immédiatement compris son allusion ; il y avait presque deux ans qu'elle avait été plaquée par son frère et c'était la dernière fois qu'elle avait parlé à Francis aussi. Son malaise s'était vite estompé et elle avait gloussé, un sourire éclairant son visage. « Ouais, ça va. » Bouteille en main, elle s'était assise près de lui. « Je fête mon diplôme de cégep ! »

« Bravo ! » l'avait-il félicitée, lui levant sa bière. « Tu t'enlignes vers l'université ? »

« Oui. En communication. Je veux écrire, probablement en journalisme d'enquête. »

« Ça te va bien. »

« Et toi ? » s'était-elle intéressée.

« Toujours les voyages et les entraînements… »

« T'es marié au ski de fond ! » avait maugréé Élisabeth avec un geste fataliste.

Il avait ri : « Même si la plupart du temps, ça ressemble plus à une vie de solitaire nomade… »

Dans le tapage de la musique rythmée de Radiohead et des Foo Fighters enterrée par les conversations et les rires, ils avaient parlé des heures, ne se quittant plus. Élisabeth se rappelait la mine craquante de Francis, mélange de réserve et d'humour. Elle le détaillait, profondément séduite par la confiance qu'il dégageait, une force silencieuse, sans artifice. Sans une once de prétention même s'il était son aîné de cinq ans. Cette attirance était déjà présente du temps qu'elle fréquentait son frère Pier-Luc. Elle l'avait finalement admis lors de cette soirée. De même qu'elle s'était autorisée à le trouver beau, un brin négligé avec ses cheveux désordonnés et son jean percé.

Lorsque l'alcool avait noyé sa gêne, Élisabeth lui avait avoué: « C'est drôle… J'avais toujours eu l'impression que tu me trouvais écervelée. » Francis lui avait lancé un regard étonné. « Mon Dieu, pourquoi ? » « Je sais pas… Je suis trop exubérante. » « Jamais de la vie ! C'est moi qui suis trop… »

Il avait posé la main sur la sienne, chaude et enveloppante. Troublée, elle avait relevé les yeux et lui avait souri.

Quelqu'un s'était alors interposé pour offrir de reconduire Francis chez lui. Il s'était alors tourné vers elle, déconfit. « Merde, Élie ! J'ai pas le choix de partir tout de suite. C'est l'entraînement qui commence bientôt. Je prends l'avion demain pour l'Ouest. Un voyage de deux mois… Il faut que je boucle mes valises, en plus. J'ai pas vu le temps passer. »

Elle avait été déçue par cette annonce. « Bon. Il va falloir garder contact. »

Il s'était incliné pour l'embrasser sur la joue mais avait effleuré le coin de ses lèvres. « Ça me ferait plaisir. » Elle aurait aimé avoir eu le culot de le retenir et d'avoir répondu avec plus d'insistance à son étreinte.

Il était alors disparu dans la cohue et elle ne l'avait plus revu jusqu'à la fête de la clairière. Bien sûr, lorsque Francis était revenu de son voyage, il lui avait laissé un message ; hélas, elle était partie de son côté pour la France. Après une succession de rendez-vous manqués, leurs intentions avaient fini par se fondre dans le mouvement incessant de leurs vies.

Et si ?

Élisabeth soupira. Voilà qu'elle vivait encore dans le passé, à s'interroger sur des impressions et des événements qui n'avaient jamais eu lieu. Son destin était lié à celui de Francis pour une autre raison, à présent. Une bien triste raison.

Elle baissa les yeux et aperçut un chat au pelage noir courir sous la fenêtre. Hissée sur la pointe des pieds, elle le vit filer vers l'avant du terrain. Elle trouva ensuite Artémisia qui miaulait devant la porte d'entrée.

— Pauvre fille ! Tu te cherches un petit coin à toi, hein ?

Elle souleva la chatte et la caressa, ce qui la fit ronronner de satisfaction. Étrangement, à part Maggie, Artémisia ne se laissait approcher que par peu de gens, dont Élisabeth. Elles se reconnaissaient de façon mutuelle.

Élisabeth se dirigea vers la cuisine et dénicha une boîte de thon dans le garde-manger. Sous le porche, elle servit le poisson à la chatte. Elle ajouta un bol d'eau. Artémisia se précipita sur ce festin bienvenu.

Tandis qu'elle regardait la chatte lécher l'assiette, Élisabeth songea avec une moue que c'était mesquin de la part de Justin de priver ces petites bêtes de leur maison par pur égoïsme. Elles étaient sans défense à l'extérieur, assujetties à toutes les menaces qui se présentaient.

Elle flatta la douce fourrure d'Artémisia.

— Aie pas peur, je le laisserai pas faire… Tout va redevenir comme avant. On va retrouver notre quiétude, promis.

Puis Élisabeth leva le menton et remarqua la jolie Josiane qui foulait le trottoir. Celle-ci remonta l'allée de la maison voisine, les bras remplis d'une bouteille de vin et d'un bouquet de fleurs. Leurs regards se croisèrent un instant et Josiane lui adressa un signe enjoué de la main. Élisabeth lui répondit, sans toutefois afficher d'enthousiasme.

~

La sonnette retentit deux fois. Francis sauta de son hamac, entra dans la maison en vitesse, déposa son bouquin sur une table et se rendit dans le vestibule pour répondre. Il trouva sur le seuil Josiane, qui le gratifia d'un large sourire. Il déposa un rapide baiser sur les lèvres de la jeune femme et s'effaça pour la laisser entrer.

— On célèbre quelque chose ? demanda-t-il.

— Peut-être, ça dépend. Les fleurs sont pour égayer ta cambuse de vieux garçon et le vin, parce que ça fait du bien.

Désarçonné par la réplique, il s'esclaffa. Josiane savoura le son de ce rire ; il était si rare que Francis perdît sa morosité, cette grisaille dans laquelle il demeurait cantonné en permanence.

Dans la cuisine, il ouvrit les armoires à tour de rôle, à la recherche d'un vase pour accueillir la gerbe printanière. Tout ce qu'il trouva fut un bocal de conserve vide.

— C'est la seule chose que j'ai, s'excusa-t-il.

— Ça fera l'affaire.

Josiane le remplit d'eau tiède et ajouta une pincée de sucre avant d'y étaler jonquilles, marguerites, lys et gerberas. Lorsqu'elle porta le bouquet à la salle à manger, elle aperçut un livre ouvert sur la table. Elle s'avança et le feuilleta ; c'était un guide touristique du Pérou. Elle pinça les lèvres.

— Tu t'en vas ? s'enquit-elle.

Devant la cuisinière, Francis remua la sauce qui mijotait depuis un moment et la goûta avant d'y ajouter du sel.

— Pourquoi tu dis ça ?

Elle désigna le bouquin qu'elle tenait entre ses mains.

— Tu prépares un voyage? Quand est-ce que t'allais m'en parler?

— C'est quoi la panique, Josiane? C'est pas un billet d'avion, c'est juste un criss de livre que j'ai emprunté à la bibliothèque!

— Mens-moi pas, Francis! Je te connais assez pour savoir que lorsque t'as les bleus, tu pars!

Il soupira, les yeux au sol. L'exaspération fit place à la culpabilité. Oui, elle le connaissait bien.

— C'est vrai, je m'intéresse au Pérou. J'aurais envie de partir. Immédiatement si je pouvais. Mais j'ai pas les moyens.

Déconfite, Josiane lui tourna le dos et se laissa choir sur une chaise. Elle fixa les arbres dehors et le hamac qui se balançait dans le vent. Sa gorge se noua. Elle voulait à tout prix que le courant passe, hélas le coup de foudre du début s'estompait, à son grand désarroi. Même à ses côtés, sans avoir à traverser un continent, Francis s'éloignait sans cesse.

Et elle, elle l'aimait encore plus malgré cette distance.

— J'ai rencontré Justin aujourd'hui au magasin, murmura-t-elle.

Sur le comptoir, Francis coupait des feuilles de basilic aux effluves anisés. La mention de ce nom stoppa le mouvement de son couteau.

— Il est venu acheter une nouvelle orchidée pour Maggie. C'est un beau gars.

Josiane ne le regardait pas, mais elle perçut son silence crispé. Elle avait attiré son attention.

— Peut-être trop. Avec ce que j'ai entendu, c'est le type de gars qui me terrorise.

Sa voix retomba. Francis déposa son ustensile avec un tintement. Du coin de l'œil, Josiane l'examinait: il était immobile. Comme il ne réagissait pas, elle bondit de sa chaise et alla s'appuyer contre le dos de Francis pour l'envelopper de ses bras.

— Parle-moi, Francis! Parle-moi et, je te le jure, je comprendrai! Je demande pas mieux qu'à ce que tu t'ouvres un peu à moi. Depuis que Justin est revenu, tu te retires, t'es plus là. Reste pas tout seul, je veux t'aider!

Elle le força à lui faire face et porta ses mains à ses lèvres.

— Je peux pas endurer de te voir couler comme ça. Je t'aime!

Francis sourit. Un sourire reconnaissant. Il serra Josiane contre lui, fort, et puisa dans cette énergie qu'elle lui offrait. Lorsqu'il relâcha son étreinte, il avait retrouvé son air coquin. Il saisit la bouteille de vin ainsi qu'un tire-bouchon.

— Eh bien, parlons!

Dans la fenêtre tout près, Artémisia scrutait la scène de ses pupilles jaunes, teintées d'une lueur désapprobatrice.

~

Justin répandit un peu de poudre sur le miroir qu'il avait dégoté dans la salle de bains. Avec une carte de crédit désormais inutilisable, il divisa un demi-gramme de coke en deux minces lignes parallèles, et les aspira avec un billet roulé. Du revers de la main, il s'essuya le nez pour freiner le picotement qui lui faisait battre des paupières.

Il bascula ensuite sur son lit, balayant sa chambre du regard; il ne passerait pas une autre soirée ici, cantonné dans des souvenirs dont il n'avait rien à cirer. Cette pièce placardée de petits criminels de bas étage, purs produits d'Hollywood, l'étouffait. Il valait mieux que ce décor de carton-pâte.

Un léger grincement à la fenêtre attira son attention. Il croisa le regard agressif de Sylvestre qui battait de la queue, miaulant pour reprendre ses droits, sa place à l'intérieur. Justin lui montra son majeur. « Va te faire foutre ! » Comme le matou ne bougeait pas d'un poil, Justin se leva et tira le rideau d'un geste brusque. « Criss d'animal. »

Il tournait en rond.

Quelle odyssée c'était de réintégrer ce bled de perdus ! Il avait en plus l'impression que le temps s'y était arrêté au moment même où il s'en était enfui. Et parce qu'il avait su évoluer, aller explorer ailleurs, ils le détestaient tous, le blâmaient pour leurs déboires. Pourtant, il n'avait absolument rien à se reprocher ; ce n'était pas de sa faute à lui, tout ça, c'étaient eux les imbéciles. C'était à eux de se démerder, de se prendre en main, de se remettre sur pied.

Lui croyait, pour sa part, que la bonne ou la mauvaise fortune ne dépendait que de soi ; il y avait toujours moyen de faire dévier le destin à son avantage.

Lucie avait choisi le boulot minable de servir jour après jour le déjeuner à un paquet d'abrutis. Et Francis, le héros déchu du village, l'athlète olympique sans envergure, le bon gars qu'il n'avait jamais pu blairer avec son humilité pathétique, était resté infirme à la suite de l'accident. Tant mieux pour lui. De toute façon, il aurait pu faire beaucoup mieux avec un peu de volonté. Ça avait toujours été un *loser*.

Il y avait aussi Solange qui, après avoir accouché de son morveux, avait bien dû prendre soixante livres et un vilain coup dans son estime d'elle-même. Elle semblait s'être casée tout de même ; il ne savait pas comment, une baleine pareille… Et le petit Anthony lui faisait déjà penser à lui-même à cet âge ; rusé et insolent. Solange n'avait pas fini avec lui. Bonne chance, la grosse !

Il ne pouvait pas oublier ce porc de Boisvert non plus. À l'époque, c'était un bon complice pour foirer. Justin lui présentait des filles et Boisvert le fournissait en coke. C'était un marché facile. Jusqu'à ce que ce dégénéré fasse une fixation sur Élisabeth. Là, c'était devenu plus compliqué.

À présent, Boisvert s'était métamorphosé en homme d'affaires modèle, en icône régionale qui finançait les activités caritatives et les clubs de hockey juniors. Enflé de la tête comme du ventre, fat de sa notoriété et se baladant avec son impeccable famille de faire-valoir.

Tandis qu'il assistait au discours soporifique du maire, la veille, le regard de Boisvert avait croisé celui de Justin, installé près de la scène. Il s'était aussitôt détourné pour revenir, cillant avec incrédulité. Justin lui avait lancé un clin d'œil en se tapotant l'aile du nez. Hélas, Boisvert n'avait pas saisi la perche et s'était vite retiré après la cérémonie. À moins que la *business* l'ait rendu *straight* et que désormais il ne faisait plus la fête. Dommage.

Enfin, dans toute cette galerie de personnages, c'était Élisabeth qui l'avait le plus étonné. Il la croyait plus forte et s'attendait à la voir mariée avec une marmaille plutôt que réduite au rôle de vieille fille frustrée du village. Autrefois, il appréciait bien son esprit libre.

Il s'y était mal pris l'autre jour lorsqu'il l'avait abordée. Elle était encore trop à fleur de peau. Sa blessure suppurait toujours.

Non, il devait se montrer doux. Et patient. Elle serait facile à reconquérir ; il l'avait sentie vulnérable sous sa façade austère. Elle ne demandait qu'à le reprendre, à recommencer là où leurs chemins s'étaient séparés. Il ne s'agissait que de découvrir son point faible. Elle était encore bien potable. Bandante, même. Il la voulait. Il l'aurait.

Décidé, Justin enfila son manteau et songea qu'il la prendrait de court en se présentant chez elle à cette heure du soir.

~

Justin dévala l'escalier et sortit sans un mot, sous l'œil inquiet de Maggie. Elle se demandait bien où il se rendait lors de ses escapades. D'ailleurs, elle s'interrogeait sur ce qu'il faisait de ses journées depuis son retour. Il disparaissait de longues heures et, lorsqu'il revenait, il s'enfermait dans sa chambre. Évasif, il disait visiter d'anciens amis, sans jamais les nommer. Mais Maggie n'était pas dupe; Justin n'était pas du type amical, à bavarder ou à prendre des nouvelles par plaisir. Elle le soupçonnait plutôt de traîner à la Brasserie à Baptiste et d'enfiler les parties de billard des après-midi entiers. Et pour se faire pardonner ses absences, il lui rapportait des gâteries et des cadeaux. C'était bien lui, ça.

Avec un soupir d'anxiété, elle referma les pans de sa robe de chambre et retourna au boudoir. Elle se versa une tisane d'herbes apaisantes puis ouvrit le tiroir de son secrétaire. D'une cavité dissimulée au fond, elle tira plusieurs billets de vingt dollars qu'elle glissa dans une enveloppe. Elle y inscrivit une adresse qu'elle connaissait par cœur, qu'elle avait écrite des dizaines de fois déjà.

Mme Solange Robert

Maggie jouait à la philanthrope depuis qu'elle avait appris qui était le père d'Anthony, au gré des rumeurs murmurées sur le parvis de l'église. La vieille femme avait tenté de se raisonner lorsque Justin était parti, de se dire qu'elle ne pourrait pas réparer toutes ses fautes; hélas, elle avait un trop grand cœur. Elle était incapable d'ignorer qu'en de meilleures circonstances, elle serait grand-mère, que Justin aurait fait sa part et n'aurait pas laissé cette fille élever son fils dans un appartement minable qu'elle avait à peine les moyens de payer.

Maggie ne se mentait plus ; Justin était allergique aux responsabilités.

Bien sûr, Solange aurait dû prévoir une contraception, elle aurait pu choisir d'interrompre sa grossesse, pourtant les convictions religieuses de la jeune femme l'avaient décidée à garder l'enfant. Sa famille ultra conservatrice l'avait reniée. D'ailleurs, Maggie se demandait bien de quel stratagème Justin avait usé pour séduire une fille si effacée et si rangée. Pratiquante de surcroît.

Au moins, à présent, Solange était mariée et avait réussi à se faire une vie. Mais Maggie continuait de payer. Elle avait aussi eu le regret d'apprendre qu'Anthony avait hérité de la personnalité de son père. Futé, turbulent, égoïste. Charismatique.

Elle priait pour que ce comportement change avec l'âge.

Elle n'avait d'ailleurs rien perdu de la scène qui s'était déroulée la veille à la foire commerciale du village. La rencontre du père et du fils. Leur première confrontation. Et le désarroi de Solange.

Justin n'avait pas semblé relever la ressemblance. Ou peut-être que cela lui était égal.

Maggie signa la note à laquelle elle joignit l'argent :

La fée marraine

C'était un surnom plutôt ironique. Romantique, aussi.

Maggie cacheta ensuite l'enveloppe et l'inséra dans la pile de documents qu'elle devait porter au bureau de poste le lundi.

~

Assis sur le banc de bois sous le porche, Francis fumait un joint en caressant Artémisia qui s'étirait paresseusement à côté de lui. Le temps était lourd ; au loin, il entendait les coups de tonnerre approcher.

Le souper s'était bien déroulé et il avait enfin accepté de répondre aux questions de Josiane qui avait écouté, les yeux brillants et la main posée sur son bras. Pourtant elle avait eu le malheur de conclure sur un leitmotiv qu'il avait déjà trop entendu. Une formule préenregistrée qu'on lui répétait depuis des années. Ceci prouvait hélas que même si elle voulait comprendre, elle ne le pouvait pas.

— Francis, il est vraiment temps pour toi d'aller de l'avant, de tourner la page…

« Donne-moi cette page et je la tournerai, trouve-moi un nouveau chemin et je le foulerai. »

— De faire des projets. Je suis prête à te soutenir peu importe ce que tu décideras. Oublie pas que nous sommes deux.

« Nous sommes deux, mais allons-nous dans la même direction ? »

— Tu sais, si Justin a dû se remontrer au village après avoir fait autant de ravages, c'est qu'il a besoin de quelque chose. Ou qu'il a perdu quelque chose. S'il avait conquis le monde, il ne serait jamais revenu. Toi, t'as la chance de pouvoir en finir avec ces vieilles histoires. Lui, il doit retourner en arrière.

Sur ce point, elle avait peut-être raison. Pourtant, l'attitude que Justin affectait ne laissait pas croire qu'il avait essuyé des échecs dans sa vie ni dans sa carrière. Or, cette confiance, peu importait si elle était factice, minait Francis et le forçait à douter. Douter de tout ; de lui, de Josiane, des motivations de Justin.

Après le repas, le sexe avait été mécanique, exécuté avec des gestes d'automate. La position du missionnaire, sans se regarder, sans trop s'effleurer non plus. Du cul pour du cul.

Et, comme d'habitude, il avait à peine fini de jouir que Josiane s'était échappée du lit pour se doucher. Elle était ressortie de la salle de bains couverte d'un long chandail. Propre, fraîche, immaculée. Chaque fois, il en restait pantois et frustré.

Était-il à l'origine de cette pruderie, lui qui insistait pour que l'éclairage soit tamisé, lui qui évitait de s'exposer ? Il redoutait qu'elle aperçoive sa cicatrice ; il en supportait à peine la vue lui-même. Qu'elle la devine, la sente sous ses doigts lui était déjà pénible. Elle lui murmurait que ces marques ne la gênaient pas, pourtant Francis l'empêchait d'explorer plus loin.

Une boule de culpabilité se forma au creux de son estomac. Il était injuste. Il ne lui accordait pas l'attachement qu'elle méritait. C'était une bonne fille, avec le cœur sur la main, pleine de bonnes intentions, et lui n'arrivait pas à l'aimer comme il l'aurait dû. Il s'en voulait.

Artémisia, toujours à ses côtés, releva la tête, les pupilles dilatées et les oreilles aplaties par derrière. Francis n'avait perçu aucun bruit, mais la chatte scrutait l'obscurité de son regard alarmé. En quelques bonds, elle se dirigea en courant vers la maison d'Élisabeth.

Un instant plus tard, Francis remarqua Justin qui remontait, d'un pas résolu, l'allée de la demeure voisine.

~

Élisabeth triait encore, parfois avec dépit, le contenu des armoires qu'elle n'avait pas regardé depuis son déménagement. De vieux livres d'école, des infos pour des articles qu'elle avait écrits il y avait des lunes, des carnets remplis d'idées qui n'avaient jamais vu le jour, des coupures d'offres d'emploi auxquelles elle n'avait pas eu le courage de répondre. Pourquoi gardait-elle tout cela ? En tirait-elle l'espoir qu'elle avait la capacité de changer son sort ?

Assise au milieu du salon, entourée du barda qui se déployait en pétales sur le plancher, elle songea qu'elle jetterait tout pour repartir à neuf. Rien de cela n'avait été utile ; ça n'avait pour résultat que de la garder enlisée dans ses vieilles aspirations.

Trois coups brefs résonnèrent à la porte d'entrée. Élisabeth leva le nez de ses documents et sourcilla. Le bruit retentit de nouveau. Elle porta les yeux vers l'horloge de la cuisine : minuit moins quart. Qui pouvait bien lui rendre visite à cette heure ? Elle regretta à ce moment d'avoir ouvert la porte pour aérer et de n'avoir laissé que la moustiquaire verrouillée. C'était une très mince protection.

— Élie ?

Le cœur d'Élisabeth manqua un battement.

Non ! Ce n'était pas possible ! Il n'avait pas eu le front de venir chez elle ! La panique l'envahit et ses mains tremblèrent.

Elle aurait pu attendre qu'il tourne les talons et parte, mais elle le connaissait trop ; il ne partirait pas tant qu'il n'aurait pas ce qu'il cherchait. Elle se résigna à l'affronter et cacha sa vulnérabilité derrière un masque cynique.

Elle approcha doucement jusqu'à ce qu'elle distingue sa silhouette dans la pénombre du porche. Elle ne pouvait apercevoir son expression, et elle se méfiait. D'un coup d'œil, elle s'assura que le battant était bien retenu par le crochet de métal.

— Qu'est-ce que tu veux ? demanda-t-elle avec froideur.

— Est-ce qu'on peut parler ? s'enquit-il en avançant la main vers la poignée.

Elle retint la porte.

— Va-t'en. J'ai rien à te dire.

Elle constata, à regret, que son souffle s'était accéléré. Chez elle, elle se sentait nue, sans défense. Il n'y avait personne autour pour se porter à son secours. C'est pourquoi elle ne souhaitait, en aucun cas, qu'il pénètre dans son havre.

— Il faut qu'on parle, il y a trop de choses en suspens, murmura-t-il, la voix enrouée.

— Ça t'a pas intéressé pendant neuf ans ; je vois pas pourquoi ça t'intéresserait maintenant.

— Allez, ouvre, s'il te plaît ! Ouvre !

— On s'est tout dit au restaurant.

Il s'appuya contre le montant et soupira.

— Je m'excuse, je m'y suis mal pris. C'était imbécile de ma part de te coincer comme ça.

Élisabeth ne répliqua pas.

— C'est… c'est juste que ç'a pas été facile de revenir ici.

— C'est ton œuvre, ça. T'as juste toi à blâmer.

— Je le sais, je le sais ! répondit-il, en passant une main lasse dans ses cheveux. Si tu te doutais… Chaque jour de ma vie je regrette ce qui est arrivé ! Je suis un peu ici pour réparer mes gaffes, pour…

— … pour te redonner bonne conscience ? Oublie ça ! T'as bousillé l'existence de tellement de monde, ose même pas imaginer que tu pourras compenser un jour !

Elle l'entendit renifler ; il pleurait. L'espace d'un instant, elle en fut troublée et elle se dépêcha de dissimuler toute trace de sentiment.

— Moi aussi je veux passer à autre chose, tu comprends ? Mais je suis pas capable. Criss, j'ai des images de toi et de Maggie qui me hantent en permanence !

— Oublie pas Francis… Écoute, Justin, si t'es ici pour obtenir mon absolution, je te la donnerai pas. On doit tous vivre avec les conséquences de nos actes et tu fais pas exception.

— Donc, moi, j'ai pas le droit de commettre des erreurs de parcours ? J'ai tué personne, que je sache ! Et j'ai assez de cœur pour reconnaître mes fautes. Je suis pas le profiteur insensible que tu penses. Je veux reprendre ma vie en main et je sais ce que je dois faire avant.

Élisabeth se détourna.

— Y a rien qui va ramener notre bébé, ni la jambe de Francis, ni… Maintenant pars, ok ? hoqueta-t-elle.

Elle s'en voulut d'avoir eu la faiblesse d'émettre un sanglot au milieu de cette dernière phrase. Elle n'avait pas pleuré pendant des années, sèche et aride, déserte de larmes, et voilà qu'elle ne pouvait plus les refouler. Son corps entier fut secoué par tous ses chagrins accumulés.

Lorsque des bras chauds et réconfortants se refermèrent sur elle, elle ne se demanda même pas de quelle façon il était entré, elle se laissa fondre contre lui. Elle avait remonté le temps jusque là où tout était plus simple, là où la colère ne grondait pas en permanence en elle.

Elle le huma. Son odeur la drogua, mettant ses sens en émoi, lui rappelant une multitude de souvenirs. Elle était une héroïnomane à la poursuite du dragon, le pourchassant à l'infini comme la chimère fantastique qu'il était. Et ce dragon était en train de la consumer toute entière, la tuant à petit feu.

Mais voilà qu'elle était lâche, elle n'avait aucune volonté de se ressaisir. Elle était trop seule.

— Je le sais comment tu te sens, murmura-t-il dans ses cheveux. On est pareils.

Elle continuait de s'accrocher à ses illusions.

— Raconte-moi. Livre-toi.

Son esprit s'entêtait à lui remémorer les bons moments. Car il y en avait eu. Avec Justin, l'ennui n'existait pas, chacun de ses gestes était dicté par sa mégalomanie, sa soif de sensations.

Il y avait cette fois où il était rentré du travail un jeudi saint. Elle révisait pour ses examens d'université, assise à la table de cuisine, quand il lui avait lancé : « Fais tes valises. »

« Quoi ? »

« Fais tes valises », avait-il répété. « On part à New York. »

« Là ? Maintenant ? »

« Pourquoi pas ? » avait-il rétorqué en sortant un sac de voyage du placard.

« Mais… on va arriver dans la nuit ! As-tu une réservation ? De l'argent ? »

« Tu t'inquiètes trop, Élie ! Ça prend un peu de spontanéité dans la vie ! »

Ils avaient ensuite débarqué dans la Grosse Pomme au Plaza Hotel un peu avant l'aube, dans une suite digne d'un couple princier. Comment Justin avait-il payé ça ? Elle n'en avait aucune idée, mais le souvenir de cette extraordinaire escapade demeurait impérissable dans sa tête.

Hélas, comme le reste, ce n'était qu'un mirage. Les instants où il claquait la porte pour disparaître pendant des jours, ceux où il perdait la carte et l'anéantissait de reproches cinglants, faisaient contrepoids.

Élisabeth repoussa pourtant ces visions néfastes. Elle laissa d'abord Justin cueillir sa bouche doucement, puis elle se vautra dans l'étreinte. Rien n'avait d'importance : ni après, ni plus tard, ni demain. Juste cette délicieuse libération de son habituel coma. Leur baiser s'intensifia, leurs dents s'entrechoquèrent. Il y avait trop longtemps qu'elle n'avait rien éprouvé, prisonnière de son indifférence feinte, ni senti un corps palpitant contre le sien. Tandis qu'il explorait son cou et sa gorge, un soupir s'échappa de ses lèvres et elle empoigna ses cheveux. Une main chaude descendit le long de son dos puis se fraya un chemin dans son pantalon. Elle gémit. Était-ce possible ? Se pouvait-il que sous sa rage permanente, elle perçoive encore des vestiges d'amour pour lui ?

Un sifflement la tira de la brume de ses songes. En arrière-plan, un chat feulait, enragé.

Elle retrouva la réalité en ouvrant les yeux. Elle gisait sur le sol, recroquevillée dans les bras de Justin. Elle se détacha de lui, confuse et humiliée. Non, mais que faisait-elle ?

Elle retombait ! Elle ne devait pas rechuter dans cette dépendance dont elle avait tant peiné à se relever !

Il se redressa avec elle, surveillant sa réaction.

— Laisse-moi tranquille, gronda-t-elle tandis qu'elle reprenait une contenance vacillante et mettait de l'ordre dans ses vêtements.

— Élie, je veux parler. J'en ai besoin.

Elle fit volte-face.

— Tu veux pas parler, tu veux siphonner la dernière étincelle de vie qui me reste ! Pars et ne reviens pas, ok ?

— Voyons ! C'est quoi ton problème, tout à coup ?

— Mon problème ? Mon problème, c'est qu'y a des choses que je peux pas oublier ! Je peux pas oublier que t'as crissé ton camp alors que j'étais enceinte, je peux pas oublier les dettes que tu m'as laissées et je peux pas oublier Boisvert ! Il possède la moitié du village, alors je l'ai dans face tout le temps ! Quand t'es parti, il a pas arrêté de me harceler et c'est de ta faute ! C'est toute de ta faute ! hurla-t-elle, à bout.

Elle plaqua ses mains contre sa poitrine et il recula dans la porte moustiquaire, qui s'ouvrit. La mâchoire crispée, il lui saisit le poignet et l'attira de nouveau contre lui. Il l'embrassa avec violence, forçant sa langue dans sa bouche. Élisabeth le mordit pour qu'il la relâche. Il recula avec un cri, sans desserrer sa poigne dure.

— T'es une criss de folle ! Tu penses que toi, t'es parfaite ? Sans faute ? T'admets pas l'imperfection des autres. Pas étonnant que tu sois encore toute seule comme une chienne après autant de temps. Tu dois avoir l'entrejambe desséché à l'heure qu'il est !

La gorge serrée, elle secoua le bras pour se défaire de son emprise. Plus loin, dans l'ombre, un chat grognait, menaçant, en écho aux protestations d'Élisabeth. Artémisia apparut, le dos rond, les poils dressés sur l'échine. Justin cracha un juron et se débarrassa de la chatte d'un coup de pied. L'animal roula plus loin et Justin renouvela sa charge à plusieurs reprises malgré les protestations d'Élisabeth.

La jeune femme se précipita sur Artémisia, sonnée par la violence de l'assaut, et la souleva dans ses bras.

— T'es malade!

La chatte secoua la tête, étourdie. Elle se remit vite et se sauva pour retourner d'où elle était venue. Élisabeth reporta son attention vers Justin.

— Va-t'en d'ici! T'es aussi cruel pour les animaux que tu l'es pour les humains, maudit écœurant!

Justin allait rétorquer quand une voix s'enquit dans son dos:

— Veux-tu que je t'aide à sortir les vidanges, Élie?

Francis, qui n'avait rien perdu du dernier échange d'insultes, s'était accoudé à la clôture qui séparait les deux terrains.

— Carpentier, mêle-toi de tes criss d'affaires, ok? Ça te concerne pas, fait que retourne dans ton trou!

Puisque Élisabeth continuait de dévisager Justin avec une moue hostile, celui-ci se résigna à tourner les talons. Dans l'allée, il s'adressa à Francis.

— Avec toi aussi j'ai du rattrapage à faire. Mais pas aujourd'hui.

Francis se contenta de le suivre des yeux jusqu'à ce qu'il disparaisse au bout de la rue. Élisabeth s'appuya à la balustrade, les jambes en coton et le cœur à l'envers. Cette confrontation lui avait donné la nausée. De la manche de son tricot, elle essuya ses joues mouillées.

— Ça va ? demanda Francis en se tournant vers elle.

— Oui, souffla-t-elle avec un pauvre sourire.

— S'il te menace encore, fais-moi signe, l'encouragea-t-il, compatissant.

Il pivota pour retourner chez lui et Élisabeth courut au bout du porche afin de le retenir.

— Attends ! s'exclama-t-elle. Euh... Est-ce que je peux t'offrir quelque chose ? Un café, un thé... une bière ? bredouilla-t-elle.

Francis s'arrêta au milieu de la pelouse, surpris par l'invitation. Il hésita un court moment, ne sachant trop que répondre, sensible à la détresse d'Élisabeth et trop conscient que Josiane dormait dans le lit de sa chambre. « Merde », pensa-t-il. Contrit, il murmura :

— Une autre fois, peut-être... Je suis pas seul.

— Oh ! Oui... bien sûr, balbutia Élisabeth, embarrassée.

« Maudit que je suis conne ! » s'injuria-t-elle en entrant chez elle de son côté. Lorsqu'elle referma la moustiquaire, elle remarqua qu'il avait été endommagé. Une petite brèche près du crochet.

Avec un frisson, elle verrouilla à double tour la porte de bois et fondit en larmes.

~

Justin entra chez Maggie, accablé par les regards jaunes qui le guettaient. Il se garda de claquer les portes sur son passage malgré la rage qui le consumait. Il écumait de fureur après l'intervention chevaleresque de Francis. Il aurait voulu lui foutre son poing sur la gueule à ce grand dadais estropié. Le réduire en bouillie.

Dans sa chambre, il s'adossa à la porte et expira afin de se ressaisir. Sa visite avait foiré. Il avait encore de la difficulté à le mesurer. Pourtant Justin l'avait presque; Élisabeth était sur le point de céder, de tout oublier et de le reprendre. Il l'aurait eue si cette chatte enragée n'était pas sortie de nulle part. Exaspéré, il lança son manteau sur le lit et empoigna son sachet de cocaïne dans le tiroir de la table de chevet. Il en aspira un autre demi-gramme et fit les cent pas. Il n'en pouvait déjà plus de ce village.

Son regard croisa celui de Sylvestre, qui était encore posté derrière la fenêtre, prêt à le surveiller toute la nuit. Cette nouvelle provocation attisa sa colère. Il devait s'occuper de cette sale bête.

Il trouva sa batte de base-ball, toujours rangée dans la garde-robe, et se tourna vers la fenêtre. Il tira ensuite le rideau et ouvrit la fenêtre à guillotine. Il brandit le bâton devant le félin.

— Tu veux te battre, criss de chat? Viens!

Sylvestre hérissa son pelage blanc et se tint de côté, défiant la menace, les yeux noirs et la gueule ouverte. Justin ricana.

— T'as peur? C'est pas aussi drôle, maintenant, hein?...

Justin se précipita en avant et réussit à empoigner l'animal par la peau du cou; ce dernier lui laboura le bras de ses griffes acérées. Le matou roula sur le sol de la chambre en poussant un cri strident. Il détala aussitôt, évitant les coups portés par son assaillant. D'un bout à l'autre de la pièce exiguë, il les esquiva avec agilité. Malheureusement, il se retrouva vite coincé entre un bureau et une commode. Justin en profita pour projeter son arme sur la tête du chat qui, assommé, ne put fuir. La bête recula, abasourdie, mais reçut aussitôt un autre coup. Puis un autre. Et un autre.

Justin sortit l'animal d'entre les deux meubles et l'acheva, acharné, à la limite de la folie. Toutes les choses qui l'avaient contrarié ce soir et depuis qu'il avait regagné ce village alimentaient sa frénésie.

Lorsqu'il se rendit compte que la masse de fourrure ensanglantée était désormais inerte, tressaillant au rythme des coups, il se redressa et s'essuya le visage, les doigts tremblants, le souffle court. Ce n'était pas facile de venir à bout de ces bêtes du diable.

Justin remarqua qu'il avait du sang sur les mains et que le plancher autour du chat s'imbibait lentement d'une flaque cramoisie. Il s'assit sur son lit pour constater les dégâts, puis une légère brise lui rappela que la fenêtre était toujours ouverte.

Les autres chats, juchés dans les branches du grand chêne et éparpillés sur le terrain en dessous, lâchèrent en chœur une plainte déchirante, solidaires de leur compagnon. Justin, effrayé par ce gémissement morbide, referma la fenêtre d'un geste sec.

Il se dévêtit et considéra avec dégoût les profondes coupures que le chat lui avait infligées au bras. Il devait se soigner en plus d'effectuer un ménage scrupuleux et de se débarrasser de la bête morte avant que Maggie ne la découvre.

Au moment où il sortait de la pièce pour se procurer le nécessaire à nettoyage, il tomba nez à nez avec Maggie.

Embrumée par les somnifères, elle accueillit Justin avec un air de profond désarroi.

— Qu'est-ce qui se passe ? J'ai entendu les chats hurler !

Vivement, il cacha son bras blessé derrière son dos.

— Mais qu'est-ce que tu as ? poursuivit-elle, la voie chevrotante. Tu as du sang sur le visage !

— Les chats m'ont réveillé moi aussi et j'ai remarqué que j'avais saigné du nez. Je vais nettoyer un peu et chercher un torchon pour essuyer le plancher. Y en a peut-être dans le lit. Je laverai les draps demain.

— Mes pauvres bébés ! As-tu une idée de ce qui a pu les alarmer comme ça ?

— Je sais pas. Ce doit être un intrus ou un animal ou quelque chose du genre. Quand je vais avoir fini de laver, j'irai jeter un coup d'œil, si ça peut te rassurer, dit-il.

Maggie ne parut pas rassérénée, mais hocha quand même la tête.

— Tu veux que je t'aide à nettoyer ? demanda-t-elle.

— Non, ça va aller. Va te recoucher. Et arrête de t'inquiéter, je suis certain que tout va bien.

Maggie hésita un instant puis regagna son lit.

Justin soupira, soulagé d'avoir raconté une histoire plausible. Après s'être nettoyé, il se précipita dans sa chambre, où il enroula le cadavre de Sylvestre dans sa taie d'oreiller. Il sortit ensuite de la maison, surveillé par les chats qui sifflaient sur son passage, et déposa le félin mort en bordure de la rue.

Puis il retourna à l'intérieur, la taie ensanglantée entre les doigts : il avait bel et bien saigné du nez cette nuit…

5

La curiosité tua le chat

Les bras croisés, Lucie balaya le restaurant d'un œil agacé. Il n'y avait que deux clients qui mangeaient en silence. Ce matin, ni Francis, ni Élisabeth, ni Henri n'avaient mis les pieds dans son commerce et beaucoup d'autres habitués demeuraient absents. Elle avait même renvoyé son fils Gabriel plus tôt qu'à l'habitude étant donné le peu d'achalandage. Avec les gros orages qui avaient éclaté au milieu de la nuit et avaient forcé la rivière hors de son lit, de même que les cris de chats lugubres qui avaient tenu la moitié du village réveillée, il n'était pas surprenant de constater que plusieurs clients avaient sauté le déjeuner. Il y avait même une rumeur qui disait que la crue soudaine avait provoqué un nouveau déversement de liquides toxiques d'un réservoir de déchets défectueux à l'usine Boisvert. C'était Élisabeth qui serait contente.

Lucie se demandait ce qui avait poussé les chats à miauler leur horrible concert nocturne. Depuis que Justin avait incité Maggie à garder ses chats à l'extérieur, une atmosphère sinistre planait sur le village. Des félins erraient partout, épiaient les habitants, fouillaient les déchets et prenaient refuge là où ils pouvaient. Et que dire de la maison de Maggie, qui était devenue une forteresse gardée. Même le facteur avait mentionné qu'il se sentait mal à l'aise lorsqu'il portait le courrier.

La porte s'ouvrit avec un tintement de clochette et Lucie se tourna pour accueillir le nouvel arrivant. Son sourire se figea quand elle découvrit Jacques sur le seuil. Il lui adressa un regard de biais avant de s'asseoir à une banquette, celle où Justin prenait place la veille.

Lucie laissa échapper un soupir.

Et il y avait lui, aussi.

Qu'est-ce qu'il avait derrière la tête, à se faufiler dans son commerce comme ça ? Elle se demanda si Justin n'avait pas encore un rapport avec cette présence imposée.

Intriguée malgré elle, elle adopta une attitude insolente et se dirigea vers sa table. Le visage fermé, Jacques demeura taciturne, campé dans une expression bourrue. Les mains sur les hanches, Lucie dit :

— Deux œufs, bacon, rôties beurrées avec un café pas trop fort. C'est ça ?

Jacques l'observa du coin de l'œil. Ils se fixèrent un instant. Jacques percevait son subtil petit jeu, elle qui lui reprochait son manque de spontanéité, sa vie réglée au quart de tour.

— Euh, non… répondit-il en prenant le menu inséré entre le sucrier et la bouteille de ketchup.

Il le scruta rapidement :

— Ce sera, plutôt, les crêpes aux bleuets avec un café fort. S'il te plaît.

Il mit l'accent sur les derniers mots, les détachant nettement, et les accompagna d'un sourire. Lucie roula les yeux au ciel puis retourna derrière le comptoir. Si ça n'avait été des deux autres clients, c'est sur la tête qu'elle les lui aurait servies, ses crêpes.

~

Maggie contemplait sa tasse de thé Assam d'un air absent. Le comportement des chats la nuit dernière l'avait perturbée. Jamais ils n'avaient émis de cris pareils. Elle avait regardé par la fenêtre plusieurs fois sans pourtant repérer d'intrus ou d'animal sauvage. Les chats étaient perchés dans le chêne et avaient continué de hurler pendant des heures, un son perçant, qui déchirait les tympans. Quoi qu'en disait Justin, elle demeurait convaincue qu'elle avait entendu du vacarme provenant de sa chambre, même si les pièces étaient éloignées.

Ces étranges pensées tourbillonnaient dans sa tête sans qu'elle puisse les comprendre, y trouver une explication. C'était sans doute parce qu'elle le connaissait bien. Et elle n'était pas aussi naïve qu'elle le lui laissait croire. Il était imprévisible et impétueux ; avec lui, plus rien ne la surprenait.

D'ailleurs, elle était sensible à l'animosité qu'il éveillait chez certaines gens du village. Elle avait d'abord espéré qu'il aurait mûri, puis que cette hargne se dissiperait. Hélas, ce n'était pas le cas ; il n'avait pas vraiment changé. Certes, avec l'âge, il semblait avoir calmé son tempérament explosif, mais il demeurait égal à lui-même. Arrogant et insolent.

Il se montrait prévoyant avec elle depuis son arrivée, pourtant, elle demeurait méfiante. Cette amabilité cachait quelque chose.

Chaque fois que de telles réflexions surgissaient dans son esprit, elle en ressentait une lourde culpabilité. Comment pouvait-elle accuser ainsi son fils adoptif? Pourquoi avait-elle autant de difficulté à l'accepter tel qu'il était, à admettre qu'il ne serait jamais l'homme qu'elle avait aimé imaginer? Pourquoi lui était-il si difficile de lui trouver des qualités humaines?

Elle avait perçu le malaise de Francis lorsque Justin s'était approché. Et Élisabeth, qui lui donnait souvent des nouvelles, n'avait pas passé de coup de fil depuis des jours. Même Lucie, pour une obscure raison, semblait nourrir du ressentiment à l'endroit de Justin.

Puis, il y avait les chats. Ses pauvres bébés qui devaient passer leurs jours et leurs nuits dehors.

Maggie croyait au départ que Justin n'était en visite que pour quelques jours. Or, s'il ne semblait pas pressé de partir, elle n'était plus certaine de vouloir laisser les chats à l'extérieur. Les voisins avaient déjà commencé à se plaindre avant le tapage d'hier. Mme Grimard, sa voisine, lui en avait d'ailleurs glissé un mot au téléphone ce matin.

Voulait-elle garder Justin près d'elle à n'importe quel prix?

Non. Elle devait ramener la quiétude dans cette maison, *sa* maison. Quitte à le contrarier.

Ce fut ce moment que choisit Justin pour se présenter sur le pas de la porte, l'air penaud et ses draps entre les bras.

— Maggie, as-tu de l'eau de Javel pour que je puisse laver ça?

Maggie quitta sa chaise et son thé froid pour prendre les draps souillés.

— Laisse, Justin. Je vais nettoyer pour toi. De toute façon, tu as semblé faire le ménage de ta chambre jusqu'à tard cette nuit.

Elle le surveillait du coin de l'œil.

— J'espère que je t'ai pas tenue réveillée ? s'enquit-il.

— Non, pas toi, mais les cris des chats et les coups de tonnerre, oui, affirma-t-elle.

Elle remarqua alors la taie d'oreiller écarlate et imbibée.

— Justin ! Ce n'est pas normal de saigner comme ça !

— Ça m'est déjà arrivé…

— Tu devrais consulter un médecin !

— Peut-être, répondit-il, évasif, avant de sortir de la pièce.

Maggie fixa la porte close et secoua la tête. Elle s'était jurée de l'aimer comme un fils, pour le meilleur et pour le pire.

~

Après avoir vidé sa nouvelle réserve de larmes la veille, Élisabeth retrouva son pupitre, les yeux bouffis et le nez rouge. Elle feignait un rhume, mais peu de ses collègues étaient dupes. La réceptionniste, Annie, n'avait pas commenté lorsqu'elle était entrée, mais lui avait adressé un petit sourire compatissant empreint de pitié.

Après le départ de Justin et sa ridicule invitation à Francis, Élisabeth n'avait même pas eu le cœur de continuer à ranger ;

tout était resté tel quel. La maison ressemblait à présent à une zone de guerre, jonchée de son déprimant bric-à-brac.

Elle se rendrait dès la fin de l'après-midi à la clinique du docteur Arsenault : elle n'avait plus le courage de surmonter quoi que ce soit. Elle voulait calmer le fouillis dans sa tête, geler son cerveau. Si elle avait pu, elle aurait volé la seringue anesthésiante d'un dentiste pour se la piquer entre les deux yeux. Elle doutait d'ailleurs de trouver l'énergie pour travailler aujourd'hui.

Devant son écran d'ordinateur, elle remarqua une lettre qui n'y était pas lorsqu'elle était partie le vendredi.

FINALISTE AU PRIX RÉGIONAL DE LA RELÈVE JOURNALISTIQUE

ÉLISABETH LAFRENIÈRE POUR SON TEXTE

« LA SOLITUDE VOUS GUETTE, LES CHATS VEILLENT »

Elle fronça les sourcils ; elle n'avait participé à aucun concours…

— Félicitations, Élisabeth, lui lança son patron, enjoué.

Elle le dévisagea, méfiante.

— C'est toi qui m'as inscrite ?

— Sûr ! C'est un très bon papier, je savais que t'avais une chance…

Elle secoua la tête.

— Mais c'est pas un bon article ! C'était un reportage pathétique, y avait rien là-dedans ! J'ai noirci mon écran de mots dégoûtant d'émotion, de grosse guimauve gluante !

Roger inclina la tête. Il était habitué à ses sautes d'humeur.

— Les gens se sont reconnus dans ton texte, ils ont perçu ton humanité. T'as réussi à décrire avec beaucoup de simplicité la détresse et la solitude chez les personnes âgées.

— Cette récompense, c'est la preuve qu'on est à l'ère de la médiocrité !

— Élisabeth, savoure donc ta nomination au lieu de toujours chialer ! lui conseilla-t-il avant de gagner son bureau.

Élisabeth soupira. Oui, elle aurait dû se réjouir, être heureuse de cette reconnaissance par ses pairs. Pourtant, elle ne pouvait se défaire d'un sentiment de culpabilité.

Maggie avait presque été cambriolée, elle avait perdu de sa sérénité même si ses chats l'avaient défendue. Élisabeth avait pondu un article quelconque sur l'événement et en faisait maintenant ses choux gras. Elle filait *cheap*.

Elle aurait préféré être honorée pour son article à propos de l'usine Boisvert et faire un pied de nez à tous les moutons qui endossaient aveuglément sa pollution de même que ceux qui appuyaient le personnage méprisable à la tête de l'entreprise. Ironiquement, elle était plutôt honorée pour un texte à l'eau de rose qui dépeignait Maggie comme une femme vulnérable et fragile. Ce qui était loin de correspondre à la réalité.

Élisabeth jeta l'annonce du prix dans la corbeille de recyclage et ouvrit son ordinateur. Elle tentait de trouver la trace d'un ancien copain de Justin du temps qu'il habitait encore dans le coin. Elle voulait savoir pourquoi l'autre était revenu au village. Elle devait savoir.

~

Francis fixait le feu rouge suspendu au-dessus de la rue, ses jointures blanches encerclant le volant de son camion. Rémi le cuisinait à propos du repas de la veille depuis qu'il était monté dans le véhicule. Il était très agité et multipliait les questions.

— Où veux-tu en venir, Rémi? finit par demander Francis.

Celui-ci soupira.

— Je suis euh… un peu préoccupé par le fait que tu te bourres tous les soirs, ces temps-ci.

— T'es préoccupé, ou c'est Josiane qui est préoccupée et qui en a parlé à Mireille qui t'en a parlé?

Rémi ricana, penaud.

— Ça ressemble un peu à ça. Je suis le messager envoyé pour se faire tirer dessus. Remarque, c'est pas moi qui va te reprocher de fumer un peu: j'ai roulé assez de joints dans ma vie pour remplir une piscine olympique. Une chance que Mireille sait pas ça… Mais bon, ta blonde, elle est inquiète.

Le feu changea au vert et Francis appuya un peu plus fort qu'il n'aurait dû sur l'accélérateur.

— Ça fait mal? s'enquit Rémi, devinant une des raisons.

— Ouais. C'est ça.

Rémi hocha la tête.

— Et y a rien d'autre qui peut te soulager?

Francis s'engagea sur la rue où habitait Maggie.

— Pas grand-chose, non. C'est bizarre. Chaque printemps ça revient. Comme si ma jambe se rappelait l'anniversaire du massacre. Les autres saisons, ça passe. Ça s'endure.

— Ça reviendra jamais mieux que ça, hein?

— Non. Je suis condamné. Avec l'âge, ça va peut-être empirer. Je sais pas. Les médecins ont rien pu me dire...

Quelque chose en bordure du trottoir devant la maison de Maggie attira alors l'attention de Francis. Avec un crissement de pneus, il arrêta son camion au milieu de l'avenue et se précipita pour voir la touffe de fourrure blanche inerte qui reposait dans une flaque d'eau. Rémi le rejoignit.

— Qu'est-ce que c'est ?

— C'est un des chats de Maggie. Il a dû se faire frapper. Il est pas mal amoché.

Francis se dirigea à l'arrière du *pick-up* pour trouver une bâche et y déposa le félin mort avec précaution. À regret, il porta ensuite la bête entre ses bras jusqu'à la porte d'entrée de la maison victorienne.

— Pauvre Maggie, elle va être triste, murmura Rémi, en le suivant.

Francis acquiesça, troublé malgré lui par tous les regards qui le surveillaient du haut du chêne, et se mordilla la lèvre en attendant qu'on vienne répondre. Maggie ouvrit avec une expression inquiète. Une lueur de surprise plana sur son visage lorsqu'elle constata l'air grave qu'affichaient Francis et Rémi ; ils n'empruntaient jamais la porte principale pour entamer leur boulot. Puis ses yeux se posèrent sur Sylvestre, sa belle fourrure blanche détrempée, tachée de plaques de sang coagulé. Le noble visage du persan était déformé par un rictus de douleur et la langue pendait hors de sa gueule.

Maggie porta des doigts tremblants à sa bouche, ses grands yeux gris emplis de larmes. Tandis qu'elle observait les deux hommes avec un air effaré, Francis lança un coup d'œil incertain à Rémi et prit la parole.

— On est désolés, Maggie. Y avait pas de moyen délicat de te l'annoncer. On vient de le trouver au bord de la rue. Peut-être que c'est arrivé cette nuit. Il a fait tellement mauvais…

Maggie leur dit qu'elle comprenait, mais ne put empêcher un sanglot de remonter dans sa gorge. Elle essuya ses joues du revers de la main et murmura d'une voix chevrotante :

— Je savais que quelque chose d'effrayant s'était produit hier soir ! Je savais !

Justin arriva à ce moment aux côtés de sa tante. Après avoir examiné le chat, il fixa un regard accusateur sur les deux hommes.

— C'est pas nous ! Voyons, on vient de le trouver, *man* ! précisa Rémi.

— Ah bon ? lâcha Justin avec une moue méprisante en entourant les épaules de sa tante qui pleurait doucement.

Maggie se ressaisit un peu et, les mains jointes, elle demanda d'une voix faible :

— Les garçons, est-ce que ça vous dérangerait de lui creuser une petite tombe dans le jardin, sous le prunier ?

~

— Insinuer qu'on a écrasé le chat ! L'enfant de chienne ! marmonna Rémi en mettant de côté un morceau de tourbe tandis que Francis creusait un trou.

— À qui le dis-tu, répliqua ce dernier.

— Il revient au village avec son air de…

— Chut !

Francis imposa le silence à Rémi en entendant sortir Maggie, qui apparut derrière la charpente squelettique de la véranda en construction. Elle avait pris soin d'enrouler Sylvestre dans sa couverture préférée, celle où il se prélassait lorsqu'il résidait dans la maison. Le pauvre félin casanier n'avait même pas pu profiter de son domaine une dernière fois. Justin suivit Maggie, cachant mal son exaspération.

Francis se retira à l'écart et s'appuya sur sa pelle pour laisser Maggie déposer le cadavre dans son petit tombeau. L'endroit était surplombé d'un vieux prunier dont les bourgeons éclateraient bientôt. Ils demeurèrent silencieux. Maggie se recueillit quelques minutes, puis effleura le bout de ses doigts d'un baiser, qu'elle déposa sur l'édredon à carreaux qui recouvrait le chat. Francis remarqua, du coin de l'œil, que Justin s'intéressait à un faux pli dans le tissu de sa chemise, indifférent à la scène. « Ostie d'hypocrite ! » songea Francis. Lorsqu'il était jeune, Justin était le genre de gars à mettre le feu aux chats avec de l'essence ou à noyer les chatons avec des pierres. Par pure curiosité. Ou cruauté.

Rémi sembla lire ses pensées et jeta un regard mauvais à Justin, qui l'ignora.

Maggie poussa un soupir résigné puis indiqua à Francis qu'il pouvait enterrer Sylvestre. La terre couvrit graduellement la jetée à carreaux, s'accrochant aux filins de laine, salissant ses couleurs pâles. Maggie coiffa le tumulus d'un petit bouquet avant de se diriger, tête basse, vers la maison, sans voir les dix-sept félins qui, çà et là sur le terrain, observaient la scène depuis le début.

~

Maggie prit place sur le canapé de velours du boudoir, les mains sur ses genoux et le visage fermé. Les yeux vitreux, elle ne broncha pas lorsque Justin entra dans la pièce. Il s'assit près d'elle et encercla ses frêles épaules pour la consoler.

— Je suis… désolé pour ton chat, Maggie. J'ai pourtant regardé, hier soir. J'ai rien vu.

Elle ne répondit pas et son regard demeura fixé au loin.

— C'est dommage… Mais j'ai mon idée sur le coupable, poursuivit-il.

Maggie se tourna vers lui.

— Au village, les gens disent que Francis boit souvent à la taverne, ces derniers temps. Qu'il est un peu alcoolo sur les bords. Je gage qu'il est rentré soûl chez lui au volant de son *pick-up*… Il l'a peut-être même pas senti. Avec son air de bon gars, personne le soupçonnerait jamais, tout le monde lui donnerait le bon Dieu sans confession. Ça me donnerait le goût de lui péter la gueule ! renchérit-il.

Choquée, Maggie se dégagea de son étreinte.

— Je ne crois pas une minute que Francis serait capable d'une chose pareille sans se confesser ! Tu le connais mal…

— Il faut toujours se méfier de l'eau qui dort, Maggie, avertit Justin.

— De toute façon, que ce soit Francis ou non le coupable, tu vas t'acheter des antihistaminiques dès aujourd'hui !

Justin se redressa, surpris.

— Quoi ?

Maggie se leva et se dirigea vers le hall d'un pas décidé.

— Je fais entrer les chats maintenant ! Je n'attendrai pas d'avoir des plaintes de bruit de tout le village ou qu'une autre catastrophe survienne avant d'agir !

— Mais Maggie, je peux pas me gaver de pilules ! Ç'a pas de bon sens, je vais être complètement abruti ! s'exclama-t-il en la poursuivant.

Maggie ouvrit la porte et se tourna vers lui avec un air déterminé qui ne laissait rien paraître de sa fébrilité.

— Justin, tu vas devoir apprendre que tout ne peut pas toujours aller comme tu le veux ! le gronda-t-elle, comme elle avait si souvent grondé l'adolescent rebelle qu'elle avait élevé.

Puis, elle sortit en appelant ses chats par leurs noms, les encourageant à regagner la maison. Justin demeura sur le pas de la porte, les jointures crispées. Il projeta son poing dans le mur. S'il ne s'était pas contenu, il aurait saccagé toute la maison.

— Criss de tabarnak !

Il inspira et réussit à se calmer. Il serait patient.

Il tourna les talons et monta à sa chambre, laissant derrière lui l'empreinte de sa rage entre les fleurs de la tapisserie.

~

Quand Jacques revint derrière le comptoir d'accueil, Élisabeth se leva, inquiète.

— Et puis, y a quelque chose à faire avec ma vieille casserole ? s'enquit-elle en désignant sa voiture du menton.

— Ben oui… rétorqua-t-il d'un ton rassurant en enlevant ses lunettes.

— Je veux dire, quelque chose d'abordable ?

— Ce sera pas si pire. Peut-être cent cinquante, maximum. C'est juste un ressort fendu.

— Fiou ! souffla Élisabeth. Je pensais qu'il fallait changer la suspension au complet…

— Qui t'a dit ça ? s'étonna Jacques, les sourcils froncés.

— L'autre garage… En fait, c'est monsieur Rivest, avoua-t-elle.

Jacques leva les yeux au ciel.

— Excuse-moi d'être impoli, mais je te dirai pas où je l'ai, celui-là.

Élisabeth éclata de rire. Il lui inspirait confiance avec son franc-parler.

— Ça va. Mes parents sont toujours allés à ce garage-là ; je me rendais pas compte que je me faisais rouler, sans jeu de mots.

Elle parcourut le contrat de réparation et signa.

— C'est Lucie qui m'a recommandé de venir ici pour une deuxième opinion.

Les yeux bleus de Jacques s'arrondirent de surprise, pourtant il ne releva pas.

— Je peux te réparer ça pour la fin de l'après-midi.

Élisabeth consulta sa montre.

— Je devais aller quelque part… Ça peut pas être avant ?

Elle hésita.

— Je… J'avais mon après-midi de libre et je cherchais à retrouver Bernard Fortier. Je sais plus trop où il est rendu. Tu le connais, je pense, non ? bredouilla-t-elle.

Jacques redressa le menton et la dévisagea.

— Ben oui. C'est un de mes cousins.

— Bien… J'ai de bonnes raisons de croire que Bernard savait ce que Justin faisait avant de rappliquer au village.

— Je suis pas sûr. C'est vrai que Bernard a déjà été chum avec Justin. Il l'a hébergé dans son appart en ville un bout de temps. Jusqu'à ce qu'il se rende compte qu'il s'était fait avoir.

— Comment ça ?

Jacques soupira, réticent à révéler tous les détails. Il évitait son cousin à cette époque, désapprouvant cette relation après l'humiliation que lui-même avait subie à cause de Justin. Cela avait provoqué un froid dans la famille. Jacques n'avait compris le fond de l'histoire que plus tard.

Celui-ci se pencha en avant et murmura.

— Bernard consommait pas mal de dope, dans ce temps-là. J'ai l'impression qu'il se cherchait, il se posait des questions sur, disons… son orientation sexuelle. Il trouvait Justin de son goût. L'autre a tout pris ce que Bernard lui offrait sans rien donner en retour. Quand Justin s'est tanné, il est parti. Avec tout : l'argent, la dope et l'argent de la dope. Bonsoir, merci !

Une main sur le front, Élisabeth secoua la tête de dépit.

— C'est bien Justin, ça. Comme un ouragan qui ravage tout, partout où il passe.

Il semblait d'ailleurs que Justin ne s'amusait pas qu'à séduire les femmes, mais les hommes également. Élisabeth poursuivit :

— As-tu quand même les coordonnées de Bernard ? Peut-être qu'il pourrait m'aider à reconstituer le parcours de Justin.

— Je sais pas.

— S'il te plaît, j'ai besoin de savoir. Il faut que je sache pourquoi il est revenu ! Qu'est-ce qu'il nous veut !

Elle faillit ajouter : « Ma santé mentale en dépend ! »

Jacques se détourna. L'espace d'un instant, son regard avait brillé de cette blessure qu'il pansait encore. Il hésitait à la rouvrir. À jouer dedans. Élisabeth s'identifia à cette démonstration de vulnérabilité, la soutint. Il était une autre victime, comme elle.

Il déglutit et s'avança vers son oreille pour chuchoter.

— Si tu peux me dire ce qu'*il* est venu foutre par ici, je te trouve l'adresse et je te pose ton ressort gratis pendant mon heure de lunch. T'auras juste la pièce à payer. Ok ?

Élisabeth hocha la tête, de connivence. Ils se comprenaient.

~

Francis contempla, résigné, la bille noire estampillée d'un huit traverser le tapis de feutre vert forêt et ralentir avant de tomber dans la pochette. Il inclina la tête devant son adversaire qui le scrutait avec ironie.

— Désolé. Je suis pourri, aujourd'hui, marmonna Francis en rangeant sa queue de billard.

— Qu'est-ce qui se passe ? s'enquit Jacques en enduisant le bout du bâton de craie bleue. C'est toi qui mènes, d'habitude.

— Je sais pas. Je suis peut-être fatigué.

— C'est ça ou des problèmes d'une autre nature ?

— Quoi? C'est écrit sur mon front? grommela Francis en se servant une généreuse pinte du pichet de bière.

— Presque, confirma Jacques, néanmoins compatissant.

Francis s'assit lourdement sur un tabouret et but une rasade du liquide ambré. Comme son adversaire le dévisageait avec un demi-sourire, il avertit, d'un timbre un peu sec:

— Je suis ici pour me changer les idées. De grâce, évite certains sujets.

— C'est bon, concéda Jacques, plus amusé qu'offusqué.

Le visage appuyé sur les mains, Francis laissa errer son regard autour de la pièce et sur les habitués qui se réunissaient de façon régulière dans cette atmosphère glauque. Certains semblaient faire partie intégrante du mobilier de bois défraîchi, qui avait absorbé au cours des années les odeurs de tabac et d'alcool. Sur les murs de bois préfini s'alignaient plaques et trophées d'une autre époque ainsi que des néons de marques de bières américaines.

Bad Moon Rising de Creedence Clearwater Revival jouait en sourdine, entrecoupé de rires, de tintements de verres et de billes qui s'entrechoquaient, tandis que le propriétaire, Baptiste Mercier, un grand chauve à moustache, servait des consommations derrière le comptoir.

Hope you got your things together.
Hope you are quite prepared to die.
Looks like we're in for nasty weather.
One eye is taken for an eye.

— Veux-tu jouer une autre partie? demanda Jacques, déposant la bille de choc devant la pyramide de balles numérotées.

— Non, ça donne rien. Je suis pas dedans. En plus, y a un huard qui patiente sur la bande, constata Francis.

— Ah ? s'étonna Jacques en cueillant la pièce dorée entre ses doigts. À qui ça appartient ?

Celui qui se tenait à l'écart, cigarette au bec, leva la main.

— C'est à moi, dit Justin.

Jacques plissa les yeux. Il serra la mâchoire en observant son adversaire s'avancer à la table avec une expression de franche provocation. Ils se mesurèrent quelques secondes puis Justin affirma :

— J'espérais que tu partirais avant mon tour, mais vu que la compétition a pas l'air forte, ce soir, je peux peut-être te donner du fil à retordre.

— Je suis pas sûr que j'ai envie de jouer contre un petit blanc-bec comme toi…

Le climat entre eux était plus que tendu et plusieurs des clients de la taverne s'étaient retournés. Une moue réprobatrice sur les lèvres, Francis craignait le pire. Il était évident, pour quiconque connaissait Justin, qu'il n'était pas dans son état normal. Même s'il demeurait un personnage cynique et sans tact, ce soir il avait dû bien se poudrer le nez.

— Avoue que c'est un combat qui te tente… depuis longtemps, ajouta Justin en un murmure que Jacques fut le seul à entendre.

— Ok, céda ce dernier.

« Merde ! Ça va mal tourner ! » songea Francis.

La partie débuta bien pour Jacques, qui brisa le triangle de billes et en empocha trois de suite. Hélas, pendant le reste de la partie, son jeu ne fit que se détériorer. Justin s'avéra aussi habile pour le billard que pour semer la zizanie. Enchaînant les combinaisons compliquées, il fit disparaître sa part de billes en prédisant chaque fois, sans faute, l'endroit où elle frapperait avant d'aboutir dans une pochette.

Francis grimaça : cet enfoiré les avait vus jouer et savait que Jacques mordrait la poussière. Justin voulait non seulement écraser son adversaire, mais il prenait un plaisir machiavélique à l'humilier.

La bille noire traversa le tapis avec une lenteur calculée avant de tomber, avec un bruit sourd, dans la pochette centrale. Justin sourit, satisfait, tandis que Jacques relevait sur lui un regard empreint d'animosité. Justin lui tendit la main et Jacques se détourna pour ranger sa queue de billard.

— Tu veux pas rejouer ?

— Non, ça va, criss de petit baveux.

Justin posa son bâton sur le support, et souffla.

— Prends-le pas comme ça. De toute façon, c'est pas la première fois que je marque des points sur ton territoire.

Jacques se tourna d'un bloc et lui plaqua son poing sur la mâchoire. Justin vola entre les chaises vides, dont une se renversa en un vacarme retentissant. De grands cris acclamèrent cette violence et plusieurs se précipitèrent pour voir la bagarre. Justin se redressa, essuyant le coin ensanglanté de sa bouche du revers de la main.

— Gros habitant ! Rien que capable de penser avec tes poings, hein ?

Quand Jacques s'élança pour frapper de nouveau, Francis bondit de son tabouret pour le retenir, non sans difficulté. Le garagiste était fort comme un bœuf et sa colère attisée semblait augmenter son ardeur. Autour d'eux, les amis de Jacques encourageaient les adversaires à se livrer bataille.

Le sang coulait sur la chemise de Justin, traçant des cercles cramoisis. Pourtant, il soutint le regard de son adversaire sans broncher.

— Vas-y, Jacques, casse-z-y la gueule ! clama quelqu'un.

— As-tu besoin d'aide ? Veux-tu que je le retienne pour toi ? ricana Phil en empoignant Justin par le collet.

Jacques fulminait. Justin lui tenait tête, un sourire croche étirant sa lèvre fendue.

— Allez, le cocu ! Montre-leur que t'as des couilles à défaut d'avoir une queue !

Francis raffermit sa prise en sentant que Jacques allait céder à cette nouvelle insulte.

— Oublie-le. C'est rien qu'un petit imbécile qui aime foutre la merde. Tu le sais qu'il est pas de taille.

Un silence lourd s'abattit alors. Les paroles de Francis apaisèrent Jacques, dont la gorge se noua de frustration.

— Tu voudrais pas d'un dossier de police pour une connerie pareille, ajouta Francis.

Jacques se défit brusquement de son emprise et, d'un pas vif, sans un regard pour personne, il décrocha son manteau de la patère à l'entrée et sortit. Ses amis marmonnèrent avec humeur devant ce combat avorté. Francis, lui, expira, soulagé.

— Hey, toi, l'infirme ! Vas-tu arrêter de te mêler de mes affaires ? s'écria Justin en le poussant avec effronterie. Tu me cherches, hein ?

— Je sais pas qui cherche qui, grogna Francis en le dominant de toute sa taille.

Puis, en désignant ceux qui les observaient, il ajouta :

— Si t'as une once de cervelle, tu vas pas étirer ta chance ! Alors sacre ton camp tout de suite... Au cas où tu l'aurais pas remarqué, t'es pas le bienvenu, ici !

Justin pouffa, se moquant de cette mise en garde. Néanmoins, il tourna les talons.

— Vous êtes juste une bande de *losers* pathétiques qui vous enfoncez dans votre routine merdique parce que vous n'avez pas le courage d'affronter le vrai monde. Bravo ! clama-t-il, en claquant des mains. Continuez comme ça ! Vous irez loin, cracha-t-il avant de sortir.

6

À bon chat, bon rat

Lucie examinait Francis du coin de l'œil. Il affichait une gueule de bois pire que celle de la semaine précédente et n'était guère plus loquace ; il gardait le nez plongé dans son journal et ne répondait que par monosyllabes.

Après avoir bu deux cafés bien noirs et à peine entamé ses rôties, il se leva pour partir et Lucie débarrassa le comptoir.

— Attention, sinon le phénomène Justin va te donner une cirrhose avant la fin de l'année, ironisa-t-elle.

Cette réplique arracha un sourire à Francis.

— Excuse l'air de croque-mort. J'ai peut-être un peu exagéré, hier. Ça ira mieux demain, assura-t-il en toussotant pour éclaircir sa voix éraillée.

Comme il partait, Élisabeth entra dans le restaurant. Face à face, ils se dévisagèrent un instant, puis se détournèrent en bredouillant une salutation.

— Au fait, merci pour… tenta-t-elle en se tournant vers lui, mais Francis avait déjà passé le pas de la porte.

Avec une moue déçue, Élisabeth prit place à sa banquette et Lucie lui servit son plateau de fruits. Elle étala plusieurs documents devant elle et les parcourut, sirotant lentement son thé. Le temps s'écoula et les clients quittèrent un à un le restaurant, mais Élisabeth demeura concentrée sur ses papiers.

— Et puis? Je t'ai pas vue hier, qu'est-ce qui s'est passé? demanda Lucie en s'arrêtant près de celle qui s'éternisait.

— Je suis allée voir le docteur Arsenault. Il m'a remis un article.

— À propos de?

Élisabeth reposa sa tasse et haussa les épaules.

— Ça donne des trucs pour se sortir d'une relation abusive dont on a été victime… Je lui ai jamais rien mentionné, mais le docteur Arsenault a l'air de penser que j'ai été malmenée. Remarque, il a pas tout à fait tort.

Lucie sourcilla.

— Par qui? Par Justin?

— Probablement.

— Il a déjà été violent avec toi? s'étonna Lucie.

— Non, pas vraiment. Pas de volées ni rien de ça. C'était plutôt verbal. La façon qu'il avait de me traiter quand ça faisait pas son affaire, de me faire sentir que je valais rien. Que j'avais besoin de lui pour exister.

Élisabeth baissa le nez.

— À force de me culpabiliser, il a fini par me faire perdre mes repères. Il vampirisait ma personnalité. Je l'ai cru. J'avais tellement peur de le perdre, j'étais prête à tout sacrifier, à m'isoler du monde entier. Comme pour une drogue dure. J'avais honte, je le savais qu'il me détruisait, mais je pouvais pas envisager de m'en passer.

D'un geste plein de compassion, Lucie posa sa main sur celle d'Élisabeth.

— L'article dit rien que je savais pas déjà, pourtant il y a un mot qui a attiré mon attention : psychopathe. Je pense que Justin est un psychopathe, marmonna Élisabeth, méditative.

— Quoi ? Voyons, c'est un peu excessif... Il a peut-être des défauts majeurs, mais je doute qu'il soit un tueur en série !

— Rien à voir. Les psychopathes sont pas tous des tueurs. J'ai fait des recherches.

Élisabeth présenta un texte à Lucie.

— Les psychopathes sont des manipulateurs sans aucune morale car ils ressentent rien. Rien du tout. Ça le qualifie bien.

Lucie lut le document, sceptique.

— Tu t'improvises psychiatre maintenant, Élie ? Ma suggestion : lâche ça et éloigne-toi !

— Pourquoi ? C'est peut-être ma chance d'aller au fond des choses ! De régler ça une fois pour toutes !

— Tout ce que ça fait, c'est t'obséder et te miner !

— Je pensais en parler à Maggie...

— Tu peux pas lui dire ça, Élisabeth ! Comment penses-tu qu'elle va le prendre ? C'est son fils adoptif ! En tout cas, moi, j'aurais bien de la misère à avaler que mes enfants ont de la mauvaise graine !

— Tu penses pas que depuis le temps, elle s'en doute un peu ? Peut-être que ça la rassurerait de savoir que c'est un problème qui existe…

— Ça me surprendrait !

— … Savoir qu'elle a pas échoué en tant que mère, que malgré tout ce qu'elle lui a donné, la génétique jouait contre elle ?

Elles demeurèrent muettes un moment avant que Lucie reprenne.

— Écoute, tu sais comme moi qu'il va disparaître dans quelques jours, aussi subitement qu'il est arrivé. À aller harceler Maggie avec ça, tu risques de lui faire plus de tort que de bien !

— J'ai pas l'intention de bousiller rien ni personne, je veux la voir pour être certaine qu'il la traite comme il faut !

— Malgré tes bonnes intentions, c'est une très mauvaise idée de lui parler de ça ! Laisse-la tranquille !

Lucie retourna derrière le comptoir et vit Élisabeth soupirer, contrariée.

— Si tu veux te consoler, reprit Lucie d'un ton plus léger, j'ai entendu Phil raconter à ses compagnons de table que Jacques en aurait « sacré une criss de bonne » – pour reprendre ses termes – à Justin, hier soir.

— T'es sérieuse ? Qu'est-ce qui est arrivé ?

— Il paraît qu'ils ont joué une partie de pool et que Justin a battu Jacques à plate couture. Il lui aurait ensuite fait un commentaire que personne a entendu et Jacques lui aurait décoché un coup de poing assez violent pour que l'autre tombe raide sur le dos !

— Et où ils sont, ce matin ?

— Je les ai pas vus, ni l'un ni l'autre. Mais je donnerais cher pour voir la belle gueule boursouflée de Justin, ricana Lucie.

~

Justin pressa une serviette mouillée d'eau glacée contre sa mâchoire et gémit. Il n'osait pas s'aventurer dans la cuisine pour chercher de la glace, car il avait peur d'y rencontrer Maggie et d'être assailli de questions. Et il ne voulait pas avoir à affronter le regard sarcastique de ses chats.

Un bruit sourd le fit alors sursauter. Une vibration sillonna le mur et fit tressaillir les meubles et les cadres de sa chambre. Il crut d'abord à un heurt sans conséquence, mais l'impact se répéta. Le lit trembla. Un autre coup, écho des deux premiers, lui rappela qu'aujourd'hui, Francis et Rémi défonçaient le mur de la salle à manger pour effectuer la connexion avec la nouvelle véranda.

Les élancements dans sa mâchoire battaient au rythme des chocs à tel point qu'il en eut les larmes aux yeux. La maison même semblait se plaindre de ces assauts incessants. Exaspéré de ne pouvoir trouver la quiétude dans sa chambre, il se recoucha et abattit un oreiller sur sa tête. Hélas, les percussions persistaient et agaçaient le nerf douloureux qui longeait ses dents et se terminait au-dessus de son oreille.

La rage le fit divaguer tant le mal était perçant.

Son havre. Il n'était même plus à sa place dans son dernier havre. La maison de Maggie avait toujours représenté un pied-à-terre, car il savait qu'il pourrait toujours y revenir. Où diable pouvait-il aller se réfugier maintenant ?

Il avait besoin de temps. Il n'avait besoin que de temps, histoire de se reprendre en main. Il retournerait à sa vie ensuite.

Une autre secousse vint piquer sa névralgie.

— Ostie, laissez-moi tranquille ! grogna-t-il, à la limite de la folie. Crissez-moi la paix pour que je puisse enfin repartir !

~

Francis hissa la masse au-dessus de son épaule et la balança contre le mur qui céda enfin, laissant apparaître un trou entre les briques rouges. La vibration fit crépiter les morceaux de gypse sur la toile de plastique qui recouvrait le plancher de la salle à manger. Renouvelant l'effort, il abattit le poids contre l'ouverture qui s'agrandit encore, laissant pénétrer à l'intérieur un rayon de lumière de forme irrégulière.

Ce matin, Rémi lui avait suggéré en ricanant d'imaginer que le mur représentait Justin. Pourtant, Francis n'avait pas l'humour de s'abandonner à ce fantasme tordu. Depuis la veille, il ne cessait de ruminer les paroles qu'avait prononcées Justin avant de quitter le bar.

« Vous êtes juste une bande de *losers* pathétiques qui vous enfoncez dans votre routine merdique parce que vous n'avez pas le courage d'affronter le vrai monde ! »

Ces mots l'avaient incité à boire plus qu'il n'était raisonnable et l'avaient empêché de dormir. Il les blâmait même de l'avoir rendu malade, car il avait dégueulé toute la nuit.

Ce qui l'irritait le plus, c'était que ce salaud n'avait pas tort. Justin lui avait lancé la vérité au visage plus violemment que le coup de poing qu'il venait de recevoir.

« Qu'il essaie, lui, de se refaire une vie après un accident imbécile qui lui aurait massacré une jambe et l'aurait condamné à un an en physiothérapie avant de réapprendre à marcher correctement ! » se justifia-t-il. Mais il ne cessait de revenir à ces paroles, crues et douloureuses, qui l'obligeaient à se questionner.

Avec un nœud dans la gorge et une énergie désespérée, il continua à élargir la gueule béante qui défigurait la façade de la maison, sans se douter que chacun des coups qu'il portait amplifiaient la migraine accablante de Justin.

~

— Justin ! Tu ne vas pas rester dans ta chambre toute la journée !

Justin s'assit dans son lit et poussa un soupir. Les deux abrutis avaient fini leur boulot de démolition, mais à présent, c'était sa tante qui cognait sans cesse à sa porte. Sans énergie, il se leva et passa une chemise.

— Tu dois manger quelque chose ! Veux-tu que je te prépare un sandwich ?

Son reflet apparut dans la glace qui reposait de biais sur le mur. Justin examina sa mâchoire enflée d'une ecchymose violacée. Comme il n'avait pas répondu, sa tante s'introduisit dans la chambre, l'air inquiet.

— Maggie ! Laisse-moi m'habiller !

— Il est trois heures de l'après-midi, il est plus que temps que tu te lèves !

Elle tira les rideaux avec de grands gestes et inonda la pièce de lumière.

— Je me suis endormi tard, j'ai le droit, ok ? aboya-t-il en enfilant une paire de jeans.

— Mon Dieu ! C'est plus à l'envers ici que quand tu étais adolescent, continua Maggie.

— Laisse ça, Maggie, je vais faire le ménage si ça te dérange tant que ça !

Sans se soucier des protestations de Justin, elle ramassa les vêtements qui parsemaient le sol et déposa le tout sur un amas fripé, empilé sur un coffre.

— Est-ce que c'est sale ? J'allais envoyer du linge chez le teinturier…

Elle s'interrompit en repérant une chemise blanche où se dessinaient quelques gouttes écarlates.

— Tu as encore… commença-t-elle en se tournant vers lui.

À ce moment, elle remarqua sa mâchoire tuméfiée ainsi que la fente à la commissure de ses lèvres.

— Qu'est-ce que tu as là ?

Justin se détourna avec un grognement irrité et se posta devant la fenêtre, les bras croisés.

— Réponds-moi, Justin Leduc ! Tu vis sous mon toit, alors aie au moins la décence de m'expliquer ce qui t'est arrivé !

— C'est rien de grave, Maggie ! Ok ? s'écria-t-il, buté.

— Ça n'a pas de bon sens, Justin ! Dimanche soir, tu as saigné du nez plus qu'il n'est normal et aujourd'hui, tu as ces marques sur le visage !

Des larmes voilèrent les yeux gris de la vieille femme. Elle s'approcha et examina le profil de Justin. Elle tendit les doigts vers l'enflure, mais il attrapa fermement sa main parcheminée.

— J'ai dit que t'avais pas à t'en préoccuper, alors crisse-moi patience un peu ! s'emporta-t-il.

Accablée, elle retira ses doigts.

— Tu peux me parler. Je peux comprendre plus de choses que tu crois.

Sans regarder sa tante, Justin murmura d'une voix blanche :

— Oublie ça, Maggie. Tout va bien.

Elle resta quelques instants à ses côtés à observer la rue paisible bordée de pelouses verdoyantes et d'arbres lourds de bourgeons. Puis, déconcertée par le silence, Maggie tourna les talons.

— Lorsque tu es revenu, je ne t'ai rien demandé. Je ne tenais pas à te brusquer. Je voulais que tu te ressources et que tu te sentes à l'aise avant de te confier. Rappelle-toi que je t'ai élevé ; je te connais assez pour savoir que tu portes un fardeau de secrets. J'espère juste que tu vas finir par avoir assez confiance pour t'ouvrir à moi.

Elle quitta la pièce, laissant Justin seul et impassible.

~

Assise devant son écran, l'œil vitreux, Élisabeth faisait mine de se concentrer chaque fois que son patron passait près d'elle. Elle cillait devant la froide lueur cathodique, hypnotisée par son pâle reflet. Dieu qu'elle aurait voulu être ailleurs, aujourd'hui.

Elle pensait à Maggie, à Justin, et à comment un diagnostic de psychopathie donnerait du sens à tant de choses qu'elle n'avait pas comprises auparavant. Hélas, Lucie avait raison, elle n'était pas spécialiste de la question et elle ne faisait que fabuler.

L'apparition d'une boîte de texte la tira de ses songes emmêlés. Elle attendait avec impatience ce message depuis le matin.

Bernard Fortier, le cousin de Jacques, lui avait refilé le numéro de portable d'un autre gars qui était propriétaire d'un bloc où Justin avait habité en ville. L'homme semblait avoir une dent contre son ancien locataire, qui lui devait des mois de loyer. Élisabeth lui avait fait croire qu'elle cherchait Justin pour des raisons monétaires, elle aussi. Après avoir défriché les quelques pistes que l'individu lui avait refilées avec plaisir, elle était tombée sur l'adresse courriel d'une femme qui avait fréquenté Justin deux ans auparavant. Élisabeth avait alors entamé la conversation avec celle-ci de façon directe, sans détour.

: > Qu'est-ce que vous pouvez me dire au sujet de Justin Leduc ?

Elle n'allait pas se confondre en formules de politesse pour cette femme dont elle ne connaissait rien. La réponse avait été tranchante.

:> I never want to hear that mother fucker's name again. Enough said.

Cette riposte avait néanmoins rassuré Élisabeth, qui s'était prise de sympathie pour elle. Une anglophone qui n'avait décidément pas la langue dans sa poche. Elle désira en savoir plus.

:> Please wait before you trash this new message! I'm sorry, my question was a bit too forward… I'm one of his ex-girlfriends. A couple of weeks ago, he dropped back into his hometown (he'd left for nine years) and I want to know why.

La réplique s'était fait attendre.

:> Debts. No doubt. I paid enough of those, I should know. And if you're in his range, good luck.

Révélatrice, celle-ci confirmait ce qu'Élisabeth soupçonnait. Elle aussi avait payé pour les frasques de son ex.

Rongeant l'ongle de son pouce, elle se laissa aller contre le dossier de sa chaise, relisant cette dernière phrase.

Elle devait voir Maggie.

~

— Tu m'écoutes? demanda Josiane avec une pointe d'exaspération quand elle surprit une énième fois le regard de Francis dévier au loin dans la rue.

Surpris, il se tourna vers elle et hocha la tête en esquissant un sourire. Il était évident, cependant, qu'il n'avait pas saisi un traître mot de ce qu'elle racontait depuis un moment. Blême et épuisé, il était incapable de se concentrer sur quoi que ce soit ; il avait somnolé durant une partie du film qu'ils venaient de voir et maintenant, Josiane n'arrivait pas à attiser son intérêt.

Elle soupira, frustrée. Ces temps-ci, elle aurait voulu découvrir la langue à employer pour communiquer avec lui. Devait-elle se faire intransigeante, brutale ou plus douce ? Elle n'avait plus d'idée pour parvenir à le sortir de sa morosité. Et au fil des jours, il sombrait un peu plus.

Le vent commençait à se lever par bourrasques et Francis leva les yeux vers les cumulus qui s'amoncelaient dans le ciel de fin de soirée.

— Est-ce qu'ils annoncent de la pluie ? demanda-t-il, soudainement.

— Euh… Je pense que oui, hésita Josiane, prise de court. Il y aura peut-être aussi des orages. Veux-tu dormir chez moi ? offrit-elle avec un sourire désarmant lorsqu'ils s'arrêtèrent vis-à-vis l'escalier qui menait à son appartement.

Mal à l'aise, il baissa la tête.

— Désolé. Il faut que je retourne chez Maggie. Je dois m'assurer que la bâche que j'ai mise va tenir le coup cette nuit. De toute façon, je suis vraiment fatigué. Aussitôt chez moi, je vais m'écraser sur mon lit et ronfler.

Josiane s'esclaffa.

— J'ai défoncé un mur de briques à coups de masse, aujourd'hui. C'est normal que je sois fatigué, non ? reprit-il.

— Un grand gaillard comme toi ? Mon œil ! Je suppose que ç'a rien à voir avec le fait que tu te sois soûlé jusqu'à trois heures du matin cette nuit...

— T'es au courant ? s'enquit-il, contrit.

— On vit dans un petit village. Tout se dit, tout se sait. Surtout quand un gars se fait donner une rincée et qu'ensuite ton chum cale des litres de bière, tout seul, avec l'air déprimé.

— Je suis désolé.

— Tu te répètes, releva-t-elle.

— Je le sais, je le sais. Je file un mauvais coton. Le retour de Justin m'a rentré dedans plus que je voudrais. J'aimerais rester indifférent, mais ça me dérange. Ça me travaille tout le temps.

Josiane l'enlaça et se serra contre lui.

— C'est peut-être un passage obligé pour fermer la boucle, murmura-t-elle dans son cou.

— Merci d'être aussi patiente, lui souffla-t-il en échange.

Sur ce, elle l'embrassa sur la joue avec tendresse et grimpa les marches.

— Bonne nuit !

— À demain, répondit-il avant de reprendre son chemin.

Sur le palier, à l'étage, elle le surveilla tandis qu'il s'éloignait et nota que sa claudication était plus marquée. Son pas raide le mena au tournant de la rue et le cœur de Josiane se gonfla d'un étrange chagrin. Allait-elle jamais l'atteindre ?

Au pied de sa porte elle découvrit alors une boîte rectangulaire, semblable à celles dans lesquelles elle couchait les douzaines de roses à la boutique. Au ruban bourgogne était attachée une carte. La calligraphie était impeccable, fuselée.

Que donne-t-on à une fleuriste ?
Merci, Maggie était ravie de son cattleya.

J.

P.-S. : Désolé d'avoir eu recours à des compétiteurs.

Coupable, elle regarda autour d'elle, de peur d'être épiée. Dès qu'elle entra chez elle, elle s'empressa de défaire le paquet. À l'intérieur se cachait un magnifique bouquet de plumes de paon et d'autruche. Elle gloussa devant ce cadeau singulier. Ce gars-là n'était vraiment pas normal. D'une classe à part.

~

Avec quelques cordes supplémentaires, Francis tendit la toile qui recouvrait la plaie vive à l'arrière de la maison. Il entassa ensuite un amas de briques concassées sur le sol nu de la véranda, puis sécurisa la bâche qui se gonflait et se contractait à chaque bourrasque, à l'instar d'un poumon à la recherche de son souffle. Il se redressa, satisfait de la solidité de cet arrangement de fortune, mais s'inquiéta que cette brèche puisse attirer de potentiels voleurs.

Au moins, Maggie n'était pas seule. Francis sourit, amer. Il était plutôt ironique de songer que Justin éloignerait les bandits.

Il sortit de la pièce vitrée, dont les poutres de bois qui la soutenaient craquaient sous la pression du vent, et verrouilla la porte.

— Tiens, si c'est pas l'idiot du village, lança Justin pardessus son épaule.

Francis ne se retourna pas. Il ignora ce commentaire et s'assura d'un regard que les fenêtres étaient fermées.

— T'es souvent dans mes plates-bandes, ces temps-ci, ajouta Justin en s'allumant une cigarette qui peina à s'enflammer dans les rafales.

— T'en fais pas. Je m'en vais.

— Ma tante m'envoyait vérifier si t'avais fini ta job comme il faut.

Francis descendit les marches du perron et traversa la pelouse en direction de son pick-up. Justin lui bloqua le passage.

— Laisse-moi passer. J'ai vraiment pas envie de te parler.

Justin continuait de tirer des bouffées, qu'il crachait en volutes.

— Sais-tu c'est quoi ton problème, Francis ?

Francis pivota sur ses talons, décidé à contourner la maison pour éviter l'autre, mais il fut coincé de nouveau.

— Va chier ! J'ai pas le goût d'entendre tes morales à deux cennes !

— C'est toi qui as décidé de faire pitié. De jouer au quêteux de bons sentiments. Pauvre petit Francis qui a la patte croche. C'est toi qui t'abaisses à vivre en *stand-by* et à construire des cabanes à moineau pour des bonnes femmes.

Francis le bouscula.

— De toute façon, t'as toujours été un perdant. T'aurais jamais été vraiment loin dans tes affaires de sport à t'apitoyer sur ton sort comme ça. J'ai subi le même accident que toi et je me lamente pas à longueur de journée. Arrête de vivre dans le passé et avance un peu.

Consterné par les insultes, Francis fit volte-face.

— Mais c'est dur de se tenir debout quand on a pas de colonne et qu'on doit répondre à papa pour avoir de la job, hein ? ricana Justin.

— Criss de pourri ! se révolta Francis. Parle pas de l'accident comme si c'en était un !

Son regard marron, franc et tranchant, soupesait celui de Justin, gris et glacial. Sans âme, sans cœur.

Cette altercation les transporta au cœur du méandre de routes où avaient basculé leurs vies.

Justin s'était penché pour ouvrir la portière à Francis, qui avait hésité avant de monter à bord de la voiture.

« Veux-tu un *lift* ? »

C'était avec un certain malaise qu'il s'était assis sur le siège du passager en bouclant sa ceinture. Ni l'un, ni l'autre n'avait prononcé de salutation. Pas de courtoisie entre eux. Francis ne cessait de penser à Élisabeth, anéantie par il ne savait quelle nouvelle. Comment Justin pouvait-il la traiter ainsi ? Lui ne l'aurait jamais traitée comme ça.

Tandis que Justin s'engageait sur la chaussée qui s'enfonçait dans la forêt, Francis observait à l'extérieur la verdure dense défiler dans le faisceau des phares. Sa vision était embrumée par l'alcool, déformant le paysage. Il se rappelait tout de même la musique qui jouait à ce moment. *The End* du groupe The Doors. Il n'avait, d'ailleurs, jamais été capable de la réécouter.

This is the end, beautiful friend

Le profil de Justin paraissait dur dans le seul éclairage du tableau de bord. Et, étrangement, sur ses mains qui enserraient le volant, les jointures étaient écorchées. Sanglantes.

L'atmosphère semblait irréelle avec les notes orientales et les élucubrations enivrantes de Jim Morrison qui s'échappaient de la radio. Le tambourin cliquetait avec un bruit de crécelle semblable à la queue d'un crotale en mode d'attaque.

This is the end, my only friend, the end

Francis avait cillé, soudain conscient que la voiture roulait de plus en plus vite. Un serpent aux yeux fluorescents sillonnant un désert de sable noir.

« Ralentis, Justin, on va se péter la gueule. »

« T'es *chicken*? Je vais juste à cent vingt… »

« C'est une zone de quatre-vingt-dix. »

« T'aurais dû conduire, dans ce cas-là… »

Les divagations de Jim Morrison prenaient des allures sinistres. Justin ricanait et Francis, étourdi d'ivresse, s'agrippait à son siège, la sueur perlant à son front. Le serpent avançait sur les rails d'une montagne russe, tournoyant, tournoyant, tournoyant… Francis se rendit compte que son compagnon, qui semblait à jeun plus tôt, était complètement givré. Et ne différenciait plus le trip décrit dans la chanson et la route devant lui.

Ride the snake, ride the snake
To the lake, the ancient lake, baby
The snake is long, seven miles
Ride the snake… he's old, and his skin is cold

« Fais pas le con, Justin, s'il te plaît ! On est pas pressés ! »

L'autre ne portait pas attention à lui, absorbé par la cithare envoûtante. La voiture dérapa sur la bande et Francis fut pris de panique. L'alcool qui embrouillait son cerveau fut dissipé par une montée d'adrénaline qui le força à reprendre ses esprits.

La voiture roulait à présent à cent quarante.

« Justin ! Laisse-moi ici, ok ? Je vais faire le reste à pied ! »

« Tu m'écœures, Francis Carpentier. Si tu savais comme tu m'écœures. Qu'est-ce qu'ils ont à te trouver si fin ? T'es tellement insignifiant… »

« Justin, câliss ! Écoute-moé ! »

L'auto rata la courbe en épingle et, sur le cri dément du chanteur, fonça dans les ombres d'un bosquet. Le serpent s'envola. Dansa sur la tapisserie de la nuit.

La route longeait une colline et la voiture entama plusieurs tonneaux en dévalant la pente abrupte, se fracassant contre les arbres massifs avec des bruits de métal froissé semblables à ceux d'un violent orage. Les hurlements des deux hommes chahutés dans le véhicule disloqué se mêlèrent au cri d'un oiseau qui s'envola de la scène du drame. Avec un grincement strident, la voiture termina sa chute au pied du ravin et, durant quelques secondes encore, on entendit des pierres, des branches et des pièces de la voiture dégringoler.

Abasourdi, Justin se remit de ses émotions, écoutant la forêt étrangement calme après le vacarme retentissant de l'accident. La voiture gisait sur le flanc et Justin se trouvait surélevé du sol.

Le bruissement des feuilles et des piaillements insolites déchiraient l'obscurité et le ramenèrent à la réalité. Il se tourna vers Francis, qui reposait au fond du véhicule. Dans un blafard rayon de lune, Justin distingua son passager et constata que le côté avant de la voiture avait englouti sa jambe droite. Celle-ci adoptait une position contre nature et de la peau éclatée s'écoulait une rivière cramoisie.

Francis était inconscient, peut-être mort. Tant pis pour cet imbécile, ce bon-bonnasse, ce héros surestimé. En revanche, Justin était plutôt content d'avoir survécu. Mais lorsqu'il avait voulu sortir de la voiture, une douleur fulgurante avait paralysé son épaule gauche et il avait sombré à son tour.

Cette sombre route les avait menés jusqu'ici. Neuf ans plus tard, pas beaucoup plus loin dans le processus d'évolution.

— Je faisais juste conduire, relata Justin. J'avais même pas bu. Toi, t'étais trop soûl pour voir l'animal étendu sur…

— Y a jamais eu d'animal pis tu le sais ! coupa Francis. Y avait juste ton gros ego gelé sur la coke ou l'acide ou je sais pas quelle criss de cochonnerie !

— Un accident, c'est un accident. Qu'est-ce que tu penses ? J'ai pas fait exprès ! De toute façon, après neuf ans, c'est malsain de pas encore avoir fait son deuil ni d'avoir pardonné…

Francis empoigna violemment Justin par le col et le projeta contre la façade de la maison.

— Faire mon deuil? Pardonner? Moi, je me suis pas sauvé comme un ostie de lâche pour me cacher de mes problèmes! Moi, je les avais dans la face à tous les jours! Ma carrière finie c'était une chose, mais le reste, le mal, la douleur permanente, qu'est-ce que t'en fais? hurlait-il en secouant Justin.

Des larmes roulaient sur ses joues. Justin gardait la mâchoire serrée, une expression de profond mépris au fond des yeux.

— Pourquoi t'es revenu, hein? Qu'est-ce que tu me veux encore? Tu m'as tout enlevé, j'ai plus rien à donner! continua Francis.

Justin donna un vif coup de tête en avant. Francis lâcha prise et bondit en arrière, les mains sur le visage. Un filet de sang s'écoula de son nez douloureux et il leva un regard atterré sur Justin.

— T'as pas de couilles, Francis. Mets tes culottes et arrête de me blâmer pour ta vie de merde! persifla celui-ci.

Francis poussa un cri de rage et se jeta sur Justin en lui assenant un crochet au visage. Justin tenta de se défendre, mais Francis renouvela l'attaque en lui décochant deux autres coups de poing dans le ventre. Justin le fit trébucher avec une ruade sur sa jambe blessée.

Ils roulèrent sur le sol. Francis dominait la bagarre, frappant, l'esprit injecté de cette colère qui s'était bâtie et cédait à présent, déferlant comme une onde dévastatrice. Vaincre cet enfant de chienne, en finir. Cogner. Cogner jusqu'à ce que le bruit dans sa tête s'apaise, cesse de résonner.

— Justin! Francis! Qu'est-ce qui se passe? s'écria Maggie en se précipitant vers eux en courant.

Tiré brusquement de son délire, Francis remarqua alors Justin roulé en boule dans le gazon, les bras enserrant son estomac. Appuyé sur un coude, il vomit.

Confus, Francis se tourna vers Maggie et ouvrit la bouche pour se justifier, mais aucun son n'en sortit. Il ne comprenait pas cette fureur qui l'avait submergé; il ne s'était jamais battu de sa vie.

Justin se remit sur pied en s'appuyant contre le mur, râlant, l'œil enflé. Francis recula, secouant la tête, étourdi, ne sachant quelles paroles pourraient excuser cette scène où il semblait le seul coupable.

Maggie fixait les deux hommes avec stupéfaction. Ni Justin ni Francis n'osait prononcer un mot.

— Qu'est-ce qui se passe, ici? répéta-t-elle.

Ça devait en arriver là. Un affrontement entre eux était inévitable.

— Francis, tu ferais mieux de partir, dit-elle.

— Je...

Il lui adressa un regard chargé de remords, de honte. La vue de son nez ensanglanté et de ses joues mouillées bouleversa Maggie.

— Désolé, finit-il par murmurer avant de s'enfuir vers son camion, essuyant son visage du revers de la manche.

Justin emprunta la direction opposée et entra dans la maison.

Maggie leva la tête vers la fenêtre de la cuisine, où elle distingua la silhouette de Stanislas. C'était lui qui l'avait avertie de cette empoignade avec ses miaulements rauques.

~

Aussitôt à l'intérieur, Justin courut à l'étage, écrasant délibérément les chats sur son passage. Il s'enferma dans la salle de bains afin d'éviter les questions de Maggie. Dans le reflet de la glace, il remarqua son œil gauche tuméfié et une blessure qui saignait au-dessus de son sourcil. Sans mentionner ses côtes qui lui faisaient un mal de chien à chaque respiration. À bout de souffle, il fit couler un peu d'eau froide dans le lavabo puis s'aspergea le visage.

Il détestait Francis. Il l'avait toujours haï. Peut-être parce que chaque fois qu'il se retrouvait face à lui, il était forcé de se rappeler ce qu'il n'était pas et qui attendrissait les autres. Cette bonté gratuite, inconditionnelle, risible. Ce sentimentalisme qui qualifiait les minables. D'ailleurs, Justin était incapable d'imiter cette bienveillance et de l'appliquer avec autant de doigté.

Cet idiot aurait dû mourir dans l'accident d'auto; il l'aurait mérité. Épargner la Terre de sa présence pathétique.

Maggie frappa à la porte.

— Justin, parle-moi ! Qu'est-ce qui s'est passé ?

Comme Justin ne disait rien, elle poursuivit, d'une voix sévère :

— Francis n'est pas un batailleur, alors qu'est-ce qui a déclenché sa colère comme ça ?

À ce moment, la sonnerie du téléphone retentit. Justin sentit Maggie hésiter un moment, mais puisqu'il demeurait muet, elle alla répondre.

La dame poussa une exclamation joyeuse en découvrant l'identité de l'interlocuteur, cachant avec habileté le désarroi qu'elle ressentait. Tandis qu'elle jacassait, sans doute avec une voisine en quête de potins, Justin tournait en rond dans la pièce exiguë comme un lion en cage. Ils le traquaient tous. Francis, Jacques, Élisabeth et ces foutus chats. Il projeta son poing dans le mur, perforant le gypse qui s'égraina sur les tuiles du plancher. Transporté par une décharge de fureur, il fracassa ensuite l'armoire à pharmacie, répandit son contenu sur le carrelage immaculé. Il arracha le porte-serviette et l'abattit contre les luminaires, les délicats bibelots de porcelaine et le miroir qui éclata avec un vacarme strident. Une douleur aiguë à sa cage thoracique déjà malmenée le rappela à l'ordre et le calma un peu. Lorsqu'il sentit sa gorge se nouer, il s'assit sur la cuvette et se prit la tête.

Il était revenu au village pour se ressourcer, trouver un peu d'argent et remettre de l'ordre dans ses affaires. Ça ne concernait personne d'autre que lui. Alors pourquoi ne lui sacraient-ils pas la paix?

Ces abrutis et ces stupides chats. Les félins représentaient une extension des autres. Justin essayait vainement de les ignorer. C'était eux qui le provoquaient, c'était eux qui le tourmentaient.

Il retira de son visage ses mains mouillées et maculées de larmes et de sang et les épongea sur une serviette qu'il jeta sur le sol encombré de la pièce avant de sortir.

Justin gagna sa chambre et s'écrasa sur le lit avec un air absent. Cet endroit n'avait absolument rien à lui offrir d'autre que des mauvais souvenirs.

Après un long moment, Maggie vint s'asseoir à côté de lui.

Elle avait entendu le violent chahut, elle savait de quoi il retournait et n'avait pas daigné pénétrer dans la salle de bains. Elle avait plutôt attendu que la tempête passe. Comme tant de fois auparavant.

Elle scruta le visage impassible, dur, que Justin fixait sur le mur devant lui. Le sang continuait de couler de la blessure à son sourcil.

— Justin, est-ce que tu veux un pansement pour ta coupure ?

Du bout des doigts, il toucha la plaie et grimaça de douleur en effleurant sa tempe enflée. Il hocha la tête, les yeux rivés ailleurs.

Maggie revint avec une trousse de premiers soins et désinfecta la blessure.

— C'était qui au téléphone ? demanda Justin pour briser le silence, même si la réponse ne l'intéressait pas le moins du monde.

— C'était Élisabeth. Elle vient prendre le thé demain matin.

Justin se leva en sursaut, bousculant Maggie qui laissa tomber un tampon de gaze rougi.

— Câliss ! Qu'est-ce qu'elle veut, elle ?

— Je ne sais pas. Elle ne me l'a pas dit... Pourquoi ? bredouilla Maggie, surprise par cette réaction.

— Je le sais qu'elle veut venir m'écœurer !

— Elle ne m'a pas parlé de toi... Elle n'a même pas mentionné ton nom ! assura Maggie.

Il se tourna vivement vers elle.

— Ça fait ! J'en ai ras le bol ! J'aurais jamais dû revenir ici ! C'est plein d'innocents qui cherchent quelqu'un pour épingler leurs problèmes !

— Tu... Tu t'en vas ? demanda Maggie, la voix chevrotante.

Justin déposa son sac sur le lit défait et y entassa ses vêtements pêle-mêle.

— Justin, calme-toi ! Explique-moi pour commencer qu'est-ce qui te fait penser qu'Élisabeth veux me parler de toi ! le supplia-t-elle, lui prenant un bras qu'il dégagea aussitôt.

— Maudite vache ! J'aurais dû le savoir qu'elle viendrait fourrer son nez dans mes affaires… Une journaliste qui déterre de la merde pour vivre.

— Mais qu'est-ce que…

— Veux-tu le savoir, ce qu'elle va te dire ? Hein ? Veux-tu vraiment le savoir ? s'écria-t-il, cinglant, un sourire mauvais aux lèvres.

Ébranlée par son expression sinistre, Maggie demeura bouche bée.

— Elle va te dire que je suis divorcé d'une femme riche, que j'ai volé de l'argent à son père parce que cette chienne-là m'a rien laissé, que je suis maintenant et depuis longtemps sans emploi ou plutôt, sans emploi légal… que j'ai plus une criss de cenne, et qu'en plus je suis endetté jusqu'aux yeux et que je dois de l'argent à des gens qui veulent ma peau ! Du monde qui veulent me tuer, Maggie. Me flinguer, me voir crever, me tirer à bout portant. C'est ça qu'elle va te dire, conclut-il, hors d'haleine.

Maggie s'était appuyée contre le mur et pleurait. Ils restèrent ainsi un instant, le silence entrecoupé par des sanglots étouffés.

— À combien s'élèvent tes dettes ? eut-elle la force de demander.

Justin fit un geste vague mais décida tout de même de répondre.

— Cinquante-trois mille dollars.

Inutile de mentir. Il n'avait plus le temps. Le meilleur moyen à présent d'obtenir ce qu'il voulait était d'exposer les faits. Les grossir un peu, les déformer de façon émouvante comme s'il avait des regrets. Adopter cette expression que Francis affichait de façon naturelle. Cet apitoiement attendrissant. Cette moue juvénile d'enfant repentant.

Maggie ferma les yeux et expira longuement, la tête baissée et la main sur le front. C'était une répétition de son dernier départ. Il saccageait, il détruisait puis il disparaissait.

Elle sentait encore la pression de ses doigts sur son cou avant qu'il ne s'enfuie neuf ans auparavant. Lorsqu'il lui avait craché au visage: « T'es pas ma mère, tu le seras jamais. J'ai pas de comptes à te rendre. T'es juste une ostie de vieille parvenue qui voulait un faire-valoir pour bien paraître. »

Elle avait espéré que ce soit une folie passagère, la prolongation d'une adolescence révoltée. Non, rien n'avait changé.

À présent, il se prévenait de tels commentaires. Il avait trop besoin d'elle. Ou de ce qu'elle pouvait lui fournir, elle le savait.

— Je te donnerai vingt-quatre mille tout de suite. C'est l'argent que j'avais de côté pour la véranda, en soustrayant, bien entendu, les travaux qui ont été faits, proposa-t-elle, la voix éteinte.

Justin ne dit rien. Qu'aurait-il pu ajouter?

— Je pourrai te donner le reste un peu plus tard, en vendant quelques objets et en monnayant certains placements.

Abattue, la vieille dame tourna les talons pour sortir de la pièce mais heurta la porte. La batte de base-ball qui reposait debout derrière tomba. Lorsque l'objet roula sur le sol, elle se pencha pour le ramasser d'une main tremblante et remarqua le sang et les poils blancs qui s'agglutinaient autour.

Avec un air d'effroi, elle se tourna vers Justin, qui ferma les yeux, la bouche pincée, en s'accablant de reproches. Il avait oublié de nettoyer la batte. Maggie devina alors les circonstances de la mort du chat Sylvestre.

Les larmes ressurgissant de ses yeux gris, Maggie admit, d'un timbre monocorde :

— J'ai souhaité l'impossible quand tu es réapparu. Je voulais croire que tu étais devenu mature, que tu avais acquis un peu d'humanité avec le temps. Je me disais que ceux que tu avais blessés devaient te donner une seconde chance. Mais je me suis trompée… Aveuglée, peut-être. Je me suis toujours demandé si ton père avait raison à propos de toi. Aujourd'hui, j'en ai malheureusement la preuve. J'ai élevé un monstre.

Elle déposa le bâton sur le lit à côté de Justin, qui ne trouva aucune excuse ni justification pour semer le doute dans l'esprit de Maggie. C'était inutile.

Il continua à ranger ses vêtements, plus lentement cette fois.

— Lorsque tu auras fini ta valise, tu viendras dans ma chambre et je te donnerai ton chèque. Maintenant, je suis fatiguée. J'ai besoin de sommeil, conclut-elle avec froideur.

Avant qu'elle sorte, Justin susurra :

— Après, tu me reverras plus, Maggie. Jamais.

7

Les chats échaudés

Rémi ouvrit la portière du *pick-up* qui patientait devant chez lui. La *Cinnamon Girl* de Neil Young résonnait à fond dans les caisses de son. Surpris par le flot de musique assourdissante, il se glissa sur le siège du passager et baissa le volume. Francis, la mine bourrue, porta deux doigts au rebord de sa casquette en guise de salut.

— Hum ! T'es d'humeur joyeuse, ce matin ! Encore mieux qu'hier ! ironisa Rémi.

Francis ne répondit rien et démarra vivement.

— As-tu déjeuné, au moins ? On a encore une journée de beu' devant nous…

— Pas faim, coupa Francis.

Sur le plancher du camion, Rémi remarqua un gobelet de café de format géant qui ballottait à chaque virage, vide. Francis s'était injecté une dose massive de caféine.

Comme il demeurait taciturne, Rémi se tourna pour l'examiner. Il nota alors que son nez était boursouflé. En se penchant, il vit que l'enflure se prolongeait sous l'œil et que ce dernier présentait une méchante ecchymose.

— Quand est-ce que tu t'es fait ça ? s'écria-t-il.

— J'ai pas le goût d'en parler.

— Voyons, *man* ! Tu t'es fait ramasser ou quoi ?

— Mêle-toi donc de tes affaires, ok ? T'as pas toujours besoin de disséquer ma vie de long en large pour aller tout rapporter à ta femme après !

— C'est quoi ton *ostie* de problème ?

— Tu me fais chier !

— T'as l'air d'un steak pis il faudrait que je dise rien ?

— Quoi ? Tu veux savoir ce qui s'est passé pour alimenter la machine à potins du village ? T'es bon là-dedans !

Rémi serra la mâchoire, interloqué.

— Criss que tu comprends rien, *man* ! Je veux juste t'offrir un peu de soutien. Depuis que l'autre chien sale s'est montré la face au village, t'es pénible à endurer, Francis ! T'es comme une bombe à retardement ! Pis si tu veux pas d'aide, ben sèche, ostie !

Aussitôt que le camion s'arrêta devant chez Maggie, Rémi sortit en claquant la portière. Découragé, Francis appuya sa tête contre le volant. Il ne se comprenait plus lui-même. La rage et la frustration qu'il retenait au fond, derrière une porte close, semblaient déclenchées. Et il ne savait même pas si c'était l'alcool qui le rendait agressif ou s'il noyait son animosité dans l'alcool pour s'engourdir.

Il se réveilla de sa torpeur lorsque Rémi déchargea le matériel à l'arrière du camion.

Les deux hommes commencèrent leur journée dans une réserve maussade, marmonnant consignes et conseils du bout des lèvres et se tenant, le plus possible, éloignés l'un de l'autre. La matinée s'écoula aussi sans que Maggie ni Justin ne donnent signe de vie. Francis se sentait coupable, convaincu que la vieille dame l'évitait. Il lui avait manqué de respect en défoulant sa colère sur son neveu. Francis se sentait minable. Il devait s'excuser. Auprès d'elle, du moins.

Il déplaça la bâche qu'il avait fixée la veille et trouva l'atmosphère de la maison étrangement lourde. Les chats semblaient agités, bondissant sur les meubles et poussant des miaulements stridents. Maggie n'était pas dans la cuisine comme à l'habitude et Francis plissa le nez de dégoût en remarquant que les chats avaient vomi et uriné sur les planchers. L'odeur, âcre et forte, lui donna un haut-le-cœur.

« Mon Dieu, qu'est-ce qui s'est passé ici ? »

Il poursuivit son chemin, constatant que le désordre s'étendait à toutes les pièces de l'immense demeure. De fragiles consoles avaient été renversées et des bibelots précieux jonchaient le sol.

— Maggie ? appela-t-il.

En haut de l'escalier, Heathcliff, le gros chat roux, cracha de rage en l'apercevant. Francis hésita, intimidé par cet accueil. Il contourna les dégâts avant de monter les marches d'un pas lent, déterminé à apprivoiser la vigie.

— Maggie ?

Puisqu'il n'y avait toujours pas de réponse, Francis poursuivit ses recherches. Gêné de se déplacer dans cette maison comme s'il y habitait, il avait pourtant un pressentiment. Plusieurs chats poussèrent des grognements de désapprobation.

Les relents fétides étaient encore plus prononcés à l'étage. Étourdi, il se couvrit le visage de la manche de sa chemise.

Le couloir était sombre, entrecoupé de rayons de lumière poussiéreux qui filtraient des nombreuses portes entrouvertes. Il croisa une salle de bains dont le mobilier avait été saccagé ; les éclats de miroir jonchaient le sol et des traces de sang séché maculaient le comptoir et le lavabo. Francis s'attarda un instant, puis porta les yeux au bout du corridor, où plusieurs félins montaient la garde devant une porte close.

Francis frappa le battant, mais il ne perçut aucun son. Un chat se jeta alors sur sa jambe, enfonçant ses griffes acérées à travers son jean. Francis le repoussa d'une main ferme, mais un autre lui mordit le mollet avec une violence sauvage qui lui arracha un cri de douleur. Pris de panique, Francis secoua le pied afin de se débarrasser de l'assaillant puis ouvrit la porte à la volée.

La pièce était noire. De maigres filets de soleil s'échappaient des interstices entre les rideaux tirés et striaient le sol de lames jaunes. Les chats, eux, ne franchirent pas le seuil. Cela ne rassura pas Francis. Au contraire.

Il tapota le mur en quête d'un interrupteur. Une lumière blême illumina la chambre. Francis cligna des paupières, balayant les lieux du regard.

Il se figea.

— Maggie ! Oh, mon Dieu ! Maggie !

~

Élisabeth se réveilla en sursaut lorsque le réveil retentit. Embrumée par un sommeil agité et les visions morbides qu'il lui avait fait subir, elle s'assit sur le bord du lit et s'étira. Elle avait un drôle de goût dans la bouche. Avec une grimace, elle repéra le pot d'olives vide sur la table de chevet.

Elle avait réinvesti sa chambre, le salon étant désormais inhabitable, un chantier impénétrable.

Ici, textes et articles constellaient l'édredon, parfois hachurés d'encre fluorescente ou de notes griffonnées. Elle avait lu sur la psychopathie une partie de la nuit, était tombée sur des détails sordides et avait étudié des cas typiques. Certains faits lui avaient donné froid dans le dos ; qu'est-ce que c'était de vivre sans aucune morale ? Sans conscience, sans remords, sans limite ? Quand le bien et le mal ne veulent rien dire.

Elle avait accumulé les cauchemars durant la nuit. Il y en avait un, entre autres, où elle repoussait Justin qui lui réclamait son sang le sourire aux lèvres. Elle se débattait, mais en baissant les yeux, elle voyait le bas de son ventre s'ouvrir sur une hémorragie qu'elle ne pouvait contenir. Désespérée, les mains tachées, elle tentait sans succès de refermer la blessure et de remettre en place le fœtus qu'elle tenait dans ses mains, pleurant pour de l'aide.

Encore abasourdie par ces étranges symboles et la signification qu'elle devait leur accorder, elle se redressa.

C'était ce matin qu'elle rencontrait Maggie. Devait-elle lui parler de Justin ou non ? Elle ne voyait toujours pas comment émerger de ce dilemme. Elle tenait, par contre, à s'assurer que la vieille dame se portait bien, et ne subissait pas les extravagances de Justin.

Elle se doucha et hésita un moment avant de s'habiller. Elle se maquilla et se pomponna plus qu'à l'habitude, les gestes nerveux, l'estomac en boule.

Devant le reflet que lui renvoya le miroir, elle poussa un soupir irrité. Justin avait encore trop d'emprise sur elle. D'ailleurs, elle redoutait son air ironique.

« Va donc te faire foutre ! Merde ! »

Elle descendit au rez-de-chaussée d'un pas sans entrain. En ouvrant la porte d'entrée pour prendre le journal, elle remarqua une feuille pliée en quatre et retenue par une pierre ronde sur le paillasson.

Elle sourcilla en déchiffrant son nom écrit avec de longues lettres fines. Cette calligraphie lui était familière.

Elle déplia le morceau de papier à la hâte, les doigts tremblants.

Tu auras ce que tu voulais. Je constate que tu es toujours une belle salope.

Tu n'auras rien à raconter à Maggie. Elle sait déjà.

J.

Elle demeura tétanisée, relisant les mots. Puis, jaugeant la portée de cette lettre, elle attrapa une veste au passage, chaussa ses espadrilles et déguerpit vers la demeure de Maggie.

Paniquée, Élisabeth arriva en courant et fendit la cohue massée devant la maison. Les deux voitures de police et l'ambulance avaient créé du remous dans le quartier, et lorsqu'un policier déroula un ruban jaune empêchant les intrusions sur le terrain, les rumeurs s'élevèrent. Elle se faufila entre les curieux pour découvrir la raison de ces rituels officieux qui laissaient présager le pire.

— Qu'est-ce qui s'est passé ? demanda-t-elle à la ronde.

Personne ne répondit. Les visages pâles guettaient la scène, consternés. Élisabeth tenta d'enjamber le cordon mais un agent de police la repoussa.

— Je vous prie de ne pas dépasser cette ligne, mademoiselle Lafrenière, dit-il.

— Est-ce que je peux savoir ce qui s'est passé ? répéta-t-elle

Elle entendit alors la voix éraillée de Rémi qui expliquait, la mine déconfite, à sa femme et à quelques autres villageois, le déroulement des événements.

— … C'était bizarre, on avait pas encore vu ni Maggie ni Justin depuis qu'on était arrivés. Un moment donné, Francis est entré, je sais pas trop pourquoi, et pas longtemps après il est ressorti en courant pour dégueuler. Quand je me suis avancé vers lui, il m'a hurlé d'appeler une ambulance.

— Qu'est-ce qu'il a trouvé là-dedans ? s'enquit Mireille.

— Il… il a trouvé Maggie morte dans son lit.

— Mon Dieu ! s'écria-t-elle, atterrée.

— Il paraît que c'est l'enfer, que les chats ont tout massacré dans la maison. Je suis pas rentré, mais vu l'état de Francis…

Rémi déglutit, frottant ses yeux mouillés du pouce et de l'index.

Élisabeth porta la main à sa bouche, les yeux agrandis d'horreur. Il lui semblait qu'elle venait de quitter Maggie au téléphone.

Parmi les représentants des autorités affairées et les badauds regroupés, elle distingua Francis assis sur les marches du porche qui répondait aux questions que lui posait Henri, l'inspecteur au poste régional. Francis parlait, les yeux rivés au sol, refoulant tant bien que mal sa détresse. Du stylo qu'il utilisait pour noter le témoignage, Henri désigna l'œil gauche de Francis, enflé d'une ecchymose violacée. Laissant échapper un sanglot, Francis débita son histoire avec une expression embarrassée.

Élisabeth allait interroger Rémi à propos des blessures de Francis quand les ambulanciers apparurent hors de la maison, transportant une civière. Enroulé dans une couverture bleue, le corps gisait, inerte. La tête de la défunte était aussi dissimulée.

Étranglée par l'émotion, Élisabeth prit conscience à ce moment de la portée des propos de Rémi et s'éloigna de l'attroupement pour laisser libre cours à ses larmes.

~

En apercevant la foule devant la maison de Maggie, Jacques stationna sa dépanneuse en bordure de la rue. Il rejoignit Élisabeth qui se tenait adossée à une voiture, le regard vide et les joues humides.

— Qu'est-ce qui se passe ? s'enquit-il.

Élisabeth ouvrit la bouche pour répondre, mais il n'en sortit qu'un étrange son aigu. Elle se reprit en toussant, une main sur la poitrine.

— Maggie… Maggie est décédée, articula-t-elle avec un mince filet de voix.

— Quoi ? s'étonna Jacques.

La jeune femme haussa les épaules et secoua la tête pour signifier qu'elle n'en savait pas plus. Jacques fut alors témoin de l'agitation générale tandis que l'ambulance quittait les lieux.

— Ben, j'ai peut-être quelque chose pour eux, maugréa-t-il entre ses dents, se dirigeant d'un pas résolu vers la barrière érigée par les policiers.

Élisabeth le fixa d'un œil indifférent, trop accablée pour réagir.

L'air instable exhalait son souffle entre les arbres, agitant les branches du chêne qui dominait la maison. Le cordon jaune claqua au vent, décrivant un mouvement de vague que Jacques s'empressa de franchir.

Avec un frisson, Élisabeth glissa les mains dans ses poches et trouva la note laissée par Justin. Elle comprit alors qu'elle détenait peut-être une des clefs du mystère et rattrapa Jacques en courant.

— Vous pouvez pas passer, monsieur Fortier, l'avertit un jeune agent stoïque.

— J'ai une déclaration à faire qui pourrait vous intéresser, affirma-t-il.

— Ah ?

— Est-ce que je me trompe en disant que Justin est introuvable et que sa chambre est vide ?

Surpris, le policier hocha la tête avant d'aller avertir Henri, qui questionnait toujours Francis. L'inspecteur se tourna vers Jacques et lui permit d'approcher. Élisabeth tenta de le suivre mais se buta de nouveau au jeune policier qui la soupçonnait sans doute de vouloir récolter de l'information pour un article dans le *Messager*.

Élisabeth sortit la lettre de sa veste.

— C'est une lettre écrite de la main de Justin Leduc que j'ai découverte sur mon perron ce matin.

L'agent lui jeta un coup d'œil sceptique, puis décida de la laisser passer.

Lorsqu'elle arriva à sa hauteur, Jacques avait déjà commencé son récit à Henri.

— Je revenais par la route principale avec mes deux jeunes, hier soir. On devait être à la hauteur du chemin qui mène à la plage quand on a remarqué quelqu'un qui faisait du pouce vers le sud. Il était à peu près dix heures et demie. C'était lui. C'était Justin Leduc.

En fait, c'était Rosalie qui avait repéré l'auto-stoppeur. Avec sa candeur bien à elle, elle s'était exclamée: « Il a l'air *cute*, papa... Est-ce qu'on peut l'embarquer ? » Son frère Gabriel lui avait rétorqué d'un ton cinglant: « Il va en sens inverse, la tête de linotte ! De toute façon, il est bien trop vieux pour toi ! » Jacques avait bien ri. Mais lorsque Justin s'était tourné pour les voir filer, Jacques s'était tu, le visage fermé. Il avait cependant remarqué le sac de voyage que Justin portait. C'était avec un immense soulagement qu'il avait accueilli la nouvelle de son départ.

Henri nota les faits dans un calepin noir.

— Et t'es certain que c'était lui ? s'assura le policier.

— Crois-moi, j'en doute pas une seconde.

— C'est bon, Jacques. Si j'ai d'autres questions, je sais où te rejoindre, conclut l'inspecteur en lui serrant la main.

Henri se tourna ensuite vers Élisabeth avec un sourire en coin.

— Pis toi, Élisabeth ? T'as réussi à te faufiler jusqu'ici ? la nargua-t-il.

— Oui, mais c'est pas pour ce que tu penses, répliqua-t-elle.

Elle remit la lettre à Henri qui la lut, ses sourcils broussailleux froncés. Il hocha la tête.

— Sais-tu à quelle heure il l'a déposée ?

— Bien, si ça peut aider, je suis montée à ma chambre vers dix heures moins quart. Avant ça, j'ai vérifié si Artémisia était revenue manger dans le bol que je lui avais laissé sous le porche. Si la lettre avait été là, je l'aurais vue. C'est donc certain qu'il est venu plus tard.

Henri inscrivit ces nouveaux faits dans son calepin. Comme Élisabeth s'avançait pour parler à Francis, il la retint.

— Laisse-le un peu. Il file pas trop bien.

— Sais-tu pourquoi il a un œil au beurre noir ?

L'inspecteur hésita un moment.

— C'est pas à moi à te l'apprendre, mais vu que tu vas le savoir tôt ou tard, lui et Justin ont réglé leurs comptes, hier soir.

— Et c'est ça qui a provoqué le départ de Justin ?

— Je sais pas encore.

Élisabeth resta silencieuse un moment, puis le chagrin la submergea de nouveau. Malgré son orgueil, elle ne put empêcher les larmes de couler devant ce policier qui en avait vu d'autres. Henri lui tapota le bras avec compassion.

— Inutile de jouer les super-filles aujourd'hui, Élisabeth.

— Je te rappelle que j'étais pas ici pour le travail ! s'offusqua-t-elle.

— J'y avais même pas pensé, la rassura-t-il, sincère.

Résignée, elle tourna les talons pour repasser sous le cordon de sécurité, le visage caché entre les mains.

~

En retournant à son camion, Jacques remarqua Élisabeth debout sur le trottoir, les épaules secouées de sanglots. Son pantalon de tailleur contrastait avec la veste démesurée ainsi que les espadrilles délacées qu'elle avait enfilées à la hâte. Elle semblait perdue.

— Es-tu correcte ? demanda-t-il d'une voix douce.

Élisabeth opina, hésita un peu, puis secoua la tête.

— Viens. Je vais te déposer chez toi.

Reconnaissante, elle s'essuya les yeux du revers de la main et constata que celle-ci était barbouillée de mascara.

— Merci. Mais c'est pas bien loin...

Il lui ouvrit la portière et lorsqu'il remarqua ses joues striées de larmes noires, il fouilla le coffre à gant pour lui tendre un mouchoir.

— T'étais attachée à Maggie ? s'enquit-il.

— Oui. Beaucoup. Même après le départ de Justin, je suis toujours restée proche d'elle.

Elle se moucha.

— J'avais tellement de choses à lui dire encore !

Malgré ses faibles protestations, elle grimpa sur le siège du passager. Étonnée par la sensibilité qu'il démontrait, elle l'observa faire le tour du camion et prendre place à côté d'elle ; elle avait de la difficulté à faire le lien avec l'homme désabusé et gris que Lucie décrivait. Le temps changeait les gens. Certaines personnes, du moins.

Lorsqu'il démarra, elle appuya sa tête contre la vitre et regarda défiler la rue. Retournerait-elle au journal ? Elle doutait de pouvoir accomplir quoi que ce soit dans cet état. Pourtant, elle avait été si inefficace ces derniers jours que Roger aurait sa tête si elle ne se présentait pas ce matin. Et il y avait cette stupide remise du prix journalistique ce soir.

Jacques gara le camion. Avec un petit sursaut, elle se rendit compte qu'ils étaient en face de chez elle.

— Ça va ? répéta-t-il, soucieux. Je peux demander à Lucie de venir te voir cet après-midi, si tu veux.

Elle apprécia cette attention, d'autant plus qu'elle connaissait sa relation houleuse avec son ex-femme.

— Non, c'est bon.

Elle entrebâilla la portière, mais revint sur sa décision et la referma.

— Au fait, merci pour la rincée que t'as donnée à Justin lundi soir.

Jacques la fixa, médusé, même s'il savait que la rumeur avait déjà circulé plusieurs fois dans le village. Depuis lundi, il n'était pas retourné au bar. Il redoutait le mépris que ses chums ne manqueraient pas de lui exprimer, eux qui le considéraient sans doute lâche de ne pas avoir su terminer la bataille en vainqueur. Mais il n'était pas comme ça. Il avait beau se réveiller la nuit pour haïr Justin Leduc, il n'était pas violent. Il ne l'avait jamais été. Cet événement l'avait d'ailleurs forcé à faire le point.

Comme Jacques ne disait rien, Élisabeth ajouta :

— En passant, il était revenu parce qu'il était dans le trouble : il a accumulé des dettes, des tonnes de dettes. À cause de la drogue, pas de doute. Et il cherchait probablement quelqu'un pour le sortir de la merde.

— Assez évident.

— J'ai failli flancher, admit la jeune femme, la gorge serrée. J'ai failli me faire avoir encore.

Sur ces paroles, son menton frémit et les larmes roulèrent sur ses joues. Elle ne savait pas pourquoi elle racontait ça à Jacques ; elle n'était pas fière d'elle, elle avait honte même de cet aveu.

Après un moment, Jacques murmura :

— Justin, c'est un parasite. On dirait qu'il existe pour pourrir la vie des autres. Moi aussi, j'aurais aimé être capable de rester indifférent. Parce que quand je lui ai mis mon poing sur la gueule, ça a dû lui faire plaisir. Ça lui a donné raison.

Étonnée par la lucidité de ces paroles, Élisabeth acquiesça.

— C'est vrai. La meilleure revanche face à quelqu'un comme lui, c'est de bien vivre. C'est là qu'on a échoué.

Puis elle sortit d'un bond du véhicule.

~

Ce soir-là, Élisabeth écoutait la télé sans vraiment la regarder, un livre ouvert sur les genoux, les doigts tendus dans un pot d'olives, essayant d'atteindre la dernière du fond. Des mouchoirs en boule recouvraient le divan tout comme les feuillets, articles et autres documents déposés partout autour d'elle.

Elle avait bu les trois bières qui restaient dans le frigo. Elle en aurait eu besoin de plus.

Sur la table basse, une plaque dorée coiffait une pile de papiers, déposée avec indifférence parmi les vieilleries qui s'accumulaient dans la pièce.

LAURÉATE DU PRIX RÉGIONAL DE LA RELÈVE JOURNALISTIQUE

ÉLISABETH LAFRENIÈRE POUR SON TEXTE

« LA SOLITUDE VOUS GUETTE, LES CHATS VEILLENT »

Elle avait assisté à la petite soirée, bu trois verres de vin d'amitié, à peine souri lorsqu'elle avait été proclamée gagnante par le maître de cérémonie. La présence de Patrice Boisvert, principal commanditaire du journal, minait son enthousiasme déjà inexistant. Elle sentait son regard la détailler, insistant, fielleux tandis qu'elle se frayait un chemin vers l'avant. Sur l'estrade, elle avait posé pour une photographie et avait murmuré un « merci » inaudible dans le micro. La gorge nouée, elle était sortie de la scène et, derrière elle, son patron Roger Gagnon avait expliqué que la dame mentionnée dans l'article était décédée le matin même. Les applaudissements avaient redoublé. Dégoûtée, Élisabeth s'était enfermée dans la salle de bains, s'aspergeant le visage d'eau glacée et gâchant son maquillage. Lorsqu'elle en était sortie, Boisvert l'attendait sur le seuil.

— Félicitations, avait-il glapi avec un sourire perfide.

Prise au piège, Élisabeth avait levé dignement la tête, le scrutant avec méfiance.

— J'espère que t'es contente.

— Je regrette rien, si c'est ce que tu veux savoir.

Il avait reniflé avec mépris.

— T'aurais pas dû mêler les cartes.

— Toi non plus.

— Tu te prends pour une justicière avec tes papiers de grandes révélations. Mais moi je le sais, t'es juste une petite agace, une profiteuse qui cherche à foutre la merde par plaisir.

Élisabeth avait encaissé l'insulte sans broncher.

— Et toi? Est-ce que ta femme sait que l'article, c'est seulement la pointe de l'iceberg?

Elle l'avait bousculé pour partir et il lui avait fermement attrapé le bras. Ses yeux brillaient de colère.

— Laisse-moi tranquille. On est quittes, maintenant, avait-elle rétorqué.

— Oh non! On est pas quittes… Pas encore.

Sans saluer personne, elle avait fui la soirée et était grimpée à bord de sa voiture, jetant sa plaque honorifique sur le siège arrière.

« Allez tous vous faire foutre! »

Surtout ce rat de Patrice Boisvert!

Calée dans le sofa, elle observait son trophée et repensait au sujet de l'article gagnant. Maggie. Elle ne pouvait se faire à l'idée que Maggie était morte. À la même heure la veille, elle lui parlait au téléphone. Elle avait encore des choses à lui confier! Comment la mort avait-elle pu venir chercher

Maggie de façon aussi sournoise ? Aurait-elle pu prévenir ce décès d'une quelconque façon ?

Dans l'après-midi, elle avait entendu, en passant au journal, que Maggie était décédée dans son sommeil et qu'aucune trace d'agression n'avait été repérée sur le corps. On avait aussi confirmé que la mort était survenue après une surdose de médication que Maggie prenait pour des problèmes de santé.

Ainsi demeuraient l'hypothèse du suicide ou celle du meurtre, si on considérait que quelqu'un avait pu mélanger ses dragées.

Elle pensa à Justin. Certes, il était désagréable et cynique, mais de là à tuer la femme qui l'avait élevé, elle n'en revenait pas. C'était impossible. Élisabeth avait quand même partagé sa vie presque deux ans avec ce gars. Elle l'aurait su.

Cet homme soupçonné du pire, elle l'avait déjà aimé. Vraiment.

Un vacarme strident la fit alors sursauter. Elle se précipita à la porte pour voir de quoi il s'agissait. Elle vit Francis donner un coup de pied à la benne à ordures. Elle ne sourit pas, cette fois.

Il se rua à nouveau sur le contenant puis hurla de rage. Le bruit provoqua les aboiements d'un chien au loin. Sans se soucier des déchets qui s'étalaient sur le trottoir, il cacha son visage meurtri au creux de son coude. Ses grandes épaules se soulevèrent de soupirs et de sanglots refoulés.

Le cœur d'Élisabeth se serra. Elle aurait voulu le consoler, compatir avec lui, mais il rentra vite, au pas de course.

8
Un chat sachant chasser

Élisabeth jeta dans l'eau une pastille qui provoqua une effervescence de mousse blanchâtre. Malgré sa nausée, elle se força à avaler à grandes gorgées le liquide basique dont les bulles crépitantes lui laissèrent le bout du nez humide. Ce matin, elle avait troqué son plateau de fruits habituel pour une assiette de rôties qu'elle fixait avec dédain.

Le climat était morne dans le restaurant de Lucie. Les clients mangeaient tranquillement leur petit-déjeuner, murmurant leur commande pour éviter de briser le silence tacite. Dehors tombait une pluie printanière, lourde et tiède, qui s'accumulait en rivières le long des rues et se déversait en vortex dans les canalisations. Chaque voiture soulevait des remous qui s'écrasaient sur les trottoirs comme les vagues léchant la grève.

En arrivant, Élisabeth avait cherché Francis des yeux, mais il n'y avait aucune trace de lui. Elle n'en était pas étonnée. Cependant, elle regrettait de ne pas avoir eu la présence d'esprit de lui venir en aide la veille.

Du coin de l'œil, elle remarqua que même Lucie et son fils s'affairaient sans enthousiasme. Mais personne ne se plaignait du service lent et discret. Les clients semblaient apprécier ces longs moments d'attente pour se recueillir.

Henri, d'habitude jovial et exubérant, entra sans éclat de voix et salua Lucie d'un hochement de tête. À la grande surprise d'Élisabeth, il vint s'asseoir en face d'elle avec un sourire courtois. Il nota les rôties à peine entamées et le flacon de comprimés antiacide sur la table, sans pourtant commenter.

— J'aurais un service à te demander.

— Bien sûr, acquiesça-t-elle.

Il commanda son habituel déjeuner gargantuesque et Lucie vint lui servir un café sans un mot. Après quelques gorgées, il annonça, les mains jointes :

— Il faudrait quelqu'un pour s'occuper des chats de Maggie pendant une couple de jours. Vu qu'ils ont viré la maison complètement à l'envers et qu'ils nuisaient à l'enquête, mes hommes ont dû les enfermer dans la cave. Un des agents s'est fait mordre au sang quand il a voulu entrer dans la chambre de Maggie. Décidément, ils sont ben étranges, ces chats-là. J'ai jamais entendu parler d'un comportement de même.

— Mais pourquoi tu appelles pas un vétérinaire ou la SPA ?

— Parce que d'après ce que j'ai pu comprendre, Maggie avait l'intention de léguer ses chats à des habitants du village, donc on est mieux de pas s'en débarrasser avant la succession.

Élisabeth fronça les sourcils.

— Je comprends pas, comment as-tu su ça?

— Y avait une lettre sur la table de chevet lorsqu'on a trouvé Maggie.

— Je gage que vous pensez à un suicide? Ç'a pas de bon sens! Tu connais assez bien Maggie pour savoir qu'elle serait pas capable de faire ça!

— Élie, l'enquête est pas terminée. On a pas écarté la thèse de l'accident non plus.

— Qu'est-ce que tu veux dire par «accident»? releva Élisabeth.

Henri reçut son assiette, qu'il entama à grosses bouchées.

— Maggie avait toute une panoplie de médicaments à prendre plusieurs fois pas jour.

— Et l'hypothèse du meurtre?

— Non, ça marche pas...

— Est-ce que Justin a été repéré? Parce qu'il doit être considéré comme un témoin, non?

Henri porta une cuillerée de fèves au lard à sa bouche et Élisabeth détourna les yeux.

— Oui, c'est confirmé qu'il résidait bel et bien dans un motel un peu à l'extérieur du village depuis mardi soir. Hier, il a été escorté au poste et on l'a interrogé. Tout ce qu'il a dit concordait avec ce que Jacques et toi m'aviez conté.

— Ah? lâcha-t-elle, sceptique. Donc, il a semé ses alibis?

— Penses-y un peu. Francis m'a dit être allé chez Maggie vers huit heures et demie ou neuf heures moins quart. Pas longtemps après, il a rencontré Justin et ils ont... disons, réglé leurs comptes. Francis est entré chez lui à neuf heures et quart. Ensuite, Justin a laissé une note sur ton perron entre dix heures moins quart et dix heures. Vers dix heures et demie, Jacques l'a vu deux kilomètres plus loin. D'après ce que dit le médecin légiste, Maggie serait décédée trop tard dans la nuit pour que Justin ait pu lui administrer ses médicaments de force. Pis quoi que tu penses, Justin a pas résisté et il a collaboré avec nous. De toute façon, ça serait pas très logique de tuer sa tante et d'aller se réfugier dans un motel cinq kilomètres plus loin !

Le cœur au bord des lèvres, Élisabeth observait le policier enfourner ses œufs, rôties et bacon.

— Pourquoi il est parti, dans ce cas-là ? grogna-t-elle.

— Il nous a dit qu'il en avait plein le dos d'être harcelé par les gens du village.

Élisabeth ricana avec mépris.

— Pauvre petit ! Et il était triste ?

— Il avait l'air. Il parlait pas gros. Mais il était pas mal amoché de sa chicane avec Francis. Pourquoi tu me demandes ça ?...

— Parce qu'endetté comme il l'est, ça lui fera pas de mal de recevoir un gros héritage.

— Élie ! Comment peux-tu penser une chose pareille ? Il vient de perdre la femme qui l'a élevé et chéri, il peut pas en être content, voyons donc !

Élisabeth haussa les épaules avec un petit rire cynique.

— Tu le sais très bien que Justin a jamais été un enfant de chœur. Il a disparu de la circulation pendant des années et je le suspecte d'avoir trempé dans des affaires pas trop propres. D'ailleurs, j'ai jamais compris pourquoi tu le défendais autant.

Avec un soupir, Henri repoussa son assiette vide et plongea un regard troublé dans les reflets difformes qui se dessinaient à la surface de son café. Il hésita. Il pensait sans doute qu'il n'avait pas à justifier ses actions, pourtant il se lança.

— C'est moi qui l'ai sorti de chez lui pour le placer entre les mains de la DPJ. Ça fait vingt-deux ans. On avait reçu des plaintes de bruit pour la maison où il habitait. C'était pas la première fois, c'était même fréquent. Encore une dispute. Ça criait là-dedans, ça avait pas d'allure. Quand on est arrivés, si t'avais vu l'état de ce petit gars-là... Des bleus partout, des brûlures de cigarettes, toutes sortes de marques et d'égratignures. Pauvre petit, il en était devenu fuyant et sauvage. Même pas encore propre à neuf ans, imagines-tu ? C'est pas surprenant, avec une mère presque absente et un père alcoolique. Violent aussi. Quand il buvait, il le gardait dans la cave. Il ouvrait la porte juste pour le nourrir. Pis pour le battre. Le bonhomme arrêtait pas de répéter que c'était un monstre, que c'était le diable incarné. Qu'il fallait le tenir tranquille. Ça m'a marqué pendant un bout.

Henri finit sa tasse sous l'œil perturbé d'Élisabeth. Les mots du policier résonnaient d'une façon différente dans ses oreilles. Le policier poursuivit :

— Avec tout l'amour et l'attention que Maggie lui a donnés, je croirai jamais qu'il a pu attenter à sa vie. Jamais. C'est la meilleure chose qui lui soit arrivée. Et je suis convaincu qu'il se sent redevable envers elle. C'est Maggie qui lui a permis de se reprendre en main et de mener une vie à peu près normale. Ça, il peut pas l'ignorer.

Il se leva pour enfiler son manteau, coupant court à son histoire. Il redemanda alors :

— Donc, c'est bon, tu vas aller t'occuper des minous ?

— Mais… est-ce que la voie est libre ? Je veux dire, l'enquête n'est pas finie, donc est-ce que je peux circuler sans nuire à vos recherches ?

— T'en fais pas avec ça. Si tu t'en tiens au rez-de-chaussée et à la cave, ça va être correct. De toute façon, on a passé la maison au peigne fin. On a tout ce qu'on a besoin.

— Dans ce cas-là, pas de problème. J'ai la clef et je connais les airs. Je passerai aujourd'hui.

Henri la quitta avec un signe de tête. Dès qu'il disparut, Élisabeth fronça le nez et repoussa ses rôties. À ce moment, Jacques passa devant la vitrine du restaurant et entra à son tour. Il salua son fils, qui lui rendit son geste, puis se dirigea vers Élisabeth.

— Ça file mieux, aujourd'hui ? demanda-t-il.

— Oui, un peu, dit-elle en lui offrant la place devant elle.

Il s'assit avec un sourire reconnaissant qui n'échappa pas à Lucie.

— Je viens de voir Henri partir. Y a du neuf ? s'enquit Jacques.

— Même si l'enquête est pas finie, c'est évident que Henri penche pour la théorie de l'accident, répondit Élisabeth en ramassant distraitement, du bout du doigt, les miettes de rôties qui s'éparpillaient sur la table.

— Un accident ? Pis la fuite de Justin, ça dit quoi, ça ? s'écria Jacques, stupéfait.

— Ç'a l'air que les informations qu'on a apportées lui ont juste donné un alibi.

Jacques ricana et secoua la tête.

— Le petit criss…

À cet instant, Lucie vint noter la commande du nouveau venu.

— Ce sera les œufs ou les crêpes, ce matin ? questionna-t-elle sans cacher son ironie.

— Des rôties et de la confiture.

— T'es plutôt difficile à suivre, fit-elle remarquer en lui servant une tasse de café assez fort pour réveiller un cadavre.

— Justin se faufile toujours entre les mailles du filet. On dirait qu'il a toujours réponse à tout, continua Élisabeth.

— Crois-moi, ma dernière intention était de l'aider, assura Jacques en diluant deux gobelets de lait dans son café infect.

— Pauvre Maggie, gémit Élisabeth. Accident ou pas, c'est de la faute à Justin ! Si on avait pas…

D'un geste, Jacques lui imposa le silence.

— Non. On a fait ce qu'on avait à faire. On avait le devoir de donner nos informations à Henri. Ça aurait pas été correct de garder ça pour nous.

Lucie servit le déjeuner de Jacques et prit place à côté d'Élisabeth, lui entourant les épaules de son bras.

— S'il est coupable de quoi que ce soit, il va finir par payer d'une façon ou d'une autre, affirma Jacques.

— Pourquoi est-ce que les tricheurs s'en sortent tout le temps ? maugréa Élisabeth.

— Voyons, c'est pas toujours comme ça, Élie ! Fais un peu confiance à la vie ! s'exclama Lucie en la secouant.

— C'est vrai. La vie a des raisons que la raison ne connaît pas, non ? approuva Jacques.

— Mais non ! Ç'a aucun rapport ! s'exaspéra Lucie. La vraie expression dit : « Le cœur a ses raisons que la raison ne connaît pas. »

Jacques haussa les épaules.

— C'est pas grave ! Ça marche pareil !

Élisabeth eut un bref sourire puis se rembrunit à nouveau.

— Ce qui m'écœure le plus, c'est que Justin va prendre l'argent de Maggie pour le dilapider ailleurs, dans ses frasques habituelles. Il va tout vendre sans regarder en arrière. Dans le temps de le dire, il restera plus rien d'elle…

— C'est son héritier, il a le droit de faire ce qu'il veut, releva Lucie.

— Je le sais, je le sais ! Mais c'est triste de gaspiller un patrimoine comme ça pour payer de la drogue, des dettes de jeu ou je sais pas trop quelle autre connerie ! Je peux pas croire que le legs de Maggie va finir de même…

Lucie et Jacques acquiescèrent, à regret. Que pouvait-on ajouter à ce constat ?

Sans un mot, Lucie retourna derrière son comptoir, Jacques entama ses rôties et Élisabeth s'enferma dans ses pensées moroses, l'œil fixé sur les assiettes vides.

~

Après la cohue matinale, Lucie trouva Gabriel dans l'arrière-boutique à placer les articles de la commande dans la dépense.

— T'es pas en retard, toi ? demanda-t-elle.

— Congé.

— C'est vrai.

Lucie se laissa choir sur une caisse vide et observa Gabriel un moment, le menton appuyé dans les mains.

— Ça fait toujours drôle de voir papa ici.

— Ouais, laissa tomber Lucie malgré elle.

— Depuis le temps que je lui vante les déjeuners d'ici…

Percevant l'ironie dans son ton, Lucie répliqua :

— Vantes-tu ma cuisine ou la tienne ?

Gabriel gloussa.

— Les deux.

Après un court silence, il demanda :

— C'était lui l'autre jour, hein ?

— Qui ça ?

— Le gars avec qui tu parlais au comptoir. C'était Justin Leduc.

Mal à l'aise, Lucie se leva et se mit au boulot de son côté, classant les conserves.

— Tu l'avais reconnu ? hasarda-t-elle.

— C'est pas difficile. Tout le monde en parle. On dirait une vraie vedette. Mais pas dans le bon sens du mot.

Il marqua une pause et dit :

— Il a l'air de se prendre pour un autre.

Lucie suspendit son geste et ses épaules s'affaissèrent. Sa gorge se noua, aussi.

— Tu m'en veux ? s'enquit-elle.

— Je sais pas. Je veux dire, ça fait tellement longtemps que c'est arrivé que je me rappelle même plus comment c'était avant. J'étais en quoi ? En maternelle ? C'est peut-être vrai que papa et toi étiez pas bien ensemble. Pourtant, j'ai pas l'impression que vous êtes plus heureux séparés non plus.

Sa mère sourcilla. Elle avait repris vie après sa séparation, de façon fulgurante même. Malheureusement, le temps avait sans doute atténué son allégresse. Cette sensation de liberté s'était estompée avec le temps. Maintenant elle était teintée de solitude. C'était néanmoins ce qu'avaient perçu Gabriel et Rosalie. Et malgré ce que Lucie pensait de sa situation qu'elle disait idéale, parfois l'acuité du regard de ses enfants ainsi que leur perspicacité étaient effrayantes.

— De toute façon, c'est pas de nos affaires, comme dit ma sœur, conclut Gabriel.

— Ah bon ? Parce que tu fais autre chose que te chicaner avec elle ?

— Ben là… Avoue que c'est pas comme si on avait rien à voir là-dedans. Si ce gars-là avait pas existé, la vie aurait été pas mal différente…

— Ça oui, approuva Lucie d'un murmure. Pour bien du monde, à part de ça.

— Penses-tu qu'il l'a fait ? Tuer Maggie, je veux dire ?

Lucie s'arrêta un moment pour réfléchir, pesant ses mots.

— J'ai pas de réponse à ça… Henri a l'air de dire que non. D'un autre côté, Justin est capable de bien des choses, peut-être du pire aussi. Qui sait ? L'enquête va peut-être nous donner des réponses.

Gabriel se tourna vers sa mère.

— M'man, comment t'as fait pour l'aimer ?

Pensive, Lucie poussa un profond soupir et leva les yeux vers son fils. Cette conversation devenait délicate. Car si elle était consciente de ne jamais avoir éprouvé autre chose que de l'engouement pour Justin, comment pouvait-elle justifier d'avoir chamboulé leur vie et quitté leur père pour un homme qu'elle n'aimait pas ?

— J'ai pas de réponse à ça non plus, conclut-elle en baissant le nez.

~

Francis était réveillé depuis des heures, mais n'avait pas eu le cœur de sortir du lit. La musique filtrait des écouteurs, neutralisant le bruit permanent dans sa tête. *Mad Man Moon* de Genesis. Un baume pour son cerveau rempli de cauchemars. Des chats partout, voraces et indomptables. Le corps inerte de Maggie dont le visage grisâtre se décomposait sous ses yeux.

If this desert's all there'll ever be
Then tell me what becomes of me.
A fall of rain ?
That must have been another of your dreams,
A dream of mad man moon.

Il se leva et descendit au rez-de-chaussée d'un pas hésitant. Épuisé, il avait passé les deux dernières nuits dans le maelström d'un sommeil agité. Le jeudi, il n'avait même pas mis les pieds dehors. Puisque les travaux chez Maggie étaient suspendus indéfiniment, il s'était contenté d'errer sans but dans la maison, tentant sans succès de se changer les idées. La télé, la musique, la bière, le fort, le pot, rien n'y faisait.

La vue de Maggie morte dans son lit lui revenait sans cesse. L'odeur, les miaulements, le chaos, la désolation. Un tourbillon de songes impossibles à éloigner.

Il se remémora l'interrogatoire que lui avait fait subir Henri. Subir, oui.

L'inspecteur semblait avoir un parti pris favorable pour Justin. Le fil de ses questions, posées avec déférence et sévérité, rendait Francis responsable des événements qui suivaient. Il ne s'était même pas demandé pourquoi. C'était évident. Il n'avait pas d'excuse pour justifier son comportement.

Embarrassé, Francis avait avoué s'être jeté sur Justin. Il n'y avait aucun témoin sauf Maggie, pourtant il ne savait pas mentir. C'était lui qui était à califourchon sur *l'autre*, à lui renfoncer le portrait, quand elle les avait séparés. C'était lui qui avait faibli, lui qui avait cédé, envahi par la rage. C'était lui-même le coupable. L'air entendu d'Henri le lui avait confirmé.

Il avait su que le décès de Maggie était considéré au départ comme un accident. Francis ne pouvait s'empêcher de penser qu'il y était pour quelque chose. À ses yeux, la fuite de Justin avait un lien avec la mort de Maggie. Et son geste avait provoqué le départ de Justin. C'était donc lui le coupable.

Francis tournait et retournait ces questions dans sa tête depuis deux jours.

Dans le cercle vicieux de ses pensées sinistres, il grignotait sans appétit, abandonnait chacune des tâches commencées et refusait de répondre au téléphone, laissant les messages s'accumuler dans la boîte vocale.

Ce matin, il se convainquit qu'une promenade dans le bois, seul, à respirer le printemps, améliorerait son moral.

Il ouvrit la porte et trouva le journal local sur le paillasson. En le dépliant, il découvrit la magnifique page couverture où figurait Josiane parée de fleurs. À l'intérieur, Élisabeth acceptait une plaque honorifique sans sourire, les yeux tristes. Elle le fixait. L'interpellait.

Il porta son attention sur la page suivante. Sa gorge se noua. Dans un encadré, une jolie photo de Maggie souriante et trop vivante.

Avec un grognement, il chiffonna le journal et le jeta sur le gazon. Il n'avait plus envie de sortir. Il voulait la paix.

~

— Je déteste les comédies romantiques, grommela Élisabeth. Je les ai en aversion, je les abhorre !

— Tu dois te changer les idées, la gronda Lucie. T'as besoin d'une injection d'eau de rose.

— Toi aussi, il me semble, répliqua-t-elle, sarcastique.

C'est en gloussant qu'elles continuèrent leur chemin en direction du petit théâtre où, déjà, serpentait une file de gens. Elles longeaient la foule pour se rendre à la fin de la ligne quand Lucie fut interpellée.

— M'man !

Lucie reçut un câlin enthousiaste de sa fille.

— Rosalie ! Je savais pas que tu venais au cinéma ce soir !

— Pfffft ! Marie a flushé notre pyjama party pour sortir avec son nouveau chum, déplora la jeune fille avec une moue. Une chance que papa était là !

Fière, Rosalie prit le bras de son père à côté d'elle.

— Jacques ? Qu'est-ce tu fais ici ?

— Quoi ? Le cinéma est pas sur mon territoire ? persifla-t-il.

— C'est pas vraiment ton genre de film, riposta Lucie.

— Papa a décidé de devenir plus zen, m'man ! ricana Rosalie. Il veut même s'inscrire au gym pour perdre sa bé…

— Rosalie ! coupa Jacques, exaspéré.

— Ben quoi ? Moi, je trouve ça cool ! maugréa Rosalie.

Interloquée, Lucie n'eut pas la présence d'esprit de poursuivre son cynisme. À son grand regret.

— Quinze ans et aucun respect pour son vieux père, confia Jacques à Élisabeth.

— Bon cinéma, vous deux ! leur souhaita Lucie avant de rejoindre le bout de la file.

Elle jeta un regard empreint de colère à Élisabeth prise d'un fou rire.

— Ton ex est peut-être plus philosophe que tu le penses, proposa la jeune femme.

— Jacques ? Philosophe ? Ha ! Laisse-moi rire !

Élisabeth s'esclaffa de plus belle.

— Et c'est quoi cette petite complicité que t'as développée avec lui ? demanda Lucie, les lèvres pincées.

— Jalouse ? la nargua-t-elle. T'as la mémoire courte : c'est toi-même qui m'as envoyée faire réparer mon auto chez lui. Il est correct. Et il déteste Justin au moins autant que moi. Ça justifie amplement ma sympathie envers lui.

Élisabeth porta son attention sur Jacques qui suivait sa fille à l'intérieur.

— D'ailleurs, il est pas mal du tout ! Franchement, plus je le connais…

Lucie fronça les sourcils, contrariée.

— … mais, c'est dommage, il est intéressé par une seule femme et elle l'ignore. Ah ! Quel beau thème à exploiter dans une comédie romantique !

— Ah ! Tais-toi donc !

Le rire joyeux d'Élisabeth se perdit dans les bourrasques chaudes de cette soirée d'avril.

~

Journal sous le bras, Rémi appuya sur la sonnette une troisième fois. Pas de trace de Francis. Depuis trois jours, il ne rendait pas ses messages et ne répondait pas à la porte. Pourtant, le *pick-up* était là ; Rémi était certain qu'il était chez lui.

Sans plus attendre, il utilisa la clef que Francis lui avait laissée pour entretenir la maison lors de son dernier voyage. Il était prêt à le sortir par le collet s'il le fallait. S'il n'avait rien fait d'imbécile avant.

Le rez-de-chaussée était sombre. Le silence n'était dérangé que par les tic-tac de l'horloge et le bourdonnement du réfrigérateur. Rémi effectua un tour de ronde et ouvrit quelques fenêtres pour dissiper l'atmosphère enfumée. Le cendrier de la salle de séjour débordait de mégots de joints.

Des bouteilles de bière vides encombraient le comptoir et un carton de pizza avec deux pointes défraîchies reposait ouvert sur la table de la cuisine.

Inquiet, Rémi monta à l'étage et s'introduisit sans gêne dans la chambre à coucher. Enroulé dans sa douillette, Francis dormait, les écouteurs sur les oreilles. Il n'était vêtu que d'un boxer et Rémi remarqua sa jambe dénudée.

Il en demeura figé.

Bien entendu, il était au courant de l'accident de Francis et de la blessure qui en avait résulté, mais c'était la première fois qu'il la voyait. Francis demeurait prude, cachant ses cicatrices, même après toutes ces années.

Le réseau de stigmates irréguliers traçait un chemin dangereux de la hanche jusqu'à la cheville, s'essoufflant à certains endroits pour reprendre de plus belle en aval. La peau, tour à tour étirée puis boursouflée, présentait un dessin abstrait, surréaliste, des muscles humains, à la fois superbe et monstrueux. Incroyable et navrant.

Rémi arracha son regard à l'exploration morbide de cette chair déformée. L'autre jambe était parfaite, musclée, longue. Belle.

Rémi se ressaisit et tira les rideaux avec des gestes vifs. La lumière rendit le spectacle de la jambe charcutée encore plus horrible mais il n'en laissa rien paraître. Il n'en laisserait jamais rien paraître.

— Allez, debout ! Sors du lit, le paresseux ! Il fait trop beau pour rester enfermé dans ta cabane polluée ! s'écria Rémi.

Il souleva les écouteurs qui continuaient de cracher *The Great Gig in the Sky* de Pink Floyd. Francis ouvrit un œil bouffi, puis fronça les sourcils avec un grognement.

— Ça fait des jours que tu végètes dans la maison sans donner signe de vie ! continua Rémi en aérant la pièce. Josiane t'a laissé plein de messages et t'as pas rappelé ! *Shit, man* ! Elle se demandait si t'étais pas mort toi aussi !

Francis tira les couvertures par-dessus son visage. Il prit soin de cacher sa jambe.

— Même ta voisine est venue pour te rendre visite...

— Qui ça ? marmonna Francis, enfoui dans l'oreiller.

Rémi enleva l'édredon de la tête de son ami.

— Élisabeth m'a raconté qu'elle a sonné hier et que t'as pas répondu. Elle est venue me demander des nouvelles ce matin.

Francis s'assit au bord du lit, penaud, les cheveux en bataille. Il se couvrit les yeux de la main, gêné par la clarté brutale. Rémi ne lui donna pas le temps de s'acclimater avant de lui présenter avec fierté la une du journal local mettant en vedette le sourire de sa belle-sœur.

— Tiens ! Quelque chose qui va te remonter le moral !

La mine déconfite, Francis prit le journal et le posa sur la table de chevet tandis que Rémi lui lançait quelques vêtements pêle-mêle.

— Josiane, Mireille et moi avons décidé de faire un pique-nique, aujourd'hui.

— Je sais pas si ça me tente...

— C'est pas une invitation mais un ordre ! Ç'a pas de bon sens de vivre en ermite comme ça !

Avec humeur, Rémi s'appuya sur la commode, les bras croisés. Le ton impérieux, il lança :

— T'as pas le choix, je te laisse pas ici.

Francis se détourna, les yeux rivés au sol.

— Je le sais à quoi tu penses. Je le sais que tu te sens coupable de ce qui est arrivé. Je suis à peu près certain que t'as trouvé un moyen de penser que c'était de ta faute.

— Pourquoi tu dis ça?

— Parce que je te connais. Tu culpabilises tout le temps. *Man*, oublie ça! C'est pas de ta faute si Justin est un criss de chien sale et qu'il a décidé de sacrer sa tante là. C'est pas de ta faute s'il est parti. C'était sa décision à lui et t'as rien à voir là-dedans, peu importe ce qui est arrivé entre vous deux, ok?

Francis hocha la tête malgré lui.

— Maintenant, va te décrasser et te mettre quelque chose sur le dos. Je t'attends en bas.

Francis se leva, une couverture drapée autour du corps, et ramassa les vêtements disparates que Rémi avait lancés sur le lit. Avant de sortir de la pièce, Rémi lui conseilla avec une expression bienveillante:

— Il fait chaud, tu devrais vraiment porter un short.

— Laisse-moi donc m'habiller en paix!

Francis ignora cette dernière recommandation; il ne comptait plus de shorts dans ses tiroirs depuis longtemps.

~

En ouvrant la porte ornée d'un cygne en mosaïque de verre coloré, Élisabeth se couvrit le nez. L'odeur infecte avait diminué depuis que quelqu'un avait été envoyé pour effectuer le ménage, mais les puissants relents d'ammoniaque persistaient.

Élisabeth ne s'habituait pas à ce parfum de mort qui imprégnait la demeure. Pourtant elle n'avait pas le choix; depuis que Henri l'avait investie de cette tâche, elle devait se rendre au moins deux fois par jour pour vider les litières, remplir les plats de nourriture et remettre de l'eau dans les bols renversés. Pas étonnant que personne n'ait voulu de ce boulot ingrat. D'ailleurs, elle se demandait comment Maggie parvenait à entretenir tous ses félins turbulents. Bien sûr, elle avait une femme de ménage, mais celle-ci ne s'occupait sans doute pas des chats.

Et Henri ne voulait pas mettre les chats dehors de peur d'être tenu responsable si l'héritage de quelqu'un s'enfuyait. Décidément, c'était une situation très étrange.

« Étrange » fut aussi le premier mot qui lui vint à l'esprit lorsqu'elle descendit au sous-sol, suivie de trente-quatre yeux fluorescents cachés dans la pénombre. Ces vieilles caves au plafond bas et au sol de béton humide, noires même par des jours ensoleillés, provoquaient un malaise chez elle.

Au bas de l'escalier de bois aux marches grinçantes et trop à-pic, elle tira sur une ficelle terminée d'une bille de bois. L'ampoule nue jeta une lumière éclatante dans la pièce, ce qui fit cligner des yeux les chats endormis sur les espaces libres des étagères. Élisabeth se fraya un chemin parmi les pièces de rangement qui se succédaient, encombrées de boîtes et de vieilleries, reliées entre elles par des couloirs irréguliers aboutissant à la chambre de fournaise, où siégeait le gros monstre métallique et ronronnant.

Elle ramassa un récipient vide et le remplit dans un gros évier de fonte à l'émail creusé dont le robinet fuyait, laissant échapper une goutte sonore à intervalles réguliers. Malgré la superbe journée qui filtrait par faisceaux poussiéreux à travers les minuscules carreaux, elle prit le temps de s'occuper de quelques-uns des chats. Elle savait que Bartélémy avait besoin d'être materné, mini-Charlotte de se faire caresser, Artémisia et Jupiter de jouer un peu. Le brave Stanislas surveillait le moindre mouvement derrière les vitres sales, Cosette et Huxley, les plus vieux, dormaient plus de seize heures par jour. Élisabeth admirait cette petite communauté, presque organisée, dominée par ses patriarches, gardée par les plus astucieux et protégée par les meilleurs chasseurs. Les plus jeunes étaient encore couvés et tous se tenaient ensemble, se méfiant de chacun des visiteurs. Il n'y avait que Maggie qui savait les amadouer.

Lorsqu'elle décida de regagner le rez-de-chaussée, Élisabeth fit la découverte du cadavre d'une souris dans l'ombre de la dernière marche. Étendu sur le dos et les pattes levées au ciel, le corps du petit rongeur était couvert de morsures profondes. Les chats s'étaient amusés avec la pauvre bestiole sans la manger. Jouer jusqu'à ce que l'autre crève. Et la souris avait gardé espoir de sortir du piège avant de rendre son dernier souffle. N'ayant nulle part où aller, les chats n'écoutaient que leur plaisir. Leur instinct.

Élisabeth repoussa la souris du bout du pied et remonta l'escalier. Avant de partir, elle se rendit dans le boudoir. Elle voulait de nouveau feuilleter les albums de photos de Maggie, même si elle les avait déjà vus une centaine de fois. Elle prit place sur le canapé de velours bourgogne et tourna lentement les pages, remplies d'images exotiques de voyages.

Partie de chez elle à vingt ans, Maggie était une jolie jeune femme, à l'air noble et pleine de charme, qui avait travaillé dans une librairie de la ville pendant quelque temps. Elle y avait rencontré un bel homme d'affaires de près de dix ans son aîné, qui l'avait épousée à New York avant de l'emmener faire le tour du monde, sur la route du thé.

Sur les photographies qui défilaient sous ses yeux, Élisabeth sentait qu'ils avaient vécu heureux de longues années. Elle s'arrêta sur un cliché montrant plusieurs femmes vêtues de superbes robes de soirée: Maggie faisait un clin d'œil coquin à la caméra, qui tranchait avec les expressions sévères et condescendantes des autres. Il était inscrit « Waldorf Astoria, 1952 ».

Il y avait aussi « Paris, 1954 », où elle marchait au bras de son mari sur les Champs-Élysées, « Calcutta, 1958 », où elle tenait la bride d'un éléphant d'Asie aux côtés d'un petit garçon à turban, « Tokyo, 1961 », où on la voyait de profil, vêtue d'un kimono dans un hôtel avec vue sur le mont Fuji.

Les photos s'arrêtaient en 1983, année de la mort de son mari. Les yeux gavés d'endroits dépaysants et fantastiques, Élisabeth referma l'album avec le sentiment d'une petite fille qui terminait la lecture de son livre préféré pour la énième fois.

Elle saisit l'album suivant et, avec un choc, se rendit compte qu'il s'agissait de celui de Justin. Au début, il n'avait que neuf ans et souriait très peu, l'air revêche. Quelques années plus tard, durant une phase de révolte, il s'était teint les cheveux en noir. Son expression s'améliorait au fil des pages et il semblait transformé à sa graduation de l'école secondaire. Un sourire, mais l'œil sombre.

Maintenant qu'elle savait ce qu'il était, elle lisait mieux le reflet de ses yeux. Pas de limites, pas de morale, pas de remords.

Elle arriva au moment de leur relation. Sur un cliché pris lors des préparatifs d'un réveillon de Noël, Élisabeth s'affairait à la confection d'une tourtière et lançait des reproches à Justin qui la narguait en lui entourant la taille.

« Est-ce possible ? J'ai déjà été heureuse avec lui », songeat-elle en replaçant l'album.

Maggie avait eu une belle vie malgré tout.

Qu'adviendrait-il de ces images pleines d'histoires ? Élisabeth avait déjà manifesté à Maggie l'intérêt d'en prendre quelques-unes dans le but de faire un article sur elle. Elle se demandait si Maggie l'avait noté. Qui hériterait de ces photos ?

Puis elle eut un flash. Elle pensa à cette longue lettre presque poétique que Maggie lui avait déjà montrée auparavant et qu'elle gardait cachée dans son secrétaire en guise de testament. Maggie voulait qu'Élisabeth sache où elle était, au cas où.

Élisabeth lui avait recommandé de voir un notaire. En avait-elle eu le temps ?

Élisabeth se demanda alors si Maggie avait gardé cette lettre. Elle se précipita sur le tiroir du bureau et l'ouvrit brusquement. Il n'y avait que des papiers vierges, des plumes, des stylos, des trombones. Elle fouilla les autres compartiments, soulevant factures et dossiers, sans succès. Elle recommença son manège, croyant être passée trop vite. Elle se releva enfin, résignée. Et si la lettre trouvée sur la table de chevet de Maggie était, en fait, ce testament olographe qui avait peut-être été pris pour une confession de suicide ? Justin avait très bien pu la déposer à cet endroit sans que personne sache qu'elle avait été écrite plusieurs années auparavant.

Troublée par ces réflexions, elle se prit le front entre les mains.

À ce moment, un bruit la fit sursauter. Les chats miaulèrent en chœur. Frénétiques, ils grattaient sous la porte qui menait à la cave. Le battant vibrait sous leurs assauts. D'un pas hésitant, elle s'avança vers le hall pour voir des pattes griffer le plancher sous la mince ouverture de la cloison. Leurs cris stridents ajoutèrent à l'effroi qu'elle ressentait.

Une silhouette se dessina alors derrière le gracieux cygne aux ailes scintillantes. Élisabeth demeura immobile lorsque la porte d'entrée s'ouvrit. Elle rencontra le regard glacial de Justin.

Les chats crachaient de plus belle, labourant le sol. Élisabeth releva le menton avec une expression de défi. Les traits du visage devant elle étaient les mêmes que sur l'image festive qu'elle avait contemplée quelques minutes auparavant. Cependant, ils n'affichaient aucune douceur, à présent.

Elle avait ressenti pour lui l'amour, la haine et maintenant, une certaine crainte. Elle songea à la lettre et aux découvertes qu'elle avait faites sur lui ces dernières semaines. Détenait-elle une preuve ? Malheureusement, Justin était très intelligent ; il devinait tout ce qu'elle pensait. Il savait ce qu'elle soupçonnait.

Les regards se soutinrent. Aucun ne voulait baisser les yeux, se détourner, perdre le combat. En arrière-plan, les chats, furieux et voraces.

Les lèvres pincées, elle marcha vers lui, ses yeux noirs sondant toujours les siens. Elle s'arrêta à sa hauteur, attendant sa réplique, mais puisque les mots semblaient superflus, elle sortit.

9
Le « chat » de l'aiguille

Les bourgeons commençaient à déployer de minuscules panaches verts le jour où Maggie fut enterrée, le mardi de l'avant-dernière semaine d'avril. Dans le ciel, tels des vaisseaux divins, les cumulus blancs naviguaient doucement sur la brise parfumée du sud.

Chacune une rose blanche à la main, Lucie et Élisabeth se joignirent au sombre rassemblement autour de la tombe après avoir effectué à pied le trajet entre l'église et le cimetière.

La cérémonie religieuse dans la chapelle avait été courte et sobre, bien que beaucoup de gens se soient présentés pour rendre hommage à la mémoire de Maggie.

Élisabeth ne put empêcher une bouffée d'émotion de l'envahir lorsqu'elle aperçut le trou creusé dans le sol, surmonté d'une croix.

Marguerite Leduc
1932-2010

Lucie lui offrit son bras afin de la soutenir. En silence, elles contemplèrent cette gueule de terre froide prête à avaler le cercueil. Autour d'elles, la rumeur s'élevait en un bourdonnement continu.

— Il paraît qu'elle a découvert que son neveu se droguait…

— Elle était bien malade. Il lui en restait pas pour ben longtemps.

— C'est clair que c'est lui qui lui a donné une dose de trop. Ç'a toujours été un vaurien.

Élisabeth jeta un coup d'œil agacé à Lucie, qui haussa les épaules.

Le corbillard se stationna au bas de la colline et les murmures s'estompèrent. Tous observèrent les six hommes porter le cercueil de bois luisant vers la sépulture. Henri, Rémi, Jacques, Francis, le boulanger et finalement, Justin marchaient à pas réguliers, graves et moroses.

Méditant sur cette scène solennelle, Élisabeth les examina un à un. Rémi semblait préoccupé. Derrière lui, Jacques, qu'elle n'avait jamais vu aussi bien mis, fronçait les sourcils. Francis gardait les yeux rivés au sol. Henri, bourru et paternel, fixait Justin devant lui. Ce dernier demeurait stoïque. Justin et Francis portaient toujours les stigmates de leur dispute, qui traçaient des lésions jaunes et violacées sur leurs visages.

Les hommes posèrent le cercueil et le prêtre commença sa prière. Peu de gens écoutaient, absorbés par la triste descente du corps en son dernier lieu de repos.

Certains regards se croisaient tandis que d'autres se détournaient. Élisabeth guettait Francis, qui semblait au bord des larmes. Lucie tentait d'ignorer le regard de Jacques rivé sur elle.

Justin adressa à Josiane un signe de tête qui n'échappa à personne. Elle répondit, les joues roses. Rémi releva le geste et se tourna, surpris, vers sa femme. Mireille haussa les épaules.

Le signe de croix du prêtre mit fin au moment de recueillement. Lucie et Élisabeth jetèrent leurs fleurs dans la fosse et d'autres les imitèrent. Quand la majorité des gens furent partis, Justin se pencha pour lancer une poignée de terre sur la tombe et resta un moment accroupi. Son absence d'émotion n'échappa pas à Élisabeth qui l'observait, à la dérobée. Il ne semblait pas savoir quelle expression adopter dans les circonstances.

Justin se redressa et sentit une main tremblante se poser sur son épaule. Il se retourna et eut un choc lorsqu'il découvrit des yeux gris, identiques aux siens. Avec dédain, il scruta la figure grotesque, sillonnée de veines pourpres du vieil homme qui faisait bien vingt ans de plus que son âge. Les joues rouges, le nez couperosé, il titubait, se déplaçant avec difficulté.

— Ostie… Qu'est-ce que t'es venu faire ici, toi ? grogna Justin, dégoûté.

— Justin…

— T'as pas le droit d'être ici !

— Maggie, c'était ma sœur, murmura l'homme d'une voix éraillée.

— Pis toi ? T'es mon père, peut-être ?

Le vieil homme tenta de prendre le bras de son fils, qui se dégagea brusquement.

— Vieux câliss ! Regarde-toi ! Une vraie loque humaine ! Touche-moi pas. J'ai honte juste à l'idée d'avoir un lien de parenté avec toi. Pis essaye pas de faire pitié. Tu peux bien crever en enfer en ce qui me concerne, conclut Justin avant de s'éloigner à grands pas sous l'expression interloquée de ceux qui s'attardaient près de la pierre tombale de la défunte.

À l'écart, Élisabeth avait suivi l'échange. Malgré le fait qu'elle avait habité avec Justin un moment, c'était la première fois qu'elle voyait son père, Alfred Leduc. Elle avait entendu le pire à propos de cet homme, pourtant elle ne pouvait que s'interroger sur le bien-fondé des rumeurs. Cet ivrogne avait-il rendu son fils asocial à force de coups ou est-ce que Justin avait hérité de son trouble de personnalité ? Élisabeth voulait comprendre, savoir quel mécanisme était à la source de cette insensibilité, ce manque d'empathie inhumain qui caractérisait Justin.

Elle se promit de fouiller la question plus à fond.

~

Élisabeth sirotait un thé au comptoir, grattant le fond de la tasse du bout de sa cuillère, écrasant les grains de sucre qui tardaient à fondre et provoquant le son désagréable de l'ardoise griffée. Lucie posa la main sur la sienne. Délivrée un instant de sa langueur, Élisabeth lui sourit. Mais ses yeux demeuraient tristes.

Puisque aucune cérémonie n'avait été prévue à la suite des funérailles, quelques personnes s'étaient donné rendez-vous au restaurant de Lucie après la lecture du testament chez le notaire. Celle-ci avait été brève et, évidemment, Justin héritait de la totalité des biens et de la fortune de Maggie. Cependant, plusieurs avaient été surpris d'être convoqués. Le notaire avait énoncé tous les noms qui figuraient sur la liste et, de l'entourage de Maggie, personne n'avait été oublié. Justin, affalé dans un fauteuil, écoutait avec indifférence tandis que chacun prenait son enveloppe.

Ce qui tracassait Élisabeth, c'était que le document lu par le notaire semblait plutôt officiel et n'avait rien à voir avec le testament olographe que lui avait montré Maggie. Où donc était passée cette lettre ? Avait-elle été trouvée à côté du cadavre comme elle le soupçonnait ?

— Élie, je pense que t'as assez brassé ton thé, commenta Lucie.

Élisabeth posa sa cuillère.

— Pardon. J'étais dans la lune.

Elle se résigna à décacheter son enveloppe.

Ma très chère Élisabeth,

Derrière cette façade caustique et morose se cache une jeune femme douce et sensible que j'ai le très grand privilège d'avoir connue. J'espère qu'avec le temps tu pourras panser tes blessures. La vie est longue, Élie, et elle peut être belle ; il n'en revient qu'à soi d'en décider. Tu as tous les outils pour réussir, mais il faut que tu ouvres ton cœur et que tu acceptes qu'il n'y a pas de joie sans chagrin.

Je te donne ma précieuse Artémisia, aussi courageuse qu'affectueuse, et qui, sous certains aspects, te ressemble beaucoup. Si ça peut te rassurer, elle a un flair incroyable pour détecter les bandits...

Ta bonne amie,

Maggie

Élisabeth déposa la lettre, ébranlée. Maggie lisait en elle. Elle lui avait souvent répété ces reproches avec un sourire tendre. Cependant, maintenant qu'elle n'était plus là et que cette note constituait les dernières paroles qu'elle ne lui adresserait jamais, ces mots la marquaient, lui transperçaient le cœur comme une lance épineuse. La vie était longue et Élisabeth vivotait déjà. Prends-toi en main, Élie, personne ne le fera à ta place. Ressaisis-toi, c'est le temps ou jamais. La gueule de l'apathie est sur le point de te dévorer.

À ce moment, la porte s'ouvrit sur Francis. Élisabeth leva des yeux humides vers lui. Ils se dévisagèrent. Son miroir. La réverbération de ce qu'elle ressentait depuis longtemps. Elle voulait lui parler. Elle devait lui parler. Leurs blessures les liaient comme un cordon ombilical.

~

Francis fut bousculé par Rémi, Mireille et Josiane.

— Hé, le grand, tu bloques la porte ! Lucie, je vais prendre un café ! s'écria Rémi, toujours exubérant.

— Une camomille pour moi, s'il te plaît, Lucie ! lança Josiane.

— Et un thé vert, ajouta Mireille.

Avec un soupir résigné, Francis suivit ses compagnons bruyants vers une banquette.

— Pour moi, un café noir avec la cuillère debout dedans, maugréa-t-il.

Il lança tout de même un regard de biais à Élisabeth avant de s'asseoir.

Francis demeura taciturne tandis que les autres babillaient, plus expressifs et criards les uns que les autres. Le visage tourné vers la fenêtre, il repensait à sa conversation avec le notaire à la suite de la lecture du testament. Il avait demandé ce qui arrivait à présent, puisque Maggie n'avait pas eu le temps de payer ses factures de rénovation. Le notaire avait répondu qu'il devait s'adresser à la succession, et donc, dans ce cas, à Justin. Francis n'avait pu réprimer un petit rire sec que le notaire avait relevé, le sourcil arqué.

« Sachez, monsieur Carpentier, que la succession se doit de payer les factures. Sinon, vous aurez des recours. »

« Oui. Bien sûr. Merci quand même », avait-il rétorqué sans cacher son sarcasme.

Son père allait lui tomber dessus à bras raccourcis. Le traiter de demeuré pour ne pas avoir insisté pour être payé avant. Comme s'il avait le pouvoir de prédire la mort de Maggie ! C'était le cas de le dire, son voyage au Pérou venait de s'envoler en fumée. Francis devrait dédommager les fournisseurs de matériaux de sa poche. Justin n'avait que faire des lois, il se pousserait avec le butin aussitôt qu'il l'aurait empoché. Il se moquait bien des responsabilités. Francis doutait d'ailleurs qu'il connaissait la signification du mot.

Dans le dictionnaire de Justin, il avait été remplacé par « non applicable ».

Ignorant la conversation des autres, il entreprit la lecture de sa lettre.

Mon cher Francis,

Je ne peux que me sentir coupable pour ta belle carrière brusquement avortée, puisque Justin en est, en partie, responsable. Mais c'est ton destin qui a pris un virage en épingle ce fameux soir, pas ta vie qui s'est terminée.

Tu es doté de la bonté, de la passion et de la détermination, et ce sont tous des atouts pour cet avenir qui t'attend avec impatience. Fais ton deuil, Francis, car il n'y a aucun autre moyen d'aller de l'avant. Et je suis certaine de ne pas me tromper en t'affirmant que le meilleur est à venir pour toi.

Je te lègue mon cher Stanislas, qui t'est déjà très attaché. Comme toi, c'est le plus astucieux mais il manque un peu de confiance et ne prend pas la place qui lui revient.

Maggie

Les mâchoires crispées et la gorge nouée, il replaça la missive dans l'enveloppe et reporta son attention dehors, sans rien voir de l'activité quotidienne du village.

Francis ne s'était jamais confié à Maggie, pourtant elle avait su interpréter ses états d'âme. Ses propres parents n'accordaient pas autant d'attention à ses comportements.

« Vas-y, mon gars ! Qu'est-ce que t'attends ? As-tu de quoi dans le crâne ? As-tu les deux pieds dans la même bottine ? »

En était-il rendu là ? Le deuil d'une carrière prometteuse mais à peine commencée. Le deuil d'une jambe qui ne fonctionnerait plus correctement. Le deuil d'un avenir impossible. Le deuil tout court.

Contre toute attente, ce fut Mireille, assise face à lui, qui enveloppa sa main de la sienne. Il afficha alors un sourire d'une sérénité feinte. Sceptique, elle retira ses doigts, nullement dupée par cette maladroite démonstration de quiétude.

Plus loin, à son tabouret, Élisabeth remarqua l'entrée de Jacques et de Henri ; elle laissa s'écouler quelques minutes avant de se décider à les aborder. Elle prit place à côté de Jacques et demanda un autre thé à Lucie.

— Il y a quelque chose qui me travaille depuis que je suis sortie de chez le notaire, commença-t-elle. C'est à propos de cette lettre trouvée à côté de Maggie…

— Elle a déjà été authentifiée, Élie, coupa Henri, un brin agacé.

— Je le sais. C'est pas ça que je mets en doute. Seulement… Y a peut-être deux mois, avant l'arrivée de Justin,

Maggie m'a montré un testament olographe qu'elle gardait chez elle dans son secrétaire. Je lui avais recommandé de faire certifier un document plus légal. Je pense bien qu'elle m'a écoutée, car ce que le notaire a lu était pas la première lettre.

— Et ? demanda Henri en haussant les épaules.

— … Et je veux savoir si la lettre qui a été trouvée à côté de Maggie est ce testament olographe. Je me demande pourquoi, par hasard, cette lettre était à son chevet la nuit de sa mort. Ça ressemble à ce que quelqu'un ferait pour maquiller un meurtre en suicide, non ? conclut-elle avec insistance.

Henri secoua la tête.

— T'es enquêteuse, maintenant, Élie ? Tout est clair dans cette affaire-là. Le rapport du médecin et les alibis de Justin concordent. Le dossier va être clos bientôt. Je reviendrai pas là-dessus.

— Je veux juste…

— Écoute-moi, Élie. Arrête de penser à ça. Justin est pas coupable même si tu lui trouves les meilleurs motifs de la terre !

Il termina son café et se leva en enfilant sa veste. Élisabeth se cala dans la banquette, la mâchoire crispée.

— Salut, Jacques. Bye, Élie… Et tâche d'oublier ça, lui conseilla-t-il avant de tourner les talons pour sortir.

— Merde ! grogna Élisabeth.

— C'est évident qu'il sait quelque chose de plus, lança Jacques, qui était resté songeur.

— Quoi ça ?

— Aucune idée, mais il est certain que ce qu'il a entre les mains écrase tes hypothèses.

— Il me connaît assez bien aussi pour se douter que je dormirai pas tranquille tant que j'en aurai pas le cœur net !

À l'évidence, Henri couvrait Justin et Élisabeth savait pourquoi à présent : depuis que le policier l'avait tiré du joug de son père, il s'était pris d'affection pour le petit garçon, malmené et sauvage. Il semblait fier de l'homme qu'il était devenu, croyant sans doute que c'était en partie son œuvre. Malheureusement, Henri connaissait bien mal Justin.

La banquette à côté se libéra. Rémi, Mireille, Josiane, Lucie et Francis vinrent prendre rendez-vous avec Élisabeth afin de quérir les chats dont ils avaient hérité. Josiane et Lucie iraient l'après-midi même ; Rémi et Mireille, le lendemain matin. Francis, lui, proposa :

— Ce soir, avant le souper. Disons, vers les six heures. Est-ce que ça convient ?

— Oui, oui. Bien sûr, acquiesça Élisabeth.

— Moi aussi, ça me va ! ajouta Jacques en vidant sa tasse de café encore un peu trop amer.

Ce qu'il endurait pour venir narguer Lucie…

Lorsque les autres furent partis, Élisabeth se leva tandis que Jacques se préparait à partir à son tour.

— Il faut que je retourne travailler ! Sinon, tout le monde va courir chez Rivest à l'autre bout du village !

— Si ça peut te consoler, depuis mon épisode de ressort endommagé, je lui ai pas fait de la bonne publicité… Et c'est le genre de rumeur qui fait pas mal de tort dans un village aussi petit, assura-t-elle avec un sourire espiègle.

— Petite fouine! ricana-t-il en lui donnant une tape amicale sur l'épaule.

Il fut arrêté par le ton moqueur de Lucie:

— Tu vas pas réparer tes chars endimanché comme un pingouin!

— Ça te ferait fantasmer, hein? lança-t-il à brûle-pourpoint avec un clin d'œil avant de sortir.

Lucie, interloquée, fixa la porte fermée, les mains sur les hanches.

— Ah! Qu'il m'écœure! maugréa-t-elle, exaspérée par les éclats de rire d'Élisabeth.

~

Josiane referma la porte, le cœur en désordre. Dès qu'elle était revenue à la boutique, il l'attendait. Là, sur le seuil, beau et bien mis. Ses cheveux bruns qui bouclaient à peine sur ses oreilles, son imper ouvert, le nœud de sa cravate défait. Elle avait marché du restaurant de Lucie jusqu'à son commerce, et l'avait repéré de loin. Il avait cette insouciante perfection qui la fascinait, l'habitait malgré elle.

Justin voulait la remercier pour son travail remarquable et rapide sur les arrangements floraux qui étaient exposés aux funérailles de Maggie. L'amoureuse de verdure qu'était sa tante aurait été éblouie par tant de talent.

Mais Josiane ne l'écoutait pas. Elle l'examinait, hypnotisée par son regard de velours. Des paupières mi-closes sur des iris d'un gris d'orage. Un nez droit avec quelques pâles taches de rousseur. Une fossette profonde qui apparaissait sur sa joue gauche lorsqu'il souriait.

Il avait la voix enrouée en évoquant Maggie. Il s'était raclé la gorge, s'excusant d'être si émotif. Josiane s'était empressée de le consoler, la main sur son épaule. Encore un contact qui lui avait fait l'effet d'une décharge électrique.

Sa sensibilité la toucha. Elle aimait l'entendre dire ce qu'il ressentait. Pas comme Francis, lui qui préférait tout garder cantonné en-dedans. Jusqu'à s'en rendre malade.

Elle ne pouvait s'empêcher d'établir un parallèle entre le garçon que Henri avait sorti d'un ménage abusif et l'homme qui se tenait devant elle. Il aurait pu être asocial ou rebelle, pourtant il était maintenant l'image même de l'équilibre. Charmant. Attentionné.

Malgré les remontrances que sa conscience lui adressait, elle aurait souhaité que Francis ressemble un peu plus à Justin. À certains points de vue. Cette confiance, cette faculté de se relever des épreuves, d'en tirer profit et d'en sortir plus fort.

Elle savait qu'elle ne devait pas, mais Josiane l'admirait.

Il l'avait quittée en lui faisant l'accolade puis avait posé un baiser furtif près de sa tempe. Josiane s'était détournée, les sens à vif, son odeur imprégnée en elle. Puis, sans insister, il était reparti.

À présent, elle ne pouvait détacher ses yeux de ses épaules qui roulaient sous son manteau tandis qu'il remontait la rue. Elle était triste, elle était bouleversée, elle était allègre.

Au bout du trottoir, il s'arrêta et l'observa par-dessus son épaule.

Il était dangereux pour elle. Pour son monde. Pour sa stabilité. Pour son équilibre.

Elle devait se convaincre qu'il était dangereux.

~

— Je vous préviens, l'odeur est encore un peu forte, dit Élisabeth en déverrouillant la porte d'entrée.

En pénétrant avec hésitation à l'intérieur, Francis songea que ça ne pouvait pas être pire que lorsqu'il avait découvert le corps de Maggie. Jacques suivit, jetant un coup d'œil intimidé au décor lourd qui paraissait sinistre dans l'éclairage crépusculaire. Les bibelots de porcelaine brisés avaient été rassemblés pêle-mêle sur une table d'appoint du hall. Dans cet amas, les visages fracassés des figurines continuaient de sourire naïvement, les yeux brillants et les dents perlées, dans une joie figée, éternelle. Sans Maggie, cette maison auparavant chaleureuse, surchargée de motifs et de couleurs, perdait son âme et devenait accablante.

Élisabeth ouvrit la porte qui menait au sous-sol. Elle invita les deux hommes à descendre.

— Attention, c'est sombre.

— Je peux même pas descendre de front, se plaignit Jacques.

— Il y a une ampoule juste en bas, indiqua Élisabeth.

Dans l'obscurité, il y eut un heurt puis un juron.

— Je l'ai trouvée, grommela Francis, la main sur le front.

L'ampoule jeta une lueur jaunâtre qui ne parvint pas à chasser les ombres. Plusieurs chats aux yeux boursouflés de sommeil vinrent les accueillir avec des miaulements.

— Ouf! Ça sent la litière, ici! commenta Jacques, se couvrant le nez.

— Il faut que je vienne au moins deux fois par jour pour les vider. Imagine la quantité de crottes que produisent dix-sept chats adultes ! grommela Élisabeth en prenant une lampe de poche posée sur une étagère.

— Je sais pas comment Maggie faisait, compatit Francis.

— Moi non plus. Qui vient chercher qui ?

— Moi c'est Stan, répondit Francis en prenant le chat gris qui lui tournait déjà autour des chevilles.

— Moi, c'est Charlotte, annonça Jacques.

— Mini-Charlotte ? s'enquit Élisabeth. Elle est toujours endormie dans un petit coin. Aidez-moi ! Minuscule comme elle est, c'est comme chercher une aiguille dans une botte de foin !

Ils s'avancèrent à tâtons dans le dédale de la cave, fouillant derrière caisses et boîtes, meubles et antiquités. Francis cheminait avec appréhension, surveillant les chats du coin de l'œil, surtout ceux qui l'avaient attaqué quelques jours auparavant. La tension n'avait pas baissé depuis la mort de Maggie et les cadavres de souris s'accumulaient malgré le nettoyage régulier qu'effectuait Élisabeth. Il y en avait encore une douzaine disséminés sur le sol de béton.

— Je vais sortir d'ici avec un lumbago, maugréa Francis, penché en avant pour circuler entre les poutres du plafond.

— Grand flanc-mou… commenta Jacques.

— Hey, le vieux… On est dus pour un duel de billard. Et je te laisserai pas l'emporter aussi facilement que l'autre fois !

— Mauvais perdant, en plus. Sans farce, je remets plus les pieds au bar à Baptiste.

Francis s'arrêta.

— Ouais. Je comprends.

La voix d'Élisabeth leur parvint du fond de la pièce.

— D'habitude, elle est toujours avec son grand copain Bartélémy, mais il est déjà parti.

— Et qui en a hérité ? demanda Jacques.

— Euh… Lucie, répondit-elle, la bouche tordue d'un sourire.

— Évidemment, marmonna-t-il.

Élisabeth balayait les coins noirs du faisceau de sa lampe de poche, effleurant de temps à autre des pupilles dilatées. Les deux patriarches, Cosette et Huxley, avaient quitté la cave avec Josiane dans l'après-midi et Élisabeth sentait la fébrilité des autres chats. La lumière se posa sur la laveuse à linge à côté de laquelle plusieurs chats étaient roulés en boule sur un amas de draps. Une minette grise et blanche s'avança à pas feutrés en s'étirant.

— La voilà ! s'exclama Élisabeth en pointant la petite chatte.

Jacques la cueillit avec précaution entre ses mains calleuses, caressant ses oreilles pointues du bout des pouces. En revenant sur ses pas, Élisabeth trébucha sur un morceau de tissu. Elle le souleva pour le remettre sur le tas de lessive, mais en dirigeant l'éclairage dessus, elle remarqua que la taie d'oreiller était souillée d'une large tache brunâtre. Les deux hommes se tournèrent vers elle et détaillèrent la housse maculée.

— On dirait du sang qui a été lavé.

— Maggie était pourtant pas blessée, dit Francis, lisant ses pensées. Je sais, je l'ai vue.

— Ça doit être celui de Justin, murmura Jacques, sans sourire.

— Il s'en est passé des choses ici depuis quelques semaines, soupira Élisabeth.

Francis acquiesça d'un hochement de tête.

— Partons d'ici, lança Jacques.

Sans s'attarder, ils sortirent de la maison, respirant à grandes bouffées l'air tiède et parfumé de l'extérieur. Francis et Élisabeth saluèrent Jacques, qui grimpa dans sa dépanneuse en cajolant la petite chatte. Francis ne put s'empêcher de rire.

— Je savais pas que Jacques avait la fibre maternelle aussi développée...

— Qu'est-ce que Maggie pouvait bien avoir en tête quand elle lui a légué Charlotte ? Il doit avoir les pouces plus gros que son crâne ! ricana Élisabeth.

— Il a l'air de bien se débrouiller. Retournes-tu chez toi ?

— Euh... Oui. Je t'accompagne.

Francis percha Stanislas sur son épaule et demanda au bout d'un moment :

— De qui as-tu hérité ?

— Artémisia. Maggie trouvait qu'on se ressemblait, toutes les deux.

Ils marchèrent quelques minutes en silence. La soirée était douce, le soleil couchant se perdait derrière les branches des arbres qui bordaient la rue.

— Francis... Ça va ?

Il inspira profondément, surpris par cette question simple mais lourde de sens.

— Je m'excuse. Peut-être que tu veux pas en parler.

— Non, non. C'est correct. Merci de me le demander. Ça va mieux.

Il marqua une pause.

— J'ai plus son image en permanence dans la tête. Une image de mort. Ça s'estompe un peu. En même temps, je peux pas arrêter de me demander comment c'est arrivé. Pourquoi, aussi.

— Je sais pas.

— J'aurais pas dû...

— Francis, fais-toi pas souffrir pour rien. T'es pas coupable. Sinon, on aurait tous notre part de responsabilité.

— Tout le monde me le dit, mais je m'en veux pareil!

— Donne pas raison à Justin en te blâmant.

Sur leur chemin, ils croisèrent l'ancienne demeure des parents de Francis. Un souvenir lui revint en tête. Une scène avec Francis. Quelque chose qu'elle avait enfoui au fond d'elle et qui l'embarrassait chaque fois qu'elle se retrouvait en sa présence.

Elle venait d'être larguée par son frère Pier-Luc et comme elle quittait la demeure des Carpentier, Francis avait offert de la reconduire. « Oublie ça ! J'ai pas besoin de ta pitié ! Je peux encore marcher ! » avait-elle sifflé, hargneuse.

Elle détestait toute sa famille et lui se montrait bienveillant. Elle s'était donc forcée à le haïr, lui aussi. Dehors, il pleuvait des cordes, le torrent enveloppant la pesante nuit d'été d'un halo d'humidité. Francis l'avait attrapée par le bras et embarquée de force dans le camion. « Laisse-moi tranquille ! »

Sans la regarder, il lui avait attaché sa ceinture de sécurité puis il avait fait le tour du véhicule, la surveillant d'un air grave pour éviter qu'elle ne se sauve. L'averse avait imbibé ses vêtements et des mèches blondes tombaient dans ses yeux. Aussitôt entré dans le *pick-up*, il avait empêché sa fuite. « Je te ramène. » Il avait démarré en trombe. « Qu'est-ce que tu me veux ? Tu me prends pour une nunuche écervelée ? Tu penses que je suis une poulette de service comme ton frère ? Vous êtes tous des minables, dans ta famille ! Des imbéciles ! Des cons ! »

Elle crachait son venin, hystérique, et il avait continué d'encaisser. Devant son impassibilité, elle avait martelé le tableau de bord de coups de pied, aveuglée par la rage.

D'un virage sec, il avait rangé le *pick-up* en bordure de la rue et stoppé le moteur. Sans un mot, il l'avait saisie à bras-le-corps et l'avait serrée avec violence. Cette brusquerie l'avait figée dans sa colère. D'abord ulcérée, bloquée dans ses mouvements, elle avait tenté de se débattre. Puis elle avait éclaté en sanglots. Elle avait pleuré de longues minutes, lovée dans ses bras.

Lorsqu'elle s'était enfin détachée de lui, elle avait gardé le nez baissé, honteuse. Elle avait essuyé ses joues et son nez mouillés du revers de la main. Que devait-elle lui dire ? Un remerciement semblait aussi ridicule qu'incongru.

Ils étaient restés ainsi un moment, à écouter la pluie qui tambourinait sur le pare-brise. Elle sentait son regard franc, empreint de patience, qui la détaillait. Puis, sans rien dire de plus, elle avait ouvert la portière et s'était enfuie.

Se rappelait-il cet épisode ?

Elle se tourna vers lui et il lui sourit. Ce sourire en coin, taquin, qu'elle ne lui avait pas vu depuis des années.

— Ça fait longtemps...

Il avait pensé à la même chose qu'elle. Elle se cacha le visage entre les mains.

— Pourquoi t'es-tu sauvée, ce soir-là ?

— C'est pas vrai ! J'espérais que t'avais effacé ça de ta mémoire ! J'ai fait une folle de moi ! Comme d'habitude...

— En réalité, j'avais plutôt peur que tu commettes quelque chose de... grave.

— ... Ou de stupide ? Non... Je suis trop lâche pour attenter à ma vie. Une vraie poule mouillée. J'avais juste besoin de ventiler.

Élisabeth haussa les épaules.

— En tout cas, j'espère que t'as de meilleurs souvenirs de moi.

— J'en ai.

Il la fixait, la tête inclinée. Elle sourcilla. Elle ne répondit pas aussitôt, hésitant entre une réplique de son registre d'ironie habituelle et cette question qui lui brûlait les lèvres. Faisait-il allusion à ce qu'elle pensait ?

C'était un avant-midi d'été, le ciel était uniformément bleu car le vent soutenu avait chassé toute trace de nuages. Élisabeth avait seize ans. Enthousiaste, elle s'était présentée au quai municipal sur le bord du lac, car Pier-Luc l'avait invitée à faire de la voile. En repérant le petit dériveur, elle avait été déçue de trouver Francis seul à bord. Il l'avait regardée sans comprendre.

« Pier-Luc est parti faire du tout-terrain avec notre père, avait-il avoué, mal à l'aise. Il a dû oublier votre rendez-vous. »

Un nœud dans la gorge, Élisabeth avait hoché la tête. Pourquoi n'était-elle pas surprise ? En plus, elle avait dépensé deux semaines de salaire de gardiennage pour s'acheter une veste de sauvetage. Comme elle tournait les talons, Francis l'avait hélée.

« Si tu veux venir quand même, ça me dérange pas. »

Troublée, Élisabeth lui avait lancé un regard incertain. Il avait vingt et un ans et la terrifiait. C'était d'ailleurs une des premières fois qu'il s'adressait à elle. Elle le voyait rarement à la maison familiale : lorsqu'il ne se préparait pas en vue de ses compétitions de ski de fond, il s'entraînait ou étudiait. Et lorsqu'elle l'apercevait, elle l'épiait du coin de l'œil, intimidée par son aura de mystère.

Avec un sourire contrit, elle avait accepté son invitation. Elle ignorait si c'était pour se venger de son frère ou pour enfin le percer à jour.

Tout l'après-midi, il lui avait appris les manœuvres à effectuer sur le voilier. Elle n'était pas une très bonne élève, pourtant il ne perdait jamais patience. À un moment, elle avait partagé avec lui le pique-nique qu'elle avait prévu pour son tête à tête avec Pier-Luc. Elle avait profité de cette pause pour l'examiner, admirer sa placidité. Ses longs doigts sur la barre. Ses pommettes basanées par le soleil. Ses cheveux emmêlés par les bourrasques de vent. Gênée, elle s'était détournée, les joues cramoisies, se demandant pourquoi les filles ne se ruaient pas sur lui au lieu de sur son frère cadet qui était si populaire.

Il avait jeté l'ancre au large d'une petite île et elle avait plongé dans l'eau claire du lac afin d'aller explorer l'affleurement rocheux envahi de conifères. En nageant, elle jetait des coups d'œil par-dessus son épaule pour jauger la réaction de Francis. Elle voulait lui faire de l'effet. Le regard brillant qu'il lui avait rendu lui avait donné l'indice que l'attirance était réciproque.

Il avait retiré sa veste et son chandail pour la rejoindre et ils avaient batifolé plusieurs heures sans réellement parler, multipliant néanmoins les jeux de contact. Lorsqu'ils avaient regagné le bateau, Francis lui avait pris la taille pour l'aider à monter. Elle se rappelait qu'à cet instant, collée à lui, le visage à quelques centimètres du sien, elle avait ardemment souhaité qu'il l'embrasse. Hélas. L'écart d'âge était trop significatif; il était majeur et elle était mineure. De plus, elle fréquentait son frère.

Le reste du trajet à bord du voilier s'était effectué dans un silence lourd, embarrassé. Au moment où Élisabeth était descendue sur le quai, elle avait rencontré l'air sombre de Pier-Luc, qui se demandait sans doute ce qu'elle avait fabriqué toute la journée avec Francis. De son côté, elle ne voyait plus que les défauts de Pier-Luc. Leur histoire s'était achevée un mois plus tard.

Absorbés par ce souvenir qui refaisait surface, ils sursautèrent quand une voix interrompit le cours de leurs songes.

— Salut!

Sans se rendre compte de la distance qu'ils avaient franchie, ils avaient atteint la maison de Francis où Josiane patientait, assise sous le porche. La jeune femme se leva de son banc et vint les rejoindre. Francis et Élisabeth étaient étrangement penauds.

— Salut, répondit Francis.

— Salut! lança Élisabeth d'un ton amical un peu forcé.

— Élisabeth, j'avais oublié de te remercier pour la belle photo sur la couverture du dernier journal! C'est très flatteur!

Dis-moi, est-ce que ce serait possible d'en avoir une copie? s'enquit Josiane.

Décontenancée par cette requête, Élisabeth jeta un œil incertain vers la demeure voisine avant de répondre:

— Euh... Oui, j'en ai quelques tirages dans ma chambre noire. Je peux te la donner tout de suite, si tu veux.

— Dans ce cas, j'y vais! Va installer Stanislas, Francis, j'irai te rejoindre après, proposa Josiane en suivant Élisabeth chez elle.

Francis observa les deux jeunes femmes s'éloigner et se demanda s'il était possible d'être aussi diamétralement opposées. L'une semblait légère et insouciante comme une plume et l'autre demeurait acerbe et piquante comme l'aiguille.

« La plume ou l'aiguille » ? pensa-t-il.

Au fond, il connaissait la réponse. Les aiguilles étaient peut-être plus douloureuses, mais bien plus intéressantes.

~

— T'es gentille de me la donner aussi vite. Je voulais pas te déranger...

Josiane promena un œil déconcerté sur le barda dans lequel vivait Élisabeth. Le salon disparaissait sous des piles de documents. Sur la table basse, des assiettes et des contenants de nourriture vides s'accumulaient.

Élisabeth s'empourpra.

— Euh... Ouais. Y a pas de problème. J'ai fait un peu de triage cette semaine. Excuse le désordre.

Josiane hocha la tête avec un petit sourire. Élisabeth semblait plus vulnérable que ne le laissait paraître sa façade cynique.

Au sous-sol, Élisabeth enjamba un sac de vêtements à donner et parvint à une chambre exiguë éclairée d'une ampoule rouge. Elle s'effaça tandis que Josiane s'y introduisait, examinant avec curiosité les cuves, les appareils et les photographies suspendues. Des scènes quotidiennes du village : des gens, des endroits, des paysages.

Beaucoup d'émotions transcendaient ces images croquées sur le vif. Malgré les apparences, Élisabeth portait un regard bien tendre et lucide sur le genre humain.

Élisabeth fouilla une pile sur le comptoir avant d'en retirer un cliché.

— Cette photo était un test. Elle était trop sombre pour paraître sur la couverture, mais je pense qu'elle est plus belle, expliqua-t-elle.

— C'est vrai. Merci.

Josiane poursuivit sa ronde.

— Tes photos sont vraiment superbes. Tu devrais les exposer.

Bouche bée, Élisabeth haussa les sourcils, surprise par la remarque.

— Merci…

Josiane aperçut la photo de Justin, les yeux au loin. Elle le détailla un instant et eut envie de demander des détails à propos de lui à Élisabeth. Celle-ci était bien placée pour en parler. Était-il cet être venimeux décrit par certains ou la victime que son oncle Henri avait tirée de la poigne d'un abuseur ? Josiane se détourna de l'image et se ravisa, honteuse. Qu'est-ce qu'Élisabeth penserait de ses questions…

Elle croisa ensuite une photo montrant Francis perdu dans la foule de la foire printanière. Elle décrocha la photo – la première d'une série sur le même sujet – afin de l'examiner.

— Toujours aussi morose, Francis, constata-t-elle.

Il était soucieux. Fouetté par le passage des villageois autour de lui, immobile, il contrastait avec l'hilarité générale. Il n'y avait aucun bonheur dans son visage, que les traces indélébiles d'une souffrance prolongée. Il cherchait son réconfort ailleurs. C'était flagrant, ici. Et ce n'était pas elle qu'il regardait comme ça.

— C'est une bonne photo. Malheureusement, elle était pas très représentative de l'ambiance du festival, bredouilla Élisabeth. La veux-tu ?

Josiane la remit sur la corde.

— Non, je vais essayer d'en trouver une où il sourit…

Il ne l'aimait pas. Il ne l'aimerait jamais. Quoi qu'elle fasse.

Josiane quitta la galerie improvisée, son portrait serré contre elle. Et elle, ne poursuivait-elle pas une chose qui n'existait pas, une utopie vaine ? Une rêverie à ciel ouvert avec quelqu'un qui ne la partageait pas ?

Élisabeth l'escorta jusqu'à la porte d'entrée et la salua, Artémisia entre les bras.

— Merci encore !

La figure de Josiane exprimait plutôt du chagrin, une tristesse qu'Élisabeth ne parvenait pas à traduire. Comme Josiane traversait la pelouse vers la maison voisine, Élisabeth s'accabla de reproches.

— Maudit que j'ai le don d'avoir l'air épaisse… maugréa-t-elle à l'intention de sa chatte.

Regarder des photos de son voisin *avec la blonde* de ce voisin qui se présentait chez elle inopinément, c'était le comble !

10

De la bouillie pour les chats

— Je peux te poser une question, Lucie ? demanda Henri.

Lucie quitta l'arrière du comptoir et lui servit son habituel plateau de déjeuner.

— Bien sûr ! Quoi donc ?

— Comment se comporte ton nouveau minou ?

Elle se redressa, les sourcils arqués.

— Pourquoi ?

— Mon Heathcliff a de drôles d'agissements, répondit-il. Il arrête pas d'apporter ses proies de chasse à la maison. Ce matin, ma femme a failli avoir une attaque de cœur en trouvant un rat mort au milieu de la cuisine. Hier, c'étaient trois oiseaux en dessous du porche. Et il les mange pas, il fait juste les tuer.

— Maintenant que t'en parles, Bartélémy a l'air bizarre, lui aussi. Il est tellement craintif... Il se déplace seulement entre le fauteuil et sa litière. Quand on arrive, il vient se réfugier entre nos bras comme un enfant et il veut toujours se faire cajoler. En plus, il mange pratiquement pas, raconta Lucie en lui versant du café.

— Le mien non plus mange pas la bouffe que je lui donne. Ça fait trois sortes que j'essaye, s'inquiéta Henri.

Lucie se tourna vers Jacques qui était installé à une banquette plus loin. Après deux semaines et demie, elle commençait presque à s'habituer à sa présence dans le restaurant.

— Et toi, Jacques ? Elle va bien, ta petite minette ?

— Ouais, fit-il, distrait, les yeux baissés sur son journal.

— Est-ce qu'elle mange ?

— Ouais.

— Il a pas trop l'instinct maternel, il s'est probablement rendu compte de rien, grommela Lucie, narquoise, à l'intention de Henri, tout en desservant les assiettes vides.

Agacé, Jacques posa son journal.

— Elle va bien ! Elle mange comme un camion parce qu'elle fait disparaître ce que je mets dans son plat dans le temps de le dire ! Pis je pense pas qu'elle pousse ses croquettes en dessous du tapis avec sa patte !

— Bon, fit Lucie en haussant les épaules.

— Mais vu que vous en parlez, y a Élisabeth et Rémi qui m'ont parlé de leurs chats, hier. Il paraît qu'eux non plus mangent pas. Ç'a l'air que selon le vétérinaire ce serait normal. C'est une phase d'adaptation.

— C'est vrai. C'est peut-être une petite déprime, jugea Henri en terminant son café.

Pensive, Lucie s'appuya au comptoir.

— Pensez-vous que les chats vont se remettre de la mort de Maggie ? Et s'ils s'adaptent jamais ?

— Qu'est-ce que tu veux qu'il arrive ?

— Je sais pas. J'ai l'impression qu'ils attendent quelque chose.

~

La voiture s'engagea dans une allée de terre bordée d'arbres broussailleux. Quand le nuage de poussière soulevé par le véhicule se dissipa, une maison apparut au bout du chemin, dans un éclaircissement de la forêt. Isolée, entourée des carcasses métalliques de vieux tracteurs et de divers débris, la demeure était délabrée, décrépite par le temps.

Élisabeth claqua la portière mais demeura près de l'auto, réticente à l'idée de s'avancer. Un chien beige enchaîné à une niche l'accueillit avec des aboiements.

Le visage impassible, elle fixait la façade au bois grisonnant, les lucarnes obscures et le porche incliné.

Il avait déjà habité là, dans ce taudis. Gravi ces marches vacillantes, joué dans ce bois, chevauché ces tracteurs. Elle luttait contre ces visions qui le rendaient plus humain à ses yeux, un enfant avec une vie qui avait précédé celle avec Maggie. Un petit Justin avec son air bravache et des taches de rousseur sur son nez, qui dormait dans la cave noire sur un matelas posé à même le sol.

Sa jeunesse n'avait pas dû être heureuse. Cela justifiait-il ce qu'il était devenu ?

— Quessé vous faites icitte ?

Élisabeth sursauta, émergeant de ses songes. Derrière la balustrade se découpait la silhouette d'un homme voûté, maladif. Il était à peine dix heures du matin et le bonhomme titubait déjà. Élisabeth se racla la gorge et lança :

— Ça serait possible de vous poser des questions ?

— À propos de quoi ? rétorqua-t-il, l'air mauvais.

— Justin.

Alfred Leduc se détourna et s'essuya la bouche de la manche de sa chemise à carreaux. Sa casquette, qui avait sans doute déjà été blanche, reposait de travers sur son crâne dégarni. Son jean portait des traces de cambouis et de crasse.

Il cala quelques gorgées de la bière qui patientait sur le rebord de la fenêtre.

— Y reste pus icitte depuis longtemps. J'sais pas qui c'est qui vous a dit de venir…

— Personne. Je suis une de ses anciennes blondes.

L'homme ricana et secoua la tête.

— Y veut pus me voir la face, fait que…

— Justement. J'aimerais comprendre certaines choses.

Il lui désigna la porte d'une geste négligent, l'invitant sans enthousiasme à entrer. Élisabeth inspira puis se rendit à l'intérieur, combattant la crainte sourde qui papillotait dans son ventre. Elle ne connaissait pas cet homme et ce qu'elle en savait n'était pas rassurant.

Elle pénétra dans une cuisine rudimentaire au mobilier disparate où trônait une table de formica lézardée. Dans l'évier, la vaisselle s'égouttait et peu de choses embarrassaient les comptoirs. La tapisserie au bas des murs était arrachée, le linoléum noirci à certains endroits et il régnait une odeur de moisissure âcre.

Avec des gestes hésitants, elle tira une chaise au revêtement de vinyle défoncé et prit place, raide, sur le bout du siège.

Alfred Leduc, dernier d'une famille de neuf enfants, mouton noir, celui pour qui rien n'avait réussi. Il devait être âgé d'environ soixante-cinq ans, mais en faisait au moins quinze de plus, le corps racorni, les jointures osseuses et la peau parcourue d'un réseau de veinules. Sur son avant-bras, un tatouage à l'encre délayée représentait un aigle.

En le scrutant, Élisabeth avait de la difficulté à établir un lien entre lui et Maggie, si noble et distinguée, ou encore Justin, doté d'un indéniable charisme. Il n'y avait que ces yeux gris, caractéristiques des Leduc. Dans le cas d'Alfred cependant, ils étaient torves, vitreux.

Il s'écrasa en face d'elle et râla :

— Quessé que j'peux faire pour toé, ma chouette ?

Le ton était évidemment ironique. Tranchant comme un couperet.

— Vous avez dit quelque chose à l'inspecteur Henri Dupont dans le temps et ça m'intéresse.

— Quoi ça ?

— Que Justin était un monstre. Je veux savoir pourquoi.

Comme il ne répondait pas, elle poursuivit, peut-être plus pour combler le silence.

— Vous avez essayé de reprendre contact avec lui aux funérailles de Maggie…

— C't'encore mon fils... Même si c'est le démon incarné.

Élisabeth sourcilla.

— Sa mère a sacré son camp au boutte de cinq ans. A disait qu'était pas faite pour la maternité. Que cet enfant-là était pas élevable. Y l'a menée à dépression. A savait pus comment le prendre.

— Qu'est-ce qu'il faisait ?

Alfred Leduc soupira et ingurgita une gorgée de bière.

— Le p'tit criss... Y'arrêtait pas. C'est comme si y'avait pas eu de conscience. Y jouait avec des couteaux à deux ans, y grimpait partout, y brisait toute. Ostie... Pis ç'a juste empiré avec le temps. Y partait des feux dans maison. Y mentait comme y respirait. Même qu'y a pris le chien pis y l'a mis dans sécheuse. L'animal y'a cuit drette là. J'ai essayé de le discipliner, mais on dirait que ça faisait l'effet contraire !

— Et vous n'avez pas cherché à avoir de l'aide ? s'enquit Élisabeth.

Troublée, elle tentait de cacher son indignation afin que l'homme poursuive son témoignage.

— Je me suis dit que j'en viendrais à boutte. Ostie... Y'avait huit ans pis y pissait encore dans ses culottes ! Le jour en plus ! La strap l'a pas dompté...

Élisabeth se passa une main sur le front, écœurée. Ce que le père racontait confirmait ce qu'elle avait lu.

— C'est pour ça que vous l'enfermiez dans la cave ?

— Ostie... Y détruisait toute pis y se blessait ! Y faisait les pire manœuvres comme si y se crissait de se faire mal ! C'était ça ou ben l'attacher, câliss !

D'un bond, Élisabeth se leva. Elle en avait assez entendu. La puanteur de cette maison lui montait à la tête.

— C'est bon, soupira-t-elle. Merci, monsieur Leduc. Vous m'avez dit tout ce que je voulais savoir.

Suffoquant, à la fois de l'air vicié et de cet insupportable sentiment de pitié que lui inspirait à présent Justin, elle pivota vers la porte. Elle n'aurait pas dû venir jusqu'ici.

Derrière elle, Alfred Leduc laissa échapper un rire méprisant.

— Y vous a faite souffrir, hein?

La main sur la poignée, elle ne parla pas.

— Y vous a toutes faite souffrir. Vous m'avez pas cru quand vous l'avez pris, mais… j'avais raison. Vous pensiez qu'avec toute vot' beau monde pis leu' bonnes intentions, vous alliez le guérir. Le diable, ça se guérit pas, ma fille.

Dégoûtée, elle lança:

— Ça vous excuse pas. Les gens comme vous, c'est la raison pour laquelle il devrait falloir un permis pour avoir des enfants!

Il renifla de mépris.

— Parce que Maggie a faite mieux que moé?

Elle ouvrit la porte, mais il la rejoignit et la retint par le coude.

— J't'ai dit ce que tu voulais. Tu pourrais au moins me dédommager pour être venue m'écœurer jusqu'icitte avec ton p'tit air de *stuck up*.

Elle le fixa, accablée par son haleine d'alcool. Il désigna son sac du menton. Ulcérée, elle fouilla son portefeuille et en sortit un billet de dix dollars.

— Tenez ! Allez donc vous acheter votre bière ! ironisa-t-elle. Vous pouvez bien être le père du diable !

Elle dévala les marches, s'engouffra dans sa voiture et démarra sans un regard dans le rétroviseur.

~

Josiane verrouilla la porte du commerce et y apposa un écriteau.

DE RETOUR DANS QUINZE MINUTES

Par la fenêtre, elle le voyait s'éloigner, les mains dans les poches, nonchalant. Elle porta la main à sa poitrine et referma tant bien que mal les lambeaux de son tricot. Elle remarqua que sa broche en forme d'hibiscus avait disparu.

Qu'avait-elle fait ?

Comme lors de leurs précédentes rencontres, elle oscillait entre l'euphorie, la peur et la tristesse ainsi que la honte d'éprouver tout cela. Elle aurait préféré être dénuée de sentiments.

Pieds nus sur le carrelage, elle gagna l'arrière-boutique. Les joues en feu, elle examina la scène et replaça les ciseaux tombés sur le sol. Elle abandonna vite la recherche de sa broche, balayant avec nervosité le plancher des yeux, et cacha son slip coupé dans la poche de son pantalon. Dissimulée sous son manteau, elle sortit discrètement, chaussée de ses bottes de caoutchouc.

Sans s'annoncer, sans crier gare, Justin s'était présenté, imposant dans son assurance, magnifique dans sa hardiesse.

Elle avait contenu sa joie en le voyant apparaître, se contentant de balbutier quelques formalités d'usage. Il n'avait que faire des banalités.

La boutique était vide et il s'était avancé vers elle. Devant le reflet de son regard brûlant, elle avait cessé de parler, intimidée par ce désir qu'il ne cachait pas. Lui sentait son besoin de chaleur humaine loin à la ronde, à l'instar des prédateurs qui flairent les proies vulnérables.

Il l'avait attrapée, les mains dans ses cheveux, la bouche pressée contre la sienne. Dans un ridicule accès de pudeur, elle l'avait repoussé pour reprendre haleine. Mais il n'était pas dupe. Elle le voulait. Elle l'avait dans la peau depuis le premier moment où elle l'avait aperçu. Vautrée dans son parfum obsédant, elle n'avait plus hésité à savourer son étreinte.

Il l'avait entraînée dans l'arrière-boutique et appuyée contre l'atelier. Sa passion était étourdissante et ses gestes, sans douceur, étaient précis, calculés. Elle ne pensait plus à rien, les iris soudés aux siens, le souffle mêlé au sien, les lèvres irritées à force de baisers. Les doigts gourds, elle avait déboutonné sa chemise pour poser sa joue contre son torse chaud. Parmi les outils, il avait cueilli la paire de ciseaux et découpé d'un trait son tricot, ensuite arraché et jeté au loin, sans égard. Sa culotte avait subi le même sort. Lorsqu'elle s'était retrouvée nue devant lui, désarmée, son instinct lui avait imposé un mouvement de recul qui l'avait fait sourire.

Ce sourire, celui qui creusait une fossette au coin de sa bouche. Il lui avait maintenu les poignets à la table d'une poigne ferme, se délectant de cette chasteté d'ingénue. Il l'avait pénétrée d'un coup de rein et elle avait retenu sa respiration, gênée d'avoir cédé à cette obscène accolade et pourtant le cœur ravi par son ardeur.

Elle n'aurait jamais laissé Francis la traiter comme ça. D'ailleurs, il ne l'aurait jamais traitée comme ça.

Accrochée à sa nuque, les jambes enlaçant ses hanches, elle avait hoqueté de plaisir, se régalant de sa jouissance. Il avait éjaculé en elle avec un grognement, le visage niché dans son cou.

Après la baise, elle était demeurée assise sur l'atelier, le sperme coulant entre ses cuisses, à songer avec inquiétude qu'ils n'avaient utilisé aucun moyen de contraception. Peu préoccupé par ce constat, il avait remonté son pantalon et enfilé sa chemise avant de s'allumer une cigarette. Mal à l'aise, elle avait remis ses vêtements lacérés, embarrassée par son rire. Il lui avait caressé la figure de l'index et avait lancé, moqueur :

— Tu devrais peut-être aller te changer avant de reprendre du service.

Pour racheter cette arrogance, il l'avait embrassée de nouveau et était reparti aussi subitement qu'il était venu.

À présent qu'elle se dirigeait vers son appartement, soûlée par son odeur qui l'imprégnait de partout, une myriade d'images l'assaillaient. Le capuchon baissé sur le nez, elle ne voulait croiser personne durant le trajet. Confuse, repue, affligée, elle marchait à grands pas. Qu'avait-elle fait ?

Pourquoi Justin Leduc était-il revenu ici ?

Lorsqu'elle revint, douchée et purifiée, sa sœur l'attendait sur le pas de la porte. Josiane accueillit Mireille avec un large sourire qui se décomposa rapidement ; l'air de Mireille en disait long tandis qu'elle s'introduisait dans le commerce.

— Tu m'as attendue longtemps ? s'enquit Josiane, sans oser la regarder.

Mireille soupira.

— J'avais rendez-vous à la clinique en face pour un examen de grossesse tout à l'heure. Écoute, je passerai pas par quatre chemins pour te dire ce que j'ai à te dire. J'ai vu Justin entrer ici. Il est resté vingt minutes et, quand il est parti, t'as mis l'écriteau…

— Pis ? Justin a le droit de venir magasiner ici, comme tout le monde.

— Josiane… Il est ressorti d'ici les mains vides et toi, t'es partie de ton bord en courant.

— Voyons ! Qu'est-ce que tu t'imagines ? C'est pas mon genre de coucher avec n'importe qui…

— Non, mais c'est le genre de Justin.

Comme Josiane s'affairait derrière le comptoir, Mireille reprit la parole :

— T'aurais le droit de me dire que c'est pas de mes affaires. Tu fais ce que tu veux. J'ai pas de leçon à te donner. Mais fais attention. À toi, et aussi à Francis. S'il apprend ça, ça va l'anéantir.

Tête baissée, Josiane s'immobilisa et crispa les poings. Puis elle releva le menton et tapota la main de sa sœur.

— T'en fais pas. Je vais m'en occuper.

Mireille sourcilla, intriguée par cette énigmatique réponse.

~

Les poings sur les hanches, Élisabeth examinait le plat de nourriture intact d'Artémisia. La chatte n'avait rien avalé depuis qu'Élisabeth l'avait adoptée. Postée aux fenêtres, elle passait plutôt ses journées à guetter les mouvements à l'extérieur, les vols d'oiseau, les allées et venues des voisins, la pluie qui s'écrasait contre les vitres. Tandis que ses yeux chatoyants papillotaient, elle semblait se parler à elle-même, murmurant de petits miaulements saccadés.

Élisabeth la prit et la cajola avant de la déposer près de son bol.

— Arté, tu vas disparaître sous cette touffe de poils… Il faut que tu manges !

Elle faillit ajouter : « Ne fais pas comme moi… Ne te punis pas. »

Puisque la chatte ignorait toujours son repas, Élisabeth la monta avec elle à l'étage. Elle la jucha près de la fenêtre de la salle de bains puis éteignit les robinets du bain, jaugeant la température de l'eau. Sa robe de chambre s'étala sur le sol et elle évita son reflet dans la glace. Avec un frisson, elle entra dans la baignoire coiffée d'un nuage de bulles craquantes.

Immergée jusqu'au menton, blottie dans son cocon chaud, Élisabeth porta à ses lèvres le verre de vin qui patientait sur le bord du bain, récompense d'une grosse journée. Le mois d'avril était sur le point de s'achever et elle en était bien contente. Ce matin-là, puisque les derniers chats étaient partis depuis quelques jours déjà, Élisabeth avait remis les clefs de la maison de Maggie au notaire. La coupure était définitive.

Mais avant de quitter la demeure, Élisabeth s'était emparée des albums de photos de Maggie. C'était du vol, pourtant elle était convaincue que Justin ne remarquerait rien. Elle avait aussi examiné cette taie d'oreiller souillée de plus près et, sur un coup de tête, avait décidé d'aller la porter à Henri pour en avoir le cœur net. Elle doutait cependant qu'il y jette un coup d'œil. Elle savait très bien que cela ne constituait une preuve de rien, c'était plutôt une intuition. Une intuition qu'il y avait une faille quelque part, un élément qui échappait à l'attention de tout le monde.

Plus tard, après cette pénible visite à Alfred Leduc, elle avait senti Roger l'épier toute la journée au travail. Il surveillait chacun de ses gestes, vérifiait l'heure de son arrivée, ses lectures, ce qui était affiché sur son écran. Et dans un bureau qui comptait sept personnes, il était difficile de faire le guet avec subtilité.

Elle inspira et se cala sous l'eau, tentant d'éloigner cette paranoïa. À la fenêtre, Artémisia continuait sa vigie dans la lumière de la lune.

Élisabeth était certaine qu'il y avait une brèche dans le plan de Justin. Il était coupable, à ses yeux c'était flagrant. Hélas, elle ne savait pas comment. Henri la croyait obsédée et Lucie lui disait de lâcher prise, mais elle devait continuer de chercher. Jacques, lui, semblait penser comme elle. C'était bien le seul.

Elle se demanda alors quelle était l'opinion de Francis.

Elle essuya les gouttes qui perlaient à son front et entreprit de se laver. Elle repensa à leur conversation de la veille. D'emblée, il s'avouait responsable, prêt à être condamné, alors que sa seule faute était d'être trop humain.

Elle songea à son voisin, à la force tranquille qu'elle devinait en lui. À ces moments où, plus jeune, elle le détaillait en train d'étudier, sérieux, concentré. À leur après-midi à bord du voilier. À sa peau contre la sienne, séparée par un film d'eau. À sa placidité qui la fascinait. Et ses yeux bruns, trop profonds, qui lui faisaient souvent perdre ses moyens.

Elle descendit un trait d'alcool, éloignant d'autres souvenirs dont elle avait honte. Ses mains visqueuses de savon n'étaient plus les siennes mais celles de Francis, longues et habiles. Elle effleura un sein et en ressentit un pincement au creux du ventre. Elle dirigea ses doigts vers le doux méandre de son intimité, point d'où venaient toutes ces sensations délicieuses.

Son soupir se perdit dans la brume chaude qui montait en volutes de la surface de l'eau.

Soudain, Artémisia poussa un miaulement strident qui arracha Élisabeth à ses fantasmes. Du coude, elle heurta son verre qui chuta sur le carrelage et éclata avec un bruit cristallin. Le vin traça une flaque oblongue qui s'imbiba dans les interstices des tuiles.

— Merde !

Élisabeth se précipita hors de l'eau et repoussa son peignoir hors de la portée de cette mare rouge qui ruisselait. Son pied se posa alors sur la pointe acérée d'un morceau de vitre. Elle hurla et grogna une série de jurons.

La chatte se détourna de son poste et lui décocha un œil intrigué.

— Arté, ta nouvelle maîtresse est une vraie cruche ! Merde ! Merde ! s'écria-t-elle.

~

Pensif, Francis posa le combiné. C'était Josiane. Elle voulait le voir ce soir. Le timbre de sa voix avait quelque chose de différent. Morne, terne, sans sa pétulance habituelle. Elle avait esquivé le traditionnel « Ça va ? », coupant court aux formules insignifiantes. Désarçonné par cette sécheresse, Francis avait insisté pour connaître la raison de sa morosité, mais elle n'avait pas cédé, imperturbable. Elle arrivait dans quelques minutes.

Ce devait avoir un rapport avec la veille. Dans la nuit, elle s'était réveillée. Le côté du lit que Francis occupait habituellement était vide et froid. Il ne dormait pas encore. Elle l'avait trouvé au rez-de-chaussée, avachi sur le divan du salon, gelé comme une balle, un joint entre les lèvres. Elle n'avait prononcé aucun commentaire, et s'était aussi gardée de l'inviter à la rejoindre. Mais ses yeux disaient tout. Il y avait cette exaspération puis la résignation et un certain dégoût. Il y lisait le reflet de sa lâcheté. Un pli contrit lui barrant le front, il avait baissé le nez. Ce qu'elle éprouvait pour lui s'effritait au fil des jours.

Elle était remontée se coucher sans un mot et avait disparu au matin avant même qu'il ne se réveille.

Qu'espérait-il de cette relation ? Pourquoi la poursuivait-il ? La perspective d'être seul le terrorisait peut-être trop.

Stanislas miaula plusieurs fois et Francis le chercha des yeux. Il se leva du lit où il était assis et se dirigea vers la salle de bains. Le chat s'était glissé dehors, sur une branche qui longeait la fenêtre. Battant de la queue et roucoulant un jargon incompréhensible, Stanislas avançait à pas feutrés sur la ramure. Francis ouvrit la fenêtre à guillotine et se pencha vivement pour ramener le félin à l'intérieur.

— Stan ! Reviens ici !

Tandis qu'il tendait les doigts, il releva les yeux et aperçut, juste en face, un rectangle de lumière jaune se découper dans la nuit. Une silhouette aux oreilles pointues s'y agitait.

Francis pouvait tout voir dans la pièce éclairée de la maison voisine.

Élisabeth se redressa, nue, ses longs cheveux noirs ruisselant sur ses épaules, sur sa poitrine et son ventre. Sa peau diaphane, presque fantomatique, était tatouée d'arabesques de veines bleues. Elle était moins maigre que le laissaient croire ses vêtements informes.

Francis demeura figé. Élisabeth se tourna et plissa les paupières ; elle ne devait le voir qu'à contre-jour. Ils ne se fixèrent qu'une seconde, après quoi Élisabeth poussa un petit cri de surprise et éteignit d'un geste. Il entendit son rire retentir et il y répondit en écho avant d'agripper Stanislas.

Il referma la fenêtre, troublé. Cette vision éphémère lui avait quand même permis de s'imaginer une foule de choses. Cueillir du bout des lèvres cette goutte qu'il a vue s'accrocher à la pointe du mamelon.

Décontenancé, il se rendit compte que son pantalon s'était gonflé devant la volupté de cette vision.

— Merde, Stan ! Pourquoi m'as-tu montré ça ?

Puis la sonnette retentit.

Il revint à la réalité. Sans enthousiasme, il descendit l'escalier. Il appréhendait ce que Josiane avait à lui dire.

L'expression de la jeune femme lorsqu'il la laissa entrer confirma cette inquiétude. Elle gardait le visage au sol, fuyait son regard. Quand il s'inclina pour l'embrasser, elle leva la main pour l'arrêter. Il se releva, les sourcils froncés.

Dans la cuisine, elle tira une chaise pour s'y asseoir, mais dès que Francis prit place devant elle, elle se leva et effectua les cent pas au milieu de la pièce.

— Ça marche pas, nous deux, commença-t-elle.

Francis s'accouda à la table et détourna les yeux. Oui, hier soir, il avait vraiment exagéré. Il avait étiré l'élastique jusqu'au bout. Ça lui revenait à la figure, à présent.

— Tu m'aimes pas, lui reprocha Josiane.

Une boule de culpabilité se forma dans la gorge de Francis.

— C'est pas… tenta-t-il.

— Pas comme j'aurais voulu, rectifia-t-elle.

Elle se détendit. Le morceau était lâché.

— Il y a quelques jours, tu me comprenais et t'étais prête à m'attendre… Qu'est-ce qui a changé ? demanda-t-il, le timbre âpre, les yeux embués.

— J'ai compris que ça serait en vain. Ce que je veux, je l'obtiendrai jamais avec toi.

Il aurait aimé répliquer quelque chose, une parole qui aurait tout réparé, hélas elle avait raison. Depuis le début, il ne la méritait pas. Trop lâche. Trop abruti. Trop con. *Loser.*

D'ailleurs, qui aurait voulu d'une épave comme lui ?

— La chimie est plus là. J'ai l'impression que toutes mes propositions t'irritent alors que je veux juste t'aider.

Muet, il serra la mâchoire.

— Si tu t'extériorisais un peu, si tu me parlais de ce que tu ressens… T'es fermé comme une huître !

— Ça va mal, ces temps-ci, qu'est-ce que tu veux…

— T'as du gros ménage à faire dans ta tête, Francis, et je suis pas la bonne personne pour te sortir de ton marasme, continua-t-elle.

Josiane baissa les yeux sur ses mains jointes.

— C'est dommage. T'es un bon gars. Sympathique, gentil. Plein de talent. Mais t'es trop compliqué. Je te comprends pas et tu veux pas me laisser entrer dans ta bulle.

« Je me comprends pas moi-même, alors comment veux-tu que quelqu'un d'autre me comprenne ? » songea-t-il.

Elle s'approcha et posa la main sur son épaule. Ce contact l'attrista et elle laissa échapper un sanglot. Elle l'avait aimé. Trop. Mal. Et cette relation ne menait nulle part. À présent, elle devait bâtir ailleurs.

Il se dégagea d'un mouvement sec. Le regard fixé sur le mur devant lui, il essayait de déchiffrer le tumulte qui saccageait son estomac. Tant qu'il était avec elle, il vivait un équilibre bénéfique même s'il était factice. Ça évitait au capharnaüm dans sa tête de l'envahir, à cette peur de l'anéantir. Sans elle, il redevenait perméable à cette noirceur qui menaçait de l'engloutir.

— Ton but, c'était de fonder une famille avec un prince charmant. De trouver un poulain parfait pour t'assurer une descendance solide… Désolé de pas être à la hauteur de tes idéaux, persifla-t-il, cynique.

Josiane recula, les joues mouillées. Jamais il n'avait employé ce ton railleur depuis qu'ils se fréquentaient. Jamais il n'avait été méchant.

Elle ne répondit pas à cette provocation et tourna les talons.

— Bye, Francis. Prends soin de toi.

Elle quitta la maison, abandonnant Francis encore abasourdi, le menton appuyé sur les poings, les yeux dans le vide.

~

Justin entra dans la maison de Maggie, posa son sac de voyage et demeura un instant au milieu du hall à balayer le décor des yeux. C'était le cas de le dire, il n'y avait plus un chat.

C'était avec soulagement qu'il avait appris que tous, sans exception, avaient accepté de parrainer un ou deux chats. De toute façon, il n'aurait su que faire de ces bêtes. Il aurait sans doute appelé la fourrière ou la SPA. L'euthanasie, c'était trop cher.

Au rez-de-chaussée, il examina chaque meuble et chaque toile, en évaluant ce qu'il pourrait en tirer. D'ici quelques jours, cet endroit serait vidé de ce qui avait une valeur marchande. Il devait trouver de la liquidité rapidement, du moins jusqu'à ce que la maison soit vendue.

Depuis que cette fouille-merde d'Élisabeth avait fait enquête sur lui, il commençait à sentir la soupe chaude. Durant ses recherches, elle avait sans doute mentionné sa réapparition à un paquet de monde. Ça ne serait plus long avant que ses créanciers ne le retrouvent et rappliquent à sa porte. Au moins, en vendant quelques babioles, il aurait de quoi les payer. Et les calmer.

Entretemps, il était plus prudent de rester au village. Ainsi, il s'approprierait la prestigieuse demeure de sa tante. Un squat de luxe. Tout était à lui et il pouvait en disposer comme il le voulait. Légalement. C'était trop beau. Le *jackpot.*

Il ne se priverait donc pas.

Pauvre Maggie. Avait-elle vraiment espéré qu'il s'installerait de façon définitive dans cette bourgade perdue ? Ce n'était pas pour lui ; la preuve, il s'était mis à dos la moitié du village en moins d'un mois. Un ramassis de *losers* de petite mentalité.

Il poursuivit son inspection, soudain pressé de ressortir de cet endroit qui lui donnait l'impression d'une prison. Il suffoquait, se sentait opprimé sans que cela ait quoi que ce soit à voir avec l'odeur stagnante des chats. Il ne comprenait pas très bien pourquoi. Enfiler une ou deux bières chez Baptiste l'aiderait à se défaire de ce désagréable sentiment.

Avant de sortir, il passa par le boudoir et remarqua que des albums de photos manquaient dans la bibliothèque cordée de livres aux reliures de cuir. Il s'avança pour voir et mit le pied sur une photographie qui avait glissé sur le sol. Celle-ci affichait une scène festive où il narguait Élisabeth qui cuisinait. Il aimait bien Élie, à cette époque. En fait, il se demandait même si elle n'était pas la seule fille avec qui il avait réussi à développer un semblant de complicité. Mais elle avait fait l'erreur d'essayer de le contrôler, de contenir sa fougue. Il n'était pas fait pour la petite vie et il était prêt à tout pour conserver sa liberté. Tout.

Il plaça la photo sur une étagère et se détourna de l'étalage de vieux bouquins. Il se foutait bien qu'il en manque, il ne pourrait rien en retirer. Et il n'avait certainement pas l'intention de traîner ces souvenirs dérisoires avec lui.

Il sortit alors de la maison, délaissant son atmosphère morbide.

11

La nuit, tous les chats sont gris

Francis était enfoui dans la carcasse froissée d'une voiture. Il entendait les sons lointains de gazouillis d'oiseaux matinaux. De pâles rayons de soleil filtraient par les trous qui perforaient le toit de l'auto. Il tenta de s'extirper de la charpente rouillée mais sa jambe droite était coincée. Le véhicule s'était niché au fond d'une fosse rectangulaire. Désespéré, il essayait de sortir en s'accrochant aux racines tortueuses qui jaillissaient des parois sédimentées de la cavité. Une voix douce l'appelait. En haut de cette tombe, une main se tendit, puis apparut le visage blanc d'Élisabeth, un sourire rassurant sur les lèvres.

« Viens, Francis, viens. »

Il réussit à attraper le bout de ses doigts et, avec une force surprenante, elle agrippa son avant-bras pour le hisser hors de la voiture. Au moment où il allait émerger de la crevasse, Élisabeth se métamorphosa. Avec un rictus moqueur, Justin lâcha prise et le repoussa dans son cercueil, sur la machine infernale qui reposait au fond. Le vacarme fut assourdissant.

Francis se réveilla en sursaut. La sonnerie du téléphone l'avait délivré du cauchemar. Confus, il jeta un œil ahuri à la pièce autour de lui. Le timbre retentit de nouveau. Le réveil indiquait 6 h 45.

Sous l'œil interrogateur de Stanislas qui reposait au pied du lit, Francis se couvrit la tête d'un oreiller pour enterrer le tintamarre. À cette heure, c'était son père. Il appelait encore pour vérifier si Francis était allé réclamer l'argent que Justin lui devait. Vérifier. Surveiller. Contrôler. Comme un incapable.

Cette fois, cependant, Francis avait repoussé l'échéance autant qu'il avait pu. Il ne voulait plus revoir Justin. Il ne voulait plus lui faire face. Ça faisait ressortir le pire en lui. Et il craignait les répercussions que ça aurait.

Le répondeur s'enclencha et Francis tendit l'oreille malgré lui. La personne hésita un instant, son souffle perceptible dans le haut-parleur, puis raccrocha.

~

— En passant, merci pour la documentation.

Couchée sur la table d'auscultation, Élisabeth serra les dents. Elle n'avait pas imaginé que la plante du pied était un endroit aussi sensible. Docteur Arsenault ne répondit pas immédiatement. Derrière sa loupe, il examinait l'arche du pied et en retira enfin une aiguille de vitre. Il désinfecta ensuite la blessure et termina avec un pansement.

— Tu as bien fait de venir. Ça commençait à s'infecter, dit-il.

— Je sais, je boitais comme une gangreneuse… Tout ça pour un accident niaiseux.

Elle se redressa.

— Comme ça, mes articles t'ont éclairée ? reprit le médecin en se nettoyant les mains à l'évier.

Élisabeth hocha la tête.

— Ça m'a permis de comprendre que c'était pas moi qui avais un problème. Que j'y pouvais rien. Que ça se serait terminé de cette façon-là de toute façon.

— Bien. Je suis content que tu en sois venue à cette conclusion-là.

— Savoir que Justin est un psychopathe me…

— De quoi parles-tu, Élisabeth ? s'étonna le médecin.

— Dans l'article que vous m'avez donné, le journaliste parlait du profil de personnalité d'un psychopathe…

— … ce qui pouvait expliquer *certaines* relations abusives. Mais il y avait beaucoup d'autres facteurs qui étaient soulevés. Avec ces articles, je ne voulais pas insinuer que Justin était un psychopathe ; ça prend des années de thérapie et aussi un psychiatre pour poser un diagnostic pareil !

— Mais vous le connaissez, c'est évident que…

— Élisabeth, je t'ai donné ces articles pour que tu travailles sur toi, pas sur lui. Tu as été victime d'une relation abusive, oui, mais maintenant il est temps que tu te prennes en main et que tu lâches prise sur tes vieilles histoires !

Embarrassée, Élisabeth baissa les yeux, la bouche tordue d'une moue d'enfant grondé.

— Je trouve ça triste de voir une belle jeune femme intelligente qui gâche sa vie comme ça ! C'est pour ça que je t'ai prêté ces textes-là.

— D'abord, vous aviez pas besoin ! Je savais tout le reste de la psycho-pop qui est racontée, la léthargie, la mauvaise confiance en soi, la tendance à se dénigrer, et le reste !

— Tu le sais, mais tu ne l'appliques pas !

Docteur Arsenault prit place à son bureau et nota quelques mots sur un carnet. Il détacha la page et la lui tendit.

— Je te donne ça, mais je veux que tu fasses un gros examen de conscience avant.

Intriguée, Élisabeth lut l'ordonnance.

— Du Zoloft ? s'étonna-t-elle.

— Il y a juste toi pour savoir si tu en as réellement besoin. Moi, je pense que non, mais ça va être à toi de trancher. Es-tu prête à tracer ton chemin toute seule ?

Élisabeth scruta la feuille. L'était-elle ?

~

Justin ouvrit la porte et examina Francis entre ses paupières mi-closes. Un sourire ironique se traça sur ses lèvres tandis qu'il tirait une bouffée de sa cigarette. Choqué, Francis remarqua que Justin portait la robe de chambre de Maggie.

— De tous les crétins du village, c'est toi que j'avais le moins envie de voir, avoua Justin après un moment. Qu'est-ce que tu me veux ?

— Je viens te porter la facture pour la véranda, dit Francis en lui présentant le papier.

Justin s'essuya le nez du revers de la main.

— Ouais, c'est ça. Merci d'avoir laissé un gros trou béant dans la maison. Va falloir que j'abaisse le prix de vente, maugréa Justin en arrachant la feuille des mains de Francis. Les travaux sont pas finis, que je sache ?

— Non, j'ai juste facturé ce qui a été fait.

Francis s'imposait de rester calme.

— C'est exorbitant ! Exploitais-tu toujours ma tante de même ? s'enquit Justin, cynique.

— J'ai aussi inclus les matériaux… De toute façon, je vois pas pourquoi je me justifierais à toi. Le notaire m'a indiqué de présenter la facture au successeur. Et c'est toi, que je sache.

— Ouais, répondit Justin en jetant la feuille sur la table d'appoint du hall. C'est classique, chaque fois qu'il y a un héritage en cause, il y a des téteux qui se présentent dans le décor…

— Justin, je t'avertis, j'ai des recours pour te faire payer.

Comme Justin se dérobait, Francis le suivit dans le vestibule. Les murs vides témoignaient que la maison avait déjà commencé à être dépouillée de ses objets de valeur. Les toiles de collection étaient parties et le mobilier ancien avait été vendu à un antiquaire. Le reste devait être légué à un brocanteur.

Dans le boudoir, Francis entrevit sur la table basse un miroir maculé de poudre blanche.

— J'ai trente jours, comme pour n'importe quelle facture, non ? demanda Justin en expirant un nuage de fumée.

— Ouais, bien sûr.

— Bon, ben dans ce cas-là, prends ton mal en patience.

Francis fit la moue et tourna les talons pour sortir.

— Pauvre petit Francis qui doit quêter au gros méchant Justin, se moqua ce dernier, les mains jointes, en imitant un enfant éploré.

— Ah, va chier !

Cela provoqua le rire de son interlocuteur et Francis fit volte-face.

— Pourquoi est-ce que tu veux pas régler la dette qu'on en finisse ? Après ça, on aura plus jamais affaire l'un à l'autre.

— Parce que j'ai envie de te faire languir, imbécile.

— Je comprends pas ce que j'ai ben pu te faire pour que tu m'en veuilles autant, murmura Francis en secouant la tête.

— À part d'avoir voulu me défaire le portrait… t'existes. C'est bien assez.

Au moment où Francis quittait la maison, Justin lança :

— En passant, elle est pas mal *cute* ta petite blonde…

— Laisse-la en dehors de ça, ok ? grogna Francis.

— Très sexy comment elle se mord les lèvres quand elle jouit. Et ce grain de beauté sur le sein gauche… Elle ferait bander un pape !

Francis crispa les poings. Ce n'était que de la provocation. Le jeu du chat et de la souris. Inutile de céder. Il poursuivit son chemin, ignorant ce leurre.

Justin glissa la main dans la poche de sa robe de chambre et en tira un objet iridescent.

— J'ai trouvé ça… Est-ce que c'est à elle ?

Francis s'arrêta. Une broche en forme d'hibiscus émaillé roula à ses pieds. Les doigts tremblants il la ramassa et la scruta, incrédule. Il évita de regarder Justin, pourtant il sentait son expression de franche satisfaction peser sur lui.

Avec un cri de rage, il projeta le bijou vers Justin, qui le rattrapa.

— Aimes-tu mieux que je la lui remette moi-même ?

Mais Francis remontait déjà la rue d'un pas lourd qui accentuait sa claudication.

~

Élisabeth fixait avec désarroi le sac sur le bureau devant elle. Elle se dégoûtait elle-même. Elle n'avait aucune volonté. La première chose qu'elle avait faite en quittant la clinique du docteur Arsenault avait été de changer son ordonnance. Sans réfléchir. Elle n'avait pas considéré ce qu'il lui avait dit ; elle s'était précipitée à la pharmacie comme une poule la tête coupée.

Maintenant qu'elle avait le flacon en main, elle tergiversait. Une vraie droguée. Une *junkie* du réconfort psychique. Pourquoi se démerder seule quand les pilules répandaient leur baume sans douleur, sans remise en question ? Le chemin pavé de cachets était bien moins cahoteux.

Honteuse, elle cacha le contenant dans son sac.

Sur l'écran de son ordinateur, elle lisait un article sur le comportement des psychopathes en société quand Roger l'aborda, les bras croisés.

— Qu'est-ce que tu fais, Élisabeth ?

Son ton était plus exaspéré qu'à l'habitude. D'un geste prompt, elle éteignit la fenêtre qui présentait le reportage.

— Je suis sur une piste.

— Quoi encore ?

— Je… Je suis en train de m'informer.

— Tu perds tout ton temps là-dessus, ces temps-ci.

Elle baissa le nez.

— C'est vrai, j'ai été un peu distraite ces derniers jours. Je voulais savoir pourquoi Justin Leduc était revenu en ville. Ça m'a préoccupée un peu trop.

Roger soupira, les yeux au ciel.

— Écoute, je pense que tu devrais aller réfléchir un peu chez toi.

Élisabeth cilla, jaugeant la portée des paroles de son patron.

— Quoi ?

Roger se détourna. Elle reprit.

— Mais j'ai rendu tous les articles que tu m'as demandés ! J'ai pas négligé mon travail ! Es-tu vraiment en train de me mettre dehors ?

— Élisabeth…

Elle avait très bien compris.

— Je viens de recevoir un prix de relève journalistique et la seule chose que tu trouves à faire c'est de me montrer la porte ?

Autour d'eux, la cacophonie habituelle avait fait place à un silence embarrassé. Les six autres employés du *Messager* tentaient de vaquer à leurs occupations mine de rien, pourtant ils tendaient l'oreille. Embarrassée, Élisabeth emplit son sac de ses effets personnels avec des mouvements brusques, les joues rouges de frustration.

Roger serra la mâchoire et tenta de se justifier.

— Écoute, Élisabeth, j'ai eu une mise en demeure de Patrice Boisvert. On a quand même réussi à en venir à une entente. Si tu sors d'ici, il y aura pas de charges. Sinon, il va nous couper les vivres et je pense pas que le journal va survivre à ça.

— Tu sais quoi, Roger ? Ton journal, mets-le-toi où je pense ! T'as pas de colonne. T'as pas de couilles non plus !

Roger esquiva son regard meurtrier.

— Si tu veux, je peux te donner de bonnes références...

— Va te faire foutre ! J'ai pas besoin de toi. J'aimerais mieux vendre mon corps au diable que d'accepter tes fausses bonnes paroles !

Elle agrippa sa mallette et gagna la porte d'un pas déterminé. Annie, la réceptionniste, gardait la tête basse pour éviter de la regarder. Tout le monde était cantonné à son poste, mal à l'aise. Avant de sortir, Élisabeth les avertit, la mine mauvaise :

— Et quand vous boirez de l'eau contaminée, gang de moutons, venez pas chialer ! Je ressortirai mon article et je dirai aux médias que vous étiez tous trop épais pour faire quelque chose quand c'était le temps !

Puis elle claqua la porte.

~

Les coups se répétèrent pour la troisième fois. À entendre la brutalité avec laquelle ils étaient portés, Francis savait de qui il s'agissait. Assis dans la cuisine, une bouteille de jus entre les mains, il hésitait à répondre.

— Francis ! Ouvre ! Tout de suite !

Ça n'avait rien d'une question, plutôt un aboiement. Il se redressa enfin, posa la bouteille sur la table et s'avança vers la porte. Lorsque le battant s'ouvrit, il s'assombrit. Il refusa de se crisper, de baisser le menton comme il en avait l'habitude. Sans un mot, il s'effaça pour laisser entrer son père.

Michel Carpentier s'introduisit dans la demeure à la façon d'un conquérant. Sa seule présence rendait l'air plus rare. Le torse large, les jambes musclées écartées, le ton mordant, il s'imposait partout où il passait.

Lissant sa moustache grise du pouce et de l'index, il dévisagea Francis, qui ne broncha pas.

— Mon gars, je t'ai appelé ce matin et t'as pas donné de nouvelles.

Francis se déplaça du hall exigu au salon. Il coupa court à la conversation et lui donna immédiatement ce qu'il venait chercher.

— Je suis allé le voir ce matin.

— Pis ? Il a payé ?

Francis secoua la tête.

— Non. Il a dit qu'il avait le temps.

— Câliss, mon gars ! Faut-tu tout faire à ta place ?

— J'ai fait ce que je pouvais. Il a trente jours pour débourser et après, on lui enverra une mise en demeure.

— Trente jours c'est une éternité pour quelqu'un qui attend juste de sacrer son camp !

— Qu'est-ce que tu voulais ? Que je lui casse les deux jambes ?

— Ostie que t'es empoté ! T'as jamais eu d'initiative ! Tu vas y retourner tout de suite pis lui faire comprendre qu'on est sérieux ! C'est assez, le niaisage !

Francis lui tourna le dos.

— Non. J'irai pas.

— T'as pas le choix ! Si tu veux ton salaire, t'es ben mieux de te débrouiller !

— J'irai pas.

Son père lui saisit l'épaule avec violence et le força à soutenir son regard froid, d'un bleu glacial.

— Tu vas y aller si je te dis de le faire ! Je t'ai pas élevé pour agir comme un fif !

Francis se dégagea brusquement.

— Vas-y, toi ! Tant que je fais mon travail comme il faut, t'as rien à redire ! J'irai pas, un point c'est tout !

— Criss de petit ingrat ! Après tout ce que je te donne, tu continues à me baver, hein ? Si t'as une job pis une maison aujourd'hui, c'est grâce à moé ! Oublie pas ça, mon garçon !

Michel Carpentier adopta une expression condescendante.

— Sacrament ! Pas capable de mettre un pied devant l'autre sans avoir besoin de quelqu'un pour te tenir debout. Ton frère a fini ses études pis passé son barreau sans jamais rien me demander ! Il vit bien, en ville, sans s'accrocher à mes talons, lui !

Jusque-là, Francis avait encaissé. Mais cette dernière phrase déchargea sa révolte. Les réussites de Pier-Luc finissaient toujours par revenir sur le tapis. Son père ne ratait pas une occasion de le faire sentir minable. Francis repoussa son père, aveugle, imperméable à ses invectives.

— Mes médailles, je suppose que c'est toi qui les as gagnées ? Les parcours de ski, c'est probablement toi qui les as courus ? Les entraînements, c'est toi aussi qui les as subis, hein ? Et je suppose que tu m'as toujours encouragé à aller de l'avant dans mon sport de « moumoune », comme tu disais… Ça faisait bien ton affaire tant que je gagnais pis que j'étais ton faire-valoir !

Michel Carpentier pinça les lèvres, agressif.

— Tu peux oublier ta…

— Sors d'ici, trancha Francis.

Les yeux dans les siens, il affronta son père. Il avait assez enduré, il avait acheté la paix trop longtemps. Offrir au vieux ce qu'il voulait, lui dire ce qu'il souhaitait entendre, se plier à ses demandes. Il n'en pouvait plus. Trop d'humiliation. Ne restait qu'une haine sourde dans son ventre. Une bête enragée qui le dominait.

D'un geste, il désigna la porte à son père.

— Sors, répéta-t-il, la voix emplie d'animosité.

Michel Carpentier l'observa un instant, cherchant une réplique, décontenancé par cette insurrection.

— Tout a été dit. Y a plus rien à dire. Reviens plus jamais ici.

Son père pivota et sortit, sans un mot.

~

Étendue sur son lit, enveloppée de son odeur entêtante, Josiane s'enroula dans les couvertures. Comme à l'issue de chacune de leurs rencontres, elle éprouvait un mélange de sentiments contradictoires. Cette fois s'ajoutaient les remords. Qu'avait-elle encore fait ? Mireille l'avait avertie, pourtant elle avait cédé de nouveau, sans réfléchir, éperdue.

Elle était venue prendre la collection d'orchidées de Maggie qu'il lui avait offerte. Dès qu'elle s'était présentée sous le porche, il l'avait happée, la dévorant de baisers qu'elle n'avait su repousser. Elle s'en voulait de flancher de cette façon à son contact, pourtant elle n'avait jamais rien connu de pareil. Il n'avait pas de demi-mesure, il l'accueillait avec cette passion non contenue qui la chavirait, il ne connaissait pas la retenue. La tête lui tournait, elle en perdait ses moyens, sa conscience.

Il l'avait attirée à l'étage, dans sa chambre d'adolescent, embrassant sa nuque et ses épaules, le torse pressé contre son dos. Puis il l'avait basculée sur le lit, baissant son pantalon. Le visage dans l'édredon, elle avait tenté de se retourner, mais il l'avait pénétrée dans cette position qu'elle trouvait dégradante, sans considération pour elle. Subissant ses coups de hanches, elle s'agrippait au matelas, devinant son rictus moqueur. Malgré l'humiliation qu'elle ressentait, elle avait atteint l'orgasme en chœur avec lui puis s'était laissée choir dans les draps, frustrée.

Elle était encore immobile, un soupir pris en travers de la gorge, quand il revint dans la pièce. Elle le suivit des yeux tandis qu'il traversait le parquet, nu et fier de son corps mince et bien découpé, sans modestie, sans inhibition. Il fouilla la poche de son pantalon et, d'un craquement d'allumette, il embrasa le bout de sa cigarette avant de s'appuyer contre le chambranle de la fenêtre ouverte.

Il lui sourit, de ce sourire ravageur auquel elle ne résistait pas. Elle détourna le regard. Elle était comblée, mais elle avait un trou dans le cœur. Elle le détestait et elle l'aimait. Il pouffa.

— Pourquoi l'air fâché ?

Elle haussa les épaules, sans répondre.

— T'as joui, non ?

Pour éviter qu'il ne discerne son trouble, elle se redressa, dos à lui, et enfila ses vêtements épars sur le sol.

— Veux-tu venir avec moi ?

Les sourcils froncés, elle arrêta son geste.

— Où ça ? demanda-t-elle, sceptique.

— En ville. La vraie ville. Quand je vais avoir vendu la piaule de Maggie, j'aurai en masse d'argent pour nous deux.

D'une part, cette proposition la flatta. D'autre part, cela démontrait qu'il échafaudait des plans sans la consulter.

— J'ai pas l'intention d'être entretenue, rétorqua-t-elle.

— Tant pis.

Son opinion à elle ne comptait pas. Il la balayait comme ça, sans plus. Si elle ne suivait pas, il passait à autre chose. Bonjour, madame ; merci, madame ; adieu, madame.

Elle bondit du lit et lui fit face.

— Y as-tu pensé, Justin ? Tu trouves pas que c'est prématuré ? On vient de se connaître ! Je peux pas tout laisser derrière. J'ai un commerce à gérer, des clients…

— C'est ton magasin qui te retient ? fit-il, narquois. Ou peut-être le paquet de petites vieilles qui font vivre ton p'tit bazar de merde ? Ou encore ton estropié de chum qui te traite comme la femme invisible ?

Le sanglot qui nouait sa gorge sortit malgré elle et elle se cacha le visage entre les mains. Elle ne lui avait pas dit qu'elle n'était plus avec Francis. Et à cet instant, elle en regrettait presque son ex. Avec Justin, elle avait l'impression d'être entraînée dans une tornade, à des années-lumière de la vie stable qu'elle désirait.

Elle s'était convaincue que sans Francis, elle pourrait ériger une nouvelle relation avec quelqu'un d'autre ; hélas, cette personne ne serait jamais Justin. S'il la ridiculisait maintenant, il finirait par la mépriser.

Il s'approcha et l'enlaça. La fragile barricade qu'elle tentait de forger s'effondra. Elle se fondit contre lui, s'accrochant au maigre réconfort qu'il lui offrait. Comme elle aurait souhaité s'arracher le cœur et ne rien ressentir. Elle était déjà trop enlisée dans son piège pour cela.

— En ville, tu t'ouvriras une autre boutique. Plus belle, plus branchée. Quelque chose de plus ambitieux, dit-il, le souffle dans ses cheveux.

— On a pas tous la capacité de rebondir et refaire notre vie ailleurs si facilement, répondit-elle.

Josiane leva le menton et planta ses yeux dans les siens, sondant son esprit comme elle le pouvait.

— Justin, tu veux vraiment qu'on vive ensemble tout de suite ? s'enquit-elle, grave.

— Ben oui, la rassura-t-il avec un sourire éloquent.

~

Rémi tressautait sur sa chaise, nerveux.

— C'est pas compliqué, je veux juste savoir ce qui est arrivé !

— Je l'ai sacré à la porte et je lui ai dit de plus revenir.

— *Shit, man !*

— J'ai plus de job.

Assis à une table de la Brasserie à Baptiste, un pichet de bière à moitié vide devant lui, Francis se contentait de répondre à l'interrogatoire de Rémi, les yeux au fond du liquide ambré.

Médusé, Rémi se passa une main dans les cheveux.

— Comment tu vas t'arranger ? As-tu un plan ?

— Non.

— Veux-tu que je parle à Josiane ? Elle savait sûrement pas que ça allait si mal…

— Non. Elle a décidé que ça marchait plus et elle est partie. C'est tout.

— Comme ça ? Voyons ! C'est pas son genre…

— Il semble que oui.

— Moi, je le sais qu'elle est pas comme ça ! Elle t'aimait, mon gars. Pour de vrai à part de ça. Qu'est-ce que t'as pu faire pour la pousser à te laisser ?

Francis ingurgita une lampée, l'expression dure, fermée.

— La pousser à me laisser…

Il ricana, amer.

— Je dois être trop *loser*. Elle aimait mieux aller voir ailleurs.

— Qu'est-ce que t'insinues ? Je te le répète, Josiane est pas comme ça !

— Veux-tu aller lui demander ?

Outré, Rémi faillit s'étouffer d'indignation.

— Quoi ?

— Ta petite belle-sœur, si tu l'aimes tant que ça, tu peux peut-être tenter ta chance avec elle, toi aussi. Les scrupules, c'est pas trop son département…

— Es-tu malade ? Qu'est-ce qui te prend, *man* ?

Francis riva sur lui un regard brûlant de révolte.

— Je suis peut-être malade, mais je peux t'affirmer avec certitude que ton futur beau-frère, ça va être Justin.

Rémi bondit de sa chaise.

— Ah ! Ça c'est bas, Francis ! T'es rendu complètement paranoïaque ! Tu sais plus ce que tu dis ! Josiane est tellement proche de Mireille que je l'aurais su s'il se tramait quelque chose, voyons ! Moi, ce que je pense, c'est que t'es en train de perdre la carte !

— À ta guise.

Appuyé sur la table, Rémi se pencha en avant pour marquer ses paroles.

— Écoute, je voulais t'aider. On voulait tous t'aider. Le problème, c'est que toi, tu veux pas t'aider. T'aimes mieux t'apitoyer sur ton sort. T'es bien comme ça, *man*. Tu te complais dans ton malheur. Josiane était trop bonne pour toi, tu la méritais pas, cracha-t-il en tournant les talons.

Francis haussa les épaules et le salua d'un signe vague.

— C'est ça. Criss donc ton camp toi aussi.

Rémi passa alors le seuil de la taverne.

~

Mireille se laissa choir lourdement sur le canapé, promenant une main distraite sur son ventre qui s'arrondissait de jour en jour. Plus loin dans la pièce, Josiane s'affairait, enfouissant vêtements et effets personnels dans un sac de voyage.

— Je comprends pas, je pensais que tu l'aimais… Quand tu m'as dit que t'allais t'en occuper, je savais pas que…

— Il m'aimait pas, répondit Josiane.

— Ben voyons ! J'espère que tu te fiais pas à son attitude des derniers jours pour te faire une idée ! Il perd patience contre tout le monde. D'ailleurs, Rémi est parti lui en parler. Francis est pas dans son état normal. Ç'a rien à voir avec le fait qu'il t'aime ou non.

— Moi, je le sais, c'est tout.

— Depuis le temps que votre relation dure, c'est maintenant qu'il a le plus besoin de toi ! T'aurais dû le comprendre…

Exaspérée, Josiane fit volte-face, les yeux mouillés.

— Mais il voulait pas que je le comprenne ! Il me tenait à l'écart, il me traitait comme un bibelot !

— Josiane ! Des fois je me demande si ce que t'aimais de lui, c'était pas l'image qu'il projetait. Tu t'es toujours imaginé qu'un prince charmant allait débarquer chez toi et régler toute ta vie au quart de tour sans rien exiger en retour.

— Tu peux bien parler, toi ! T'as trouvé un gars qui était prêt à s'engager sur le même chemin que toi. T'es enceinte et vous êtes heureux. Francis, lui, il repousse tout. Il vit pas sur la même planète que moi et je peux plus l'attendre.

— T'es trop fleur bleue ! Tu t'imagines qu'un couple, ça se forge instantanément !

Mireille désigna les deux chats, Cosette et Huxley, lovés l'un sur l'autre dans un panier en osier dans un coin.

— Ça prend du travail ; le coup de foudre et l'harmonie absolue, ça existe pas ! Il y a rien de gratis, dans la vie ! Quoi que t'en pense, Rémi et moi, on a eu nos épisodes, on s'est chicanés et réconciliés. Il est pas parfait et je lui en demande pas tant, parce que je le suis pas, moi non plus !

— C'est pas ça que je demande à Francis ! Mais il est comme un zombie, on dirait qu'il ressent jamais rien !

— Pourtant, il est pas de même ! Ça fait trop longtemps que je le connais pour pas le savoir. Dans le temps, c'était celui avec qui tout le monde voulait être. Le gars drôle et fin qui faisait sentir tout le monde mieux. Le passionné de sport et de vie. Je peux pas croire qu'il ait changé tant que ça !

— Crois-moi, oui !

Josiane leva la main pour empêcher Mireille de répliquer.

— De toute façon, pour reprendre ce que tu disais l'autre jour : c'est pas de tes affaires. J'ai pris ma décision et c'est fini, maintenant.

Elle tourna le dos à sa sœur et tira la fermeture éclair de son fourre-tout. Avec un soupir accablé, Mireille se leva.

— Ça va. J'ai compris. Je vais me mêler de mes oignons. J'en ai pas parlé à Rémi non plus.

Elle fit une pause.

— Tu t'en vas rejoindre Justin ce soir, c'est ça?

Josiane haussa les épaules.

— Écoute, j'ai pas de certitude si c'est un bon ou un mauvais gars, dit Mireille. D'un côté, y a l'histoire de petit gars battu qu'Henri sort quand il est soûl. De l'autre, y a la fois où j'ai consolé Élisabeth le soir où Justin l'a laissée. Je l'ai ramassée à la petite cuillère. Je sais pas ce qu'il lui a fait, mais elle s'en est jamais remise.

Elle médita un instant, consciente que Josiane résistait à ce discours de grande sœur moralisatrice.

— J'ai seulement l'impression que chaque fois qu'il croise quelqu'un, il chamboule sa vie. À peu près personne reste indifférent. Je veux juste pas que tu te fasses du mal.

Mireille posa la main sur le bras de Josiane, cherchant à lui prouver qu'elle compatissait.

— Penses-tu qu'avec Justin, tu vas trouver ce que t'avais pas avec Francis?

Le visage fermé, Josiane se déroba. Elle se rendit à la porte et l'ouvrit pour inciter Mireille à s'en aller.

— Au moins, lui, il me fait sentir que j'existe! C'est déjà une grande amélioration, conclut-elle.

Comme elle refermait le battant derrière sa sœur, Cosette et Huxley se faufilèrent à l'extérieur en courant. Surprises, les jeunes femmes observèrent les deux félins dévaler l'escalier et remonter la rue à toute allure.

~

Élisabeth entra d'un pas hésitant dans la taverne. Malgré le néon qui indiquait « Bienvenue aux dames », il y avait une grande majorité d'hommes les vendredis soir. Sur le seuil de la porte, elle plissa les yeux et scruta la pièce enfumée. Quelques regards se posèrent sur elle sans qu'elle se sente bienvenue pour autant.

Les enseignes de bière jetaient une lumière tamisée sur la pièce où elle ne distinguait que des silhouettes, la majorité coiffées de casquettes. Rémi fila près d'elle et sortit, fulminant.

Elle se présenta au bar où le propriétaire Baptiste Mercier l'accueillit avec un air caustique.

— Bonsoir, mam'selle Lafrenière ! C'est rare qu'on vous voit ici !

— Je cherche Henri… bredouilla-t-elle, intimidée.

Baptiste lui désigna une table de billard au fond de la salle et elle le remercia d'un bref sourire.

Lorsqu'il la repéra, Henri ne put s'empêcher de secouer la tête.

— Tu lâches pas, soupira-t-il en prenant place sur un tabouret à côté d'elle.

— Tu me connais mieux que ça. Je suis venue pour savoir si t'as fait analyser cette taie d'oreiller.

— Bien sûr que oui, dit-il. J'étais trop certain que tu reviendrais me relancer avec ça. C'est du sang de chat. On en avait déjà trouvé sur des draps et le laboratoire a confirmé que c'était la même chose.

— Du sang de chat ?

— Un des chats de Maggie a été trouvé mort dans la rue la semaine passée, probablement écrasé par un char. Peut-être qu'elle l'a pris avec cette taie, je sais pas trop, mais c'est pas du sang d'humain.

Élisabeth souffla, déçue.

— Y avait pas de trace de violence sur le corps de Maggie, qu'est-ce que t'espérais ?

— Je le sais plus, murmura-t-elle.

En voyant le dépit sur le visage de la jeune femme, Henri la prit en pitié et décida de tout lui révéler.

— Élie, je pouvais pas t'en parler avant le jour de l'enterrement parce qu'il restait des détails à clarifier dans l'enquête. Maintenant, je pense que tu devrais savoir. Maggie avait été diagnostiquée d'un cancer généralisé, il y a presque un an. C'est pour ça qu'elle prenait autant de médicaments. Elle consultait à l'extérieur du village pour pas que personne le sache. Le soir de sa mort, elle a pris une dose de morphine de trop et son cœur a lâché. C'est pour cette raison-là que tous les soupçons sont tombés. Quoique t'en penses, y avait pas d'autre empreinte sur ses flacons que les siennes. Et elle était croyante ; elle visitait encore l'église du temps qu'elle était assez en forme et elle avait réservé sa place au cimetière près de ses parents. On a donc conclu que sa mort était accidentelle. Ni suicide, ni meurtre, juste un accident.

Élisabeth le regardait, les yeux grands et la bouche entrouverte, avec une expression atterrée. Troublé, Henri continua :

— C'est à cause de son cancer qu'elle se déplaçait presque plus et qu'elle déjeunait plus chez Lucie. C'est aussi pour ça qu'elle a décidé de refaire son testament quand son neveu est revenu. Pauvre Maggie. J'espère que le bon Dieu en prend soin.

Se rongeant les ongles, Élisabeth se détourna et sentit une bouffée d'émotion la gagner. C'était peut-être aussi pour cette raison que Maggie n'était jamais seule chez elle, qu'elle était toujours entourée, que la femme de ménage venait deux fois par semaine, que Josiane prenait soin de ses orchidées, que Francis et Rémi se voyaient offrir de nouveaux projets chaque fois qu'ils en terminaient un, qu'elle entretenait une relation maternelle avec Élisabeth qui la visitait souvent. C'était certainement pour cette raison que Maggie avait dix-huit chats.

Maggie avait une peur bleue de mourir seule. Maggie voulait s'entourer le plus possible. Et lorsque Justin était réapparu, le cercle était complet, elle pouvait être en paix.

— C'est quand même le nouveau départ de Justin qui a donné le coup de grâce !

Henri ouvrit les paumes au ciel, découragé.

— Élie, fais pas l'enfant. Je peux pas accuser Justin d'avoir provoqué la mort de Maggie ! Laisse ça tranquille, Élie. Tu mets trop d'énergie là-dedans pour rien.

Henri lui toucha l'épaule mais elle se dégagea, une moue butée aux lèvres.

— Et toi, tu t'aveugles ! riposta-t-elle. Bien sûr ! Laissons-le s'enfuir encore une fois pour qu'il aille semer sa merde ailleurs !

Elle se redressa, crachant son fiel.

— On sait bien, le point culminant de ta carrière, c'est quand tu l'as tiré des griffes de son père ! Ça a fait de toi un grand justicier ! Tu t'en félicites probablement chaque soir avant de t'endormir. T'as pas eu d'enfants et ça te donne quelqu'un à paterner. Mais même si tu le défends tout le temps parce qu'il a été abusé, ça en fait pas un bon gars !

Elle pouffa, méprisante.

— Tu penses peut-être qu'il t'est reconnaissant? Qu'il te voit comme un modèle, un héros? Il te manipule, toi aussi, comme tous les autres. C'est tout ce qu'il sait faire. Parce que, ce que t'as sauvé, c'est rien de moins qu'un monstre!

Sur ce, elle abandonna Henri, aussi exaspéré qu'abasourdi par ce discours.

Élisabeth traversa la salle, furieuse. Elle savait bien que Henri n'y pouvait rien, mais elle ne pouvait supporter que le policier le couvre. Et elle n'acceptait pas que Justin s'en sorte de nouveau, gagnant et indemne, blanchi de tout, laissant les ravages derrière lui comme s'il n'y était pour rien. Comme la dernière fois.

Un bras se tendit en travers de son chemin et l'arrêta net. Surprise, elle rencontra le regard délavé de Phil. Il porta deux doigts au rebord de sa casquette.

— Hey, viens-tu faire un article sur nous? persifla-t-il. As-tu encore quelque chose à nous reprocher?

Cette pointe déclencha l'hilarité de ses compagnons de billard. Élisabeth les dévisagea et s'aperçut qu'il s'agissait d'une bande de gars qui travaillaient à l'usine Boisvert. Ils avaient lu l'article. Ils s'étaient sans doute promis d'avoir une conversation avec elle lorsque l'occasion se présenterait.

Elle leva les yeux sur celui qui l'avait abordée. Phil Gauvin. Il était assis de biais avec elle dans la classe de biologie au secondaire. Pas trop doué. Et à le regarder, la vie n'avait pas été facile pour lui non plus.

— As-tu d'autres torchons à écrire dans ton journal? On aime pas trop ça se faire traiter de cochons…

Élisabeth déglutit. Le pire, c'est qu'elle n'avait rien contre eux personnellement en écrivant son papier. C'était Patrice Boisvert qu'elle cherchait à atteindre.

— Je…

— Tu t'en fous, toé, t'as pas de famille à faire vivre, hein ?

— C'est pas quelque chose qu'une fille frette comme toé comprendrait, lança un autre.

Gagnée par la nervosité, Élisabeth chercha Henri des yeux ; hélas il était peut-être déjà parti après les invectives qu'elle lui avait adressées. Elle recula.

— Rassurez-vous. Je travaille plus au *Messager.* J'ai été remerciée ce matin. Vous avez la voie libre pour souiller tous les cours d'eau de la région si ça vous chante, ajouta-t-elle, abrasive.

Phil lui saisit le poignet. Élisabeth eut l'impression de se retrouver en face d'une meute de loups affamés ; ses mains devinrent moites et glacées. Elle regretta immédiatement son stupide orgueil qui la poussait à attaquer.

— Ta petite langue de vipère, tu devrais peut-être apprendre à la tourner dans ta bouche avant de parler…

Un pichet plein dans une main, Francis croisa leur chemin à ce moment. Personne au village ne le craignait parce qu'il inspirait confiance, mais avec sa stature imposante et la mine sombre qu'il affichait, personne n'aurait osé le contrarier ce soir.

— Y a un problème, Élie ?

Phil lâcha brusquement le bras d'Élisabeth.

— Ben non… On lui disait juste à quel point elle a du talent ! répondit-il. Maudite chienne, ajouta-t-il tout bas.

Le souffle court, Élisabeth suivit Francis. Il prit place à une table éloignée déjà encombrée d'un pichet vide et se versa un verre. Elle refusa lorsqu'il lui en offrit.

— Je sais pas ce qui se passe ce soir. Le climat de la taverne est à couper au couteau, bafouilla-t-elle.

Il ne lui lança qu'un bref sourire et releva les yeux vers l'écran de télévision qui présentait les séries éliminatoires de hockey. Une violente mise en échec avait causé un blessé et, à présent, c'était la cohue générale.

— J'étais venue voir Henri… Le dossier de Maggie est clos.

— À quoi t'attendais-tu ? lança-t-il, cynique.

— À ce qu'un détail lui ait échappé, je suppose, soupira-t-elle.

Francis haussa les épaules.

— En passant, désolé pour ta job, déplora-t-il.

Élisabeth hocha la tête.

— C'est dommage. Je voulais justement te demander de retaper l'intérieur de ma maison, mais je sais même pas si je vais avoir assez d'argent pour continuer à payer le loyer…

— Pas grave. J'ai plus de job moi non plus.

— Quoi ? C'est pas ton père qui…

— J'ai plus de job, plus de blonde, plus grand-chose à vrai dire.

À cet instant, elle remarqua ses yeux rougis. Il était un peu ivre. Pourtant, elle ne l'avait jamais vu dans cet état, froid et sec. Acide. Ses réponses claquaient, raides comme des coups de fouet.

— Mon Dieu, je sais pas quoi te dire. J'ai vu Josiane l'autre jour et elle…

— Peut-être que tu vas comprendre pourquoi.

Élisabeth sourcilla.

— Elle est partie avec Justin, lui apprit-il.

Sidérée, elle écarquilla les yeux.

— Vous tombez toutes dans son piège…

— C'est quoi ce blâme, Francis ? se défendit-elle.

— Rien. Juste une constatation.

Ces paroles eurent l'effet d'une gifle au visage d'Élisabeth. Courroucée, elle abattit la paume sur la table, provoquant une valse des liquides dans les récipients.

— Je sais pas ce qui est arrivé avec Josiane, mais penses-tu que c'était un choix dans mon cas ? Que j'aurais pas aimé mieux me retrouver avec quelqu'un qui me traite comme il faut ? Moi aussi j'ai souffert de son passage, ok ?

Les poings serrés, elle siffla.

— Lâche ton cynisme, Francis, ça te va pas du tout.

— Non. Parce que je suis le bon-bonasse du village. Je dois tout accepter comme un grand garçon. Lui, c'est un gagnant. Il gagnera toujours. Moi, je suis un perdant. Je perdrai toujours.

La gorge d'Élisabeth se serra. Un silence lourd s'installa entre eux. Francis gardait les yeux sur sa pinte. Nerveuse, elle lui agrippa le collet et le força à la regarder.

— C'est pas vrai ! On… On a peut-être trop investi dans le passé ! Il faut juste trouver le moyen de relever la tête et de regarder en avant…

— T'es pareille comme les autres avec tes belles formules et ta petite morale… Regardes-tu en avant, toi ? Est-ce que t'as passé à autre chose ? Est-ce que tu t'es pris en main ? Si t'es si bonne que ça, Élisabeth Lafrenière, qu'est-ce que tu fais encore ici, dans notre beau village, à te gaver de pilules pour te remonter le moral ?

Les larmes roulèrent sur ses joues. Elle le relâcha. Ce qu'il disait la poignardait, dépeçait ces dernières années durant lesquelles elle s'était terrée dans un état d'hibernation. Elle avait ingurgité des flacons entiers de cachets pour effacer les relents de nostalgie et stopper la douleur qu'ils lui causaient. Elle n'était un exemple pour personne. Au contraire, il avait raison. Elle était une loque ambulante, sans joie, sans vie, sans rien.

Elle se détourna, écœurée par elle-même.

Au moment où elle passa la porte, Francis enfouit son visage entre ses mains, à bout.

~

Frottant avec énergie le plancher taché du bout de sa brosse, Lucie songea à changer son horaire. Elle n'avait plus envie de garder ce sale boulot pour les vendredis soir. Elle pouvait bien reprocher à Élisabeth d'être névrosée et de se brûler dans ses enquêtes au travail, elle ne valait pas mieux. Elle monopolisait ses fins de semaine à astiquer son restaurant parce qu'elle trouvait trop pénible de rester à la maison à zapper les chaînes de télévision. Elle devait se ressaisir ; bientôt, les enfants partiraient en résidence au cégep et elle serait définitivement seule.

À quatre pattes, elle se pencha pour constater que des jeunes avaient encore collé leurs gommes à mâcher sous la table. De son gant de caoutchouc, elle tira sur la masse mauve à odeur de raisin synthétique et réprima une grimace de dégoût lorsque le bonbon se défit en longs fils adhésifs.

— Belle vue ! lança une voix.

Surprise, elle se heurta la tête sur le rebord de la table. Elle émergea de sa cachette, jurant entre ses dents, et tâta son front de ses doigts dénudés. Sa colère s'attisa lorsqu'elle rencontra le regard moqueur de Jacques qui contenait son rire.

— Ça va ? Es-tu correcte ?

— Qu'est-ce que tu fais ici ? grogna-t-elle.

— La porte était ouverte.

— J'avais besoin d'un peu d'air.

Lucie se débarrassa de ses gants et entreprit de nettoyer le plancher avec la serpillière même si elle l'avait déjà fait plus tôt. Son mutisme provoqua un malaise.

— Y avait un bon bordeaux qui traînait chez nous et qui attendait l'occasion idéale, proposa-t-il en désignant la bouteille entre ses mains.

Lucie le fixa.

— Jacques… Qu'est-ce qu'il y a ?

Face à cette question, il tergiversa. Il ne s'était pas attendu à ce qu'elle l'accueille à bras ouverts, pourtant il se gardait une réserve et hésitait à avouer qu'il désirait lui tendre une perche.

— Tu m'as pas adressé un mot pendant presque onze ans et là, depuis quelque temps, tu débarques ici comme un animal qui guette sa propriété. Je te comprends pas.

— J'aimerais qu'on parle… Y a des choses que j'ai besoin de comprendre.

— Pourquoi maintenant ?

— Ben, tu le sais…

— Si c'est à cause du retour de Justin, t'as pas à t'inquiéter, ironisa-t-elle.

Jacques prit place à une banquette, marqua une pause avant de se lancer.

— Au début, c'était ça. Mais après… Je pense que tout s'est déclenché quand notre fille m'a traité de vieux con, y a deux semaines.

Comme il n'y avait plus aucune trace de plaisanterie dans son ton, Lucie lui adressa un regard étonné.

— Le pire, c'est pas ce qu'elle a dit, c'est plus parce qu'elle avait raison.

— Qu'est-il arrivé pour qu'elle te lance ça ? s'enquit Lucie.

— Si tu veux savoir la suite, il faut que tu partages la bouteille avec moi.

— Je suis pas certaine d'avoir un ouvre-bouteille ici, répondit-elle.

Il fouilla ses poches et en fit apparaître un. Elle secoua la tête avec un sourire.

— Ok. Dans ce cas-là, j'espère que ça te dérange pas de boire dans des petits verres à jus…

Elle en attrapa deux derrière le comptoir et revint vers lui. Tandis qu'il débouchait son vin, elle le détailla. Ses épaules trop larges, toujours à l'étroit dans les manteaux, ses cheveux foncés parsemés de fils gris et coiffés vers l'arrière, ses mains immenses pourtant si minutieuses. Elle avait aimé tout cela. À présent, sous sa façade agacée, elle éprouvait encore pour lui une pointe de tendresse. De plus, ils avaient deux points communs – deux beaux adolescents – qui constituaient ce qu'ils possédaient de plus important au monde et pour cela, elle ne pourrait jamais lui en vouloir.

Il n'y avait pas si longtemps, elle souhaitait qu'ils fassent la paix. C'était peut-être le moment pour une trêve. Ça ferait du bien de se libérer enfin de cette tension ridicule.

Avec un soupir, Lucie prit place sur la banquette face à lui. Elle s'alluma une cigarette et après en avoir tiré une longue bouffée, elle lança :

— Allez ! Raconte-moi tout, espèce de vieux con ! D'habitude, le petit papa d'amour de Rosalie est intouchable et il faut rien lui reprocher. C'est trop sacré ! marmonna Lucie.

— Inquiète-toi pas. Je peux pas rien dire contre sa mère non plus, ricana Jacques en prenant une gorgée de vin.

Il s'adossa à la vitrine et étendit les jambes devant lui sur la banquette.

— Je comprends pas ce qui s'est passé. Il faut quand même dire que ça filait pas fort depuis quelque temps.

— Qu'est-ce qui allait pas ? s'étonna Lucie.

— Tout… Rien. Je sais pas. J'ai eu l'impression de me réveiller dans une vie que j'haïssais. Que je m'haïssais. Et je m'en voulais de tout haïr. Un vrai cercle vicieux.

Il marqua une pause.

— Pis j'ai vu que je me laissais entraîner par le courant sans rien faire depuis des années. En me débattant, j'avais pas l'impression que je m'en sortirais non plus.

— L'andropause ?

— Peut-être. Mais j'ai pas envie de me noyer comme un épais dans une vie de merde qui m'écœure. Tu comprends ?

Lucie hocha la tête en expirant sa fumée. Elle n'osait pas le regarder. Il semblait prendre conscience de ce qu'elle lui avait souvent reproché auparavant.

— C'est quand cet enfant de chienne s'est présenté au village que je me suis rendu compte à quel point je m'enlisais. Je me suis pris à me détester, à détester mes chums, à détester tout ce que je faisais. À quoi ça sert de travailler comme un cave toute la semaine quand la fin de semaine, t'as juste le goût de te soûler la gueule pour oublier à quel point tu te sens « poche », comme dit notre fille ?

— Alors, qu'est-ce qui s'est passé entre toi et Rosalie ? l'encouragea Lucie.

— C'est le soir où j'ai… j'ai donné une volée à Justin. J'avais dit à Rosalie que j'irais jouer une couple de parties de billard et que je reviendrais de bonne heure. Elle voulait que je la reconduise chez son amie Marie, ce soir-là. J'ai joué un peu avec Francis puis l'autre fendant s'est présenté la face. J'aurais jamais dû accepter de jouer avec lui. C'était évident qu'il voulait me provoquer. Je pensais que je le blanchirais et que ça lui fermerait la trappe une bonne fois pour toutes. Je me suis trompé. Le p'tit tabarnak m'a planté raide ! Pis inquiète-toi pas, il s'est fait un plaisir de tourner le fer dans la plaie.

— Qu'est-ce qu'il a dit ? s'enquit Lucie.

Jacques poussa un soupir.

— Il m'a dit que c'était pas la première fois qu'il marquait des points sur mon territoire.

Dans la lumière du soir, ils buvaient leur vin à petites gorgées. Lucie prit son briquet pour allumer une bougie.

— J'ai pas pu m'empêcher d'effacer son sourire d'hypocrite. Les gars de la taverne ont sauté là-dessus à pieds joints ; ils auraient bien aimé que je lui pète la gueule jusqu'à ce qu'il soit en bouillie. J'étais tout mêlé. Je voulais et, en même temps, je pouvais pas. D'un côté, les gars m'encourageaient et Justin me traitait de tous les noms. De l'autre, Francis me retenait. Donc… donc je me suis enfui. En arrivant à la maison, Rosalie est arrivée pour me demander de la reconduire chez son amie et j'ai sauté une coche. C'est là qu'elle m'a traité de tu sais quoi…

Dès qu'il avait mis les pieds dans la maison, il avait eu l'impression que c'était lui qui venait de recevoir le coup de poing. Chancelant, confus, ahuri, il s'était assis dans le salon pour essayer de remettre ses idées en place. Ses mains tremblaient. Sa fille était arrivée en coup de vent, pétillante de vie et de bonne humeur, et lui avait demandé de la conduire. Il lui avait répondu de le laisser tranquille. Alors elle avait éclaté : « T'es rien qu'un vieux con ! Tu comprends jamais rien ! »

Il l'avait envoyée à sa chambre en criant. En hurlant plus fort que nécessaire. Puis il était entré dans une colère noire. Il avait tout renversé dans la pièce, sans égard, puisant dans cette rage qui dormait en lui depuis des années et évacuant la frustration qui pesait toujours plus lourdement. Il ne s'était calmé que lorsqu'il n'y avait plus rien eu à saccager. Alors il avait éclaté en sanglots.

Lui qui s'était rarement battu, lui qui était plutôt de nature pacifique, le bon gars en qui tout le monde avait confiance, lui, il avait eu des envies de meurtres ce soir-là. Il avait eu le désir d'éliminer Justin, de réduire sa belle gueule d'acteur en sang. Si Francis ne l'avait pas retenu, Jacques était certain qu'il en serait arrivé là. Et ça l'effrayait.

Il ne pouvait plus vivre avec cette haine permanente.

Bouleversé par le son de ses propres pleurs dans le salon chambardé, il s'était alors demandé si Rosalie n'avait pas raison. S'il n'était pas un vieux con, un *loser* pas de vie, embarqué dans la même criss de routine depuis trop longtemps pour se rendre compte que l'existence se dérobait et qu'il était avachi à la regarder passer. Il ne voyageait pas, il ne pratiquait pas d'activité, pas de sport, comme s'il attendait que quelque chose arrive. Mais rien n'arrivait jamais et il continuait de ruminer.

Pire, il accordait trop d'importance à ce que les gars de la gang de chez Baptiste pensaient de lui. Et lui, que pensait-il d'eux ?

Le ventre plein de remords, plus perdu que jamais, il s'était résigné à aller voir Rosalie dans sa chambre. Il avait même apporté une tasse de chocolat chaud pour se faire pardonner. Il l'avait trouvée étendue, les couvertures tirées sur la tête. « Je m'excuserai pas ! » avait-elle grogné.

« Je voulais pas que tu t'excuses… »

Il avait soupiré.

« … parce que t'as raison. »

Incrédule, elle s'était tournée vers lui en soulevant l'édredon. De son côté, il n'avait pas caché ses yeux rougis.

« Quoi ? »

« Veux-tu m'aider à être moins con ? »

Il s'était écrasé au pied du lit, repentant. Rosalie avait pris sa tasse avec un sourire aussi radieux qu'étonné. Après quelques gorgées, elle avait déclaré : « C'est depuis que Justin Leduc est au village que t'es de si mauvaise humeur, hein ? »

« T'es au courant de l'histoire ? »

« Maman m'a tout raconté l'année passée. Elle disait que j'avais le droit de savoir. »

Ébranlé par cette annonce, il avait demandé : « Et qu'est-ce que t'en dis ? »

« C'est votre vie. C'est pas vraiment de mes affaires. Toi et maman êtes des adultes, mais ça veut pas dire que vous ne faites pas d'erreurs. C'est bon pour toi aussi. »

Il avait été jeté au tapis que sa fille de quinze ans lui affirme ça, tout de go.

« Tu penses que je suis tout croche ? »

« Non. Ben... Peut-être. T'es tout seul, et t'as pas l'air très heureux. Tu devrais te trouver quelqu'un... Une fille cool. Pas comme celles de la collection de revues porno qu'il y a en dessous de ton matelas. »

Jacques l'avait dévisagée, hébété.

« Comment tu sais ça, toi ? »

« Avec quoi tu penses que mon frère carbure quand t'es pas là ? C'est pas un secret, voyons ! De toute façon, moi je pense que si tu t'arrangeais un peu, avec du linge plus *fashion*, t'aurais des chances de te faire une blonde. As-tu pensé à t'inscrire sur un site de rencontres sur Internet ? Je peux te créer un compte, si tu veux... »

Détendu, Jacques avait souri.

« Peut-être. Mais pas ce soir. »

Un ange avait passé, puis Rosalie avait demandé :

« Qu'est-ce qui s'est passé avant que tu reviennes ? »

« J'ai envoyé mon poing sur la gueule de Justin », avait-il avoué.

« T'es pas sérieux ? »

Il avait hoché la tête, un peu honteux. Elle avait ri malgré elle. « Et ça t'a fait du bien ? »

« Non, pas vraiment. J'avais envie de le tuer. Vraiment. C'est pour ça que je me sens comme un vieux con. »

Elle n'avait rien répondu, pourtant il avait senti qu'elle compatissait.

« Tu veux toujours que j'aille te reconduire chez ton amie ? »

« Non, ça va. Il y a une situation plus urgente à la maison. Je pense aussi qu'on va avoir un peu de ménage à faire dans le salon. »

Il s'était esclaffé malgré lui.

Jacques raconta leur réconciliation et conclut en terminant son verre de vin.

— Tu peux pas t'imaginer à quel point ça m'a fait du bien ce soir-là de retrouver la complicité de notre fille.

Lucie sourit.

— C'est vrai. On a fait du beau travail. Gabriel m'a servi la même médecine y a pas longtemps.

— Et toi ? Comment tu te portes ?

— Je vais bien, répondit Lucie.

— Ben, la réapparition de Justin t'a pas trop, disons… ébranlée ? hésita-t-il.

— Non. Pas autant que les autres. J'avais clarifié cette situation-là dans ma tête bien avant son départ.

— Et… euh… tu l'aimais ?

— Non. À bien y penser, je l'ai jamais vraiment aimé. Pas comme tu l'entends, en tout cas.

Lucie lut la confusion sur son visage.

— Écoute, Jacques, je t'ai pas laissé pour lui, si c'est ce que tu veux savoir. Il m'a peut-être tout simplement aidée à mieux me connaître grâce à notre liaison. C'est tout.

Jacques hocha la tête et versa les dernières gouttes de vin dans le verre de Lucie.

— As-tu quelqu'un, en ce moment ?

— Non. Tu dois bien le savoir. Notre beau village, c'est le royaume de l'indiscrétion.

— Je pensais qu'il y avait encore ce gars, l'artiste qui avait loué un chalet dans le coin l'été passé.

— Ç'a pas marché. Il était juste de passage.

— Rosalie m'a raconté que tu voulais pas vivre avec lui parce que t'es trop indépendante.

— Elle a dit ça ? La petite maudite... Je savais pas que votre complicité allait jusque-là.

— Ben quoi ? Elle a dû t'en dire des bien pires à mon sujet... Et c'est à cause de notre histoire que t'as peur de t'engager ? demanda-t-il sans la regarder, jouant distraitement avec l'ouvre-bouteille.

Lucie le regarda de biais et plissa les yeux.

— Jacques Fortier, es-tu en train de me psychanalyser ?

Jacques haussa les épaules avec un demi-sourire.

— Peut-être. La bouteille est vide. T'en veux d'autre ? lança-t-il.

— Il est un peu tard, non? Le dépanneur est fermé. À moins que tu soudoies Baptiste à la taverne pour avoir de l'alcool…

— Dieu sait que j'ai pas vraiment envie d'entrer à la taverne!

Saisissant l'allusion, Lucie éclata de rire.

— Je peux voir s'il me reste un peu de bière…

Soudain, au-delà de la vitrine, ils remarquèrent une meute de chats détaler au milieu de la rue principale. Intrigués, il observèrent les félins s'élancer tous dans la même direction.

— Qu'est-ce qui se passe? demanda Jacques.

— Je sais pas, mais Bartélémy était dans le groupe! s'exclama Lucie, qui se leva d'un bond. C'est étrange, depuis qu'il est chez moi, il veut pas mettre les pieds dehors. Il est trop effrayé. Ça te dérange pas qu'on jette un coup d'œil?

Jacques la suivit dehors tandis qu'elle enfilait son manteau.

~

Elle se rappelait encore cette journée-là. Elle s'était assise à une chaise quelque part à l'avant de l'auditorium. C'était dans le cours de marketing, un cours optionnel populaire suivi par une foule d'étudiants de toutes concentrations.

Élisabeth entamait sa deuxième semaine d'université et se sentait encore fébrile. Un peu seule, surtout vulnérable. Tandis que les gens prenaient place autour d'elle, ses pensées erraient. Le visage au creux de la paume, elle songeait avec frustration qu'elle avait encore manqué Francis avant qu'il ne reparte pour une nouvelle destination. Dommage. Elle était certaine qu'ils avaient beaucoup en commun. À ce moment, elle ne se doutait pas encore combien.

Elle n'avait pas fait attention à celui qui occupait le siège voisin du sien jusqu'à ce qu'il lui demande : « Hey, tu viens pas de mon coin ? »

Surprise, elle s'était tournée vers lui et l'avait examiné. Elle était plus jeune que lui de quelques années, ainsi ils n'avaient pas fréquenté les mêmes cercles d'amis. Sa première réaction avait été d'être flattée qu'il l'ait remarquée. Il était doté d'un charme étrange, indescriptible. Sulfureux.

Puisque c'était pratique, ils s'étaient entendus pour effectuer le travail d'équipe ensemble. Elle était d'ailleurs restée bouche bée devant son aisance avec cette matière. C'était son élément. Il avait des idées incroyables, grandioses. Il aurait vendu une banquise à un esquimau.

Ils avaient pondu un travail qui avait soufflé le professeur et avaient obtenu une note quasi parfaite.

Un vendredi, il l'avait retrouvée sur le campus. Elle aimait le voir déambuler. Il avait cette assurance, cette nonchalance qui l'attirait malgré elle.

« Remontes-tu au village ? »

Elle lui avait donné un *lift*. Il avait promis de la payer et l'avait fait. Au début, elle se méfiait de lui. Il était trop mignon, trop gentil, trop tout. Il en était invraisemblable. Mais sa résistance avait vite fondu.

Dans la voiture, sur le siège du passager, il agitait les doigts dans la brise par la fenêtre ouverte. Ses cheveux bruns, emmêlés par le vent, dansaient autour de son visage. Il lui avait souri. Elle avait aperçu sa fossette, cette virgule au milieu de sa joue. C'était l'instant où elle avait su qu'elle était amoureuse de lui.

L'autoroute avait vu naître leur relation, et l'avant-dernière sortie avant le village, la première fois qu'ils avaient fait l'amour sur la banquette arrière de sa minuscule berline.

Tout était parfait jusqu'à ce qu'ils emménagent ensemble. Après, elle avait découvert un être obscur, qui menait une double vie, qui avait une double identité. Une belle façade et un côté infiniment plus sombre. Voleur, calculateur, énigmatique.

Il était éperdu de sensations fortes et elle ne pouvait qu'être engloutie par sa démesure. C'était aussi grisant et terrifiant que de voyager à bord d'un bolide qui filait à deux cents à l'heure, avec une seule vitesse et sans freins.

Elle s'était liée de trop près. Elle avait trop aimé. À la fin, une partie d'elle était morte ; elle avait d'abord perdu sa joie de vivre, puis sa candeur et enfin, sa confiance.

À ce stade, leur relation devenait de plus en plus cahoteuse. Et chaotique. Lorsqu'il n'obtenait pas ce qu'il voulait d'elle, Justin l'ignorait. Il ne lui accordait pas d'attention, ne lui adressait pas la parole et disparaissait sans lui dire où il allait. Il bourrait ses valises et disparaissait pendant des jours. Ce mutisme la rendait folle. Elle finissait par obtempérer seulement pour qu'il lui offre le luxe de son approbation, de ses sourires, de ses regards.

Bien entendu, il se jouait de sa naïveté pour la manipuler ; ça, elle en était consciente. Étrangement. Ses amis ne lui apprenaient rien lorsqu'ils la mettaient en garde. Elle donnait même raison à ceux qui dénonçaient l'attitude de Justin à son égard. Hélas, elle était accro, complètement *junkie* de lui. Et, chaque fois, elle retournait vers lui pour s'excuser de leur embrouille, convaincue qu'elle avait sa part de responsabilités. Ou pour rafistoler leur relation anémiée. Elle avait fini par en perdre tous ses amis, qui voyaient en elle une cause perdue. Quand elle s'était retrouvée abandonnée de tous, elle n'avait qu'une meilleure raison de s'accrocher plus fort à lui.

Jadis une fille rieuse et confiante, elle avait frappé le fond comme une épave en eaux peu profondes. Avec fracas. Elle incarnait désormais sa marionnette, désarticulée et soumise. Il lui faisait faire ce qu'il voulait et elle protestait rarement.

Dépendante, désespérée, dénuée de personnalité.

Cette situation avait culminé un soir d'hiver, où la lune omnisciente veillait sur le lac d'un œil glacial. Justin avait incité Élisabeth à l'accompagner à une petite fête. Le mot était bien choisi : ils ne seraient que six. La porte d'un imposant chalet sur les berges s'était alors ouverte pour révéler un intérieur moderne et cossu. Élisabeth avait été surprise de découvrir que leur hôte était Patrice Boisvert, un jeune homme d'affaires en ascension dans la région. À l'époque, il avait déjà fondé son entreprise, qui avait le vent dans les voiles. Boisvert devait avoir la mi-trentaine et, sceptique, Élisabeth s'était demandé ce qu'il pouvait avoir de commun avec Justin, qui n'avait que vingt-deux ans. Justin avait travaillé dans sa *shop* pendant un bout de temps, sans plus. À sa connaissance, du moins.

Il y avait là une fille délurée de la ville et un gars BCBG qui se disait comptable de Boisvert et qui avait le début de la trentaine. L'autre fille qui devait s'ajouter ne s'était pas présentée, en fin de compte.

Si, au départ, Élisabeth n'avait pas saisi le but de ce rassemblement intime dans le chalet de Patrice Boisvert, elle avait compris après avoir enfilé plusieurs cocktails, lorsque les monticules de coke s'étaient accumulés sur la table à café en vitre.

Élisabeth savait que Justin consommait parfois, pourtant il ne le faisait jamais devant elle. Surtout pas *avec* elle. D'ailleurs, il lui reprochait souvent d'être trop *straight.* De ne pas avoir d'envergure.

Mal à l'aise, elle était demeurée à l'écart à observer la vue imprenable sur le lac et à écouter la musique *lounge* insipide qui nappait l'ambiance.

Justin avait tenté de l'attirer avec les autres. « J'embarquerai pas là-dedans, Justin », avait-elle répondu. Il avait roulé les yeux au ciel. « Si t'es venue ici pour me faire ton numéro de p'tite fille modèle, tu peux sacrer ton camp tout de suite. J'en ai rien à crisser d'une chieuse comme toi. T'as juste l'air d'une gourde qui est pas capable d'avoir un peu de fun. »

Les épaules affaissées, elle avait hésité à déguerpir. Il faisait froid et elle devrait se taper une marche d'au moins quarante-cinq minutes jusqu'au village. Déconcertée et humiliée, elle était demeurée figée là, le poing fermé sur son verre de martini vide, à écouter les rires des autres.

Boisvert avait été plus conciliant et s'était joint à elle. Il lui avait refilé une coupe de pinot noir et avait parlé de la construction de sa propriété, de son entreprise et lui avait montré sa cave à vin agrémentée de plusieurs grands crus classés. Élisabeth l'avait trouvé sympathique dans une certaine mesure; Boisvert était très vif, par contre son intelligence était brute, sans enrobage ni culture poussée. Râblé et hyperactif, il était plutôt charmant et forçait l'admiration même s'il n'était pas du tout le type d'Élisabeth.

Au bout de plusieurs verres d'alcool, la jeune femme s'était quand même laissée convaincre de se mêler aux autres. Justin continuait de l'ignorer et s'intéressait à l'autre fille. L'esprit embrouillé par les nombreux cocktails, la conscience d'Élisabeth lui avait lancé un défi ; si elle consommait une seule fois, ce ne serait pas coutume. Et elle pourrait enfin prouver à Justin qu'il la connaissait mal.

Elle avait chuchoté sa demande à l'oreille de Patrice Boisvert, qui lui avait souri. Il avait rassemblé deux minces lignes au centre de la table farinée. Petite paille en main, Élisabeth s'était agenouillée vis-à-vis ce chemin enneigé qui menait vers l'inconnu. Son regard avait rencontré celui de Justin, moqueur, néanmoins intrigué.

Puis elle s'était livrée à l'expérience.

Les narines brûlantes, elle s'était redressée et Justin avait hoché la tête avec approbation. Au début, elle n'avait rien ressenti de différent, soulagée et déçue à la fois. Puis l'euphorie l'avait lentement gagnée. Et ce sentiment que tout était bien, que tout était parfait. Qu'il n'y avait plus de raison que cette soirée dérape.

Élisabeth s'était alors amusée à provoquer Justin, allant jusqu'à embrasser Boisvert à pleine bouche. Elle avait continué à boire et quand l'effet dopant s'était dissipé, elle avait accepté de prendre deux autres lignes. Boisvert devenait de plus en plus entreprenant et elle le laissait faire, ravie d'être ainsi adulée. Finalement, l'autre couple s'était retiré dans une des chambres à l'étage et Justin s'était rapproché d'eux.

Élisabeth en avait oublié la solitude et le rejet que Justin lui faisait subir depuis des mois. Elle était comblée par l'amour de deux hommes, idolâtrée dans son pouvoir de séduction infini. Loin du rôle de victime résignée dans lequel elle se cantonnait habituellement. Loin… d'elle.

Le reste se perdait dans une succession de baisers, de caresses, de chairs intercalées.

La réalité lui était revenue le lendemain matin. Elle s'était réveillée dans un lit flanquée de deux hommes endormis; Justin lui tournait le dos et Boisvert l'enlaçait, le bras en travers de son ventre. Confuse, épouvantée, elle s'était échappée du lit, nue, sans aucune protection. Elle avait cueilli en hâte ses vêtements épars sur le plancher et, les bras pleins, s'était précipitée pour trouver la toilette. Elle était d'abord tombée sur un bureau dépouillé aux meubles d'acajou fabriqués à l'usine de son hôte. Au hasard, ses yeux s'étaient posés sur une photo de famille. Boisvert, sa femme et ses deux enfants.

La gorge nouée, Élisabeth s'était finalement réfugiée dans la salle de bains, à sangloter comme une enfant, assise sur le rebord de la baignoire. Anéantie par un profond sentiment de désarroi, un *down* abyssal. Elle avait dégueulé plusieurs fois et il n'y avait que Boisvert qui s'était inquiété de son état, une heure plus tard. En lui ouvrant, Élisabeth avait été incapable de le regarder dans les yeux. Cet homme était un inconnu et elle savait trop bien ce qui s'était passé la veille.

Arrivée au rez-de-chaussée, Justin lui avait à peine lancé un salut et continuait de s'intéresser à l'autre fille même si elle accompagnait clairement le comptable. En revanche, Boisvert chouchoutait Élisabeth, attentif à ses moindres demandes, tisane ou cachets d'aspirine. Mais elle souhaitait être téléportée à mille lieues de cet embarras. Elle avait feint être plus mal en point qu'elle ne l'était en réalité et, contrarié, Justin avait fini par plier à son désir de s'en aller. Durant le trajet de retour, il l'avait boudée, ennuyé d'avoir dû délaisser la fête.

Élisabeth avait passé les jours suivants roulée en boule sur le divan à fixer le vide. Elle avait honte, elle se sentait souillée, elle ne se reconnaissait pas. Personne ne l'avait forcée à faire quoi que ce soit et c'était sans doute ce qui la dérangeait le plus. Jusqu'où était-elle prête à se rendre pour plaire à Justin ? Car, au point où elle en était, elle ne se plaisait plus à elle. Et elle détestait ce qu'elle était devenue.

Elle était son jouet, sa pute.

Boisvert les avaient souvent réinvités dans les semaines suivantes et Élisabeth s'inventait des excuses et des maladies afin de l'éviter. Justin avait abandonné sa cause et s'y rendait sans elle. Le printemps s'amorçait et elle s'était lancée à corps perdu dans ses études pour oublier le reste.

Trois mois après la fameuse soirée, elle avait su qu'elle était enceinte de Justin. Elle avait attendu le bon moment pour le lui annoncer, espérant que cela pourrait donner un nouveau souffle à leur relation. Du moins, les forcer à discuter. En vain.

Lors de la soirée au bord du lac, elle avait dit à Francis qu'elle était heureuse et, pourtant, cette rencontre l'avait forcée à reconnaître à quel point elle ne l'était pas. À quel point elle avait fait de mauvais choix tout au long de son parcours. Et elle n'avait pas encore vingt et un ans.

Ce début de juin avait ensuite été marqué par l'accident de Francis, suivi du départ précipité de Justin et, enfin, par la décision d'Élisabeth de se faire avorter et de retourner vivre chez ses parents.

Durant l'été, alors qu'Élisabeth naviguait en pleine dépression, Boisvert avait multiplié les appels sur son portable. Au début, elle l'avait ignoré, puis elle avait accepté de le rencontrer pour voir ce qu'il voulait.

Le chalet au bord de l'eau lui était apparu comme un lieu étranger en cette saison où le boisé était touffu. Craintive, elle avait mis un moment avant de sortir de la voiture. Boisvert lui avait ouvert, souriant et enthousiaste, et s'était penché pour l'embrasser. Évitant de le réadmettre dans son intimité, elle s'était dérobée. Il l'avait invitée à entrer et elle était demeurée sur le pas de la porte, prête à repartir.

Il était clair que ce qu'il voulait, c'était une maîtresse. Et depuis cette soirée avec Justin, Élisabeth incarnait son fantasme. Il l'avait dans la peau et désirait la conquérir. « Je te veux », avait-il admis en lui caressant la joue. La jeune femme avait secoué la tête et tourné les talons pour s'enfuir. Il l'avait retenue.

« C'était une erreur. Une gaffe monumentale », avait-elle laissé tomber, au grand désarroi de l'autre. Blessé, Boisvert s'était fermé et avait exigé qu'elle lui rembourse les dettes de drogue de Justin. « Tu peux pas être sérieux ? Il m'a sacrée là, j'ai plus rien à voir avec lui ! » avait-elle répliqué. « Je m'en fous. Tout a un prix », avait-il tranché. « On avait un marché, lui pis moi. Il est parti avec une once de coke presque pas coupée. En revanche, il m'a promis de… » Boisvert avait hésité.

« De quoi ? »

« De te ramener », admit-il. « Maintenant, t'as le choix : retrouve cette coke ou dédommage-moi. »

Élisabeth l'avait fixé, bouche bée. Elle, ou plutôt son cul, avait été troqué comme de la marchandise contre un paquet de drogue. Il n'y avait vraiment pas de limites aux magouilles de son ex. Justin n'avait aucun sentiment pour elle, c'était maintenant évident. Il ne faisait que se servir lui-même, l'utiliser, peu importe les conséquences. Et ce salaud de Boisvert avait saisi l'occasion, lui qui savait toujours obtenir ce qu'il voulait.

Au bord de la nausée, Élisabeth était partie en trombe mais il avait continué de la harceler, frustré par son refus. Boisvert manigançait pour l'acculer au pied du mur, pour qu'elle se plie à ses désirs. Elle avait pourtant tout passé au peigne fin en faisant ses boîtes lors de son récent déménagement. Aucune trace de cette drogue nulle part. Cette histoire était-elle vraie ? Si c'était le cas, il était certain que Justin avait dû s'enfuir avec son butin.

Puisque Justin lui avait aussi pris tout son argent, Élisabeth avait dû faire un emprunt sur une carte de crédit afin de rembourser Boisvert et de le faire taire. Trois mille dollars. En récupérant son argent, il avait lâché prise, presque à regret, surpris qu'elle le paye pour ne pas lui accorder une seconde chance.

Aujourd'hui, elle comprenait qu'il était aussi effrayé qu'elle à cette époque ; Boisvert cherchait désespérément des moyens de l'intimider pour éviter qu'elle raconte ses activités illicites et sexuelles et que cela vienne aux oreilles de sa famille.

Cependant, Élisabeth était trop humiliée pour voir clair dans ce manège et avait juré de lui remettre la monnaie de sa pièce. Elle ne voulait en aucun cas avouer qu'elle avait été liée à lui, donc elle allait devoir se montrer patiente et stratège. Sournoise aussi.

Lorsque la plainte d'un fermier des environs de l'usine concernant la pollution d'un ruisseau à cause d'un déversement de teinture lui était parvenue, elle avait sauté sur l'occasion. Il y avait peut-être sept ans que son épisode avec Boisvert s'était terminé, pourtant elle en gardait un goût amer.

Il symbolisait la réussite et la prospérité au village, mais elle n'en souhaitait pas moins exposer son véritable visage et révéler quel rapace il était en réalité.

Son enquête avait été méticuleuse et irréprochable, étalée sur plus d'un an. Elle avait tout vérifié – photos à l'appui – et interrogé de nombreux témoins mécontents. Et Boisvert ne pouvait rien nier dans cet article aux preuves accablantes.

Mais voilà que Justin s'était pointé et avait enlevé toute raison d'être à cet article. En apercevant son ex, elle avait perdu de vue les motifs qui la poussaient à se venger de Boisvert; depuis toujours, c'était Justin qu'elle visait en réalité.

Elle et Boisvert n'auraient jamais dû se rencontrer. Leur seul lien, c'était Justin. Et si elle avait couché avec Boisvert, c'était une erreur de sa part à elle et elle ne pouvait le lui reprocher: il ne l'avait pas intoxiquée de force et ne l'avait pas mise dans son lit contre son gré. Elle devait finir par l'accepter. Entraîner Boisvert dans sa chute ne réparerait rien, surtout pas ses blessures profondes.

De toute façon, Boisvert avait eu sa revanche ce matin même en forçant son patron à la congédier. Le match était désormais nul. Leur combat était réglé.

En se remémorant tous ces événements, Élisabeth essuya les larmes qui surgissaient aux coins de ses yeux et gagna sa maison au pas de course.

D'un autre côté, elle ne pouvait laisser Justin partir comme ça. Il devait payer. Il ne devait pas gagner. Il ne devait plus gagner. Plus s'en sortir. Elle trouverait quelque chose. À n'importe quel prix.

D'une main tremblante, elle saisit les clés dans son sac. Son geste nerveux éjecta son flacon de Zoloft qui s'ouvrit sur le sol. Les cachets roulèrent dans la noirceur, s'insinuant entre les interstices du porche, disparaissant de sa vue.

— Merde!

Penchée, les doigts ratissant les planches à tâtons, elle tenta d'en récupérer quelques-uns; hélas, elle n'en trouva que quatre. Furieuse, elle les rejeta et, du talon, les réduisit en poudre.

Quand elle entrouvrit la porte d'entrée, Artémisia se précipita dans la nuit.

— Artémisia ! Artémisia ! appela Élisabeth.

Mais la chatte était déjà loin. Cette désertion mit Élisabeth encore plus en rogne.

Elle entra en coup de vent chez elle pour chercher son matériel de photographie. Elle jeta son appareil et ses objectifs dans un sac puis se hâta vers la maison de Maggie. Sur le chemin, elle se rendit compte qu'elle n'était pas seule à aller dans cette direction. Des chats, qu'elle reconnut être ceux de Maggie, couraient à ses côtés. Élisabeth se sentit rassurée. Elle faisait partie de leur groupe. Elle était féline.

Un rictus mauvais aux lèvres, elle gravit à pas feutrés l'escalier qui menait sous le porche de la maison victorienne. Elle effectua un tour de ronde et s'arrêta devant la fenêtre d'une pièce éclairée de plusieurs bougies. Le boudoir était désormais presque vide. À part une causeuse de velours, il ne restait plus de meubles, ni carpette, ni lampe torchère. Les cadres avaient été vendus, ne laissant derrière que des traces claires sur la peinture.

Au centre, il y avait une table à café, sans doute dénichée dans le débarras de la cave, où reposait une assiette vide, une bouteille de scotch, des papiers et une lampe à l'huile.

Élisabeth ne fut pas étonnée de voir parmi ce bric-à-brac un sachet de poudre blanche et un miroir. Elle distingua aussi une enveloppe gonflée, bourrée de ce qu'elle crut être des billets de banque.

Dissimulée dans l'ombre, elle sortit son appareil photo et porta le viseur à son œil. Justin se présenta alors dans le boudoir avec une autre enveloppe, aussi pleine que la première. Il la lança sur le canapé et celle-ci recracha son contenu sur le sol.

Un verre d'alcool à la main, il parlait dans son portable, arpentant la pièce. Il semblait satisfait.

— À tout de suite, dit-il.

Dès qu'il raccrocha, il s'agenouilla sur le sol et étala la coke sur le miroir.

Élisabeth enfonça le bouton de sa caméra et mitrailla la scène.

« Vous en voulez du sensationnalisme épais pour votre journal local de merde, hein ? Vous allez voir ce qu'il est. Ce qu'il est vraiment. Vous aurez pas le choix. »

Justin s'envoya une ligne dans chaque narine puis entreprit de compter l'argent. Il devait y avoir là des milliers de dollars.

« Je veux que tu souffres, Justin Leduc, je veux tellement que tu souffres… »

Il reposa les billets et consulta sa montre. Du bout de l'index, il nettoya le reste de cocaïne sur la glace et se frotta les gencives avant de tout ramasser. Il était bien mis ; quelqu'un devait venir le visiter.

Un son lui fit lever les yeux. Les sourcils froncés, il se redressa. À travers l'objectif, Élisabeth vit apparaître un gros chat jaune sur le seuil de la porte qui menait à la cuisine, les poils hérissés sur le dos. C'était Heathcliff.

Justin lui grogna quelque chose qu'elle ne comprit pas. Du pied, il tenta de chasser la bête. Deux autres comparses se portèrent à la défense du chasseur. Élisabeth remarqua que plus aucun félin ne l'entourait ; ceux-ci s'affairaient à crever à grands coups de griffes la bâche de la nouvelle véranda pour se frayer un chemin à l'intérieur de la demeure. Leur demeure.

Sifflant de rage, les chats entourèrent Justin. Parmi cette meute, Élisabeth reconnut Artémisia. Les pupilles dilatées et les crocs sortis, les chats resserraient l'étau autour de lui avec des expressions sinistres. Cette furie collective figea Justin, qui scrutait la pièce à la recherche d'une arme ou de quelque chose pour se défendre. Perplexe devant ce spectacle insolite, Élisabeth ne se rendait pas compte qu'elle gardait le doigt sur le bouton, immortalisant la scène.

Jupiter bondit sur Justin, les griffes sorties, lui labourant le dos et laissant de longues stries rouges dans sa chemise. Avec un cri de douleur, Justin réussit à se débarrasser du félin, mais plusieurs imitèrent l'initiateur, s'élançant sur celui qui avait chambardé leur quiétude. D'autres se hissèrent sur la table à café, renversant la lampe à l'huile qui roula, mettant feu aux papiers et aux enveloppes. Un chat fit basculer la bouteille de scotch, provoquant un ronflement du foyer d'incendie. Bientôt, Justin fut submergé, incapable de venir à bout des chats et souffrant d'écorchures et de morsures profondes. Dès qu'un chat tombait au sol, d'autres attaquaient. Justin se tordait sous les assauts, son corps entier couvert de marques sanglantes. Il recula et trébucha contre la table enflammée, qui se rompit sous son poids. Les flammes, nourries de l'huile et de la bouteille d'alcool qui continuait à se déverser, l'envahirent, léchant ses vêtements et sa peau jusqu'à ce qu'il ne fût qu'une torche vivante, toujours assailli par les félins acharnés. Désespéré, il se jeta contre les lourds rideaux, qui prirent feu à leur tour. Le brasier se propagea rapidement autour de la fenêtre.

Pétrifiée d'horreur, Élisabeth se ressaisit. Elle cogna à la fenêtre et hurla. Elle chercha autour quelque chose pour briser la vitre. La pièce était à présent enflammée et elle ne distinguait plus Justin. Elle tint son appareil à bout de bras et, au moment où elle fracassa le carreau, un souffle la projeta en bas du porche.

~

Francis arriva chez lui en courant. Il avait couru comme il ne l'avait pas fait depuis des années. D'un pas soutenu, sans boiter. Courir pour courir. Fuir plus vite. Pour en finir plus vite.

Sa jambe l'élançait à mourir, mais ce n'était pas grave : mourir, c'était ce qu'il souhaitait. Et la douleur physique était bien plus supportable que celle qu'il ressentait en dedans.

Fiévreux d'avoir dégrisé trop vite en revenant de la Brasserie à Baptiste, il pénétra dans la maison à la volée. Stanislas, posté à la fenêtre du salon, s'enfuit à toutes pattes par la porte grande ouverte. Francis observa la bête déguerpir d'un œil morne.

Il s'enferma et se dirigea vers la cuisine d'un pas traînant. Appuyé contre le réfrigérateur, il reprit son souffle avec difficulté tant sa gorge était serrée. Comme Rémi disait, il était une bombe à retardement sur le point d'exploser. Ses mains tremblaient, la sueur perlait à son front, pourtant il tentait d'ignorer la douleur de sa jambe mutilée, ce boulet qu'il traînait depuis trop longtemps.

Désormais seul, sans personne pour le raisonner, il se prit à avoir peur. Peur de gérer toutes ses émotions. La haine, la colère, la révolte. Cette laideur qu'il tenait endiguée et qui se déchargeait dans ses veines. Il avait trop encaissé, trop refoulé. À présent, il était devant une impasse. Les neuf dernières années lui rentraient dedans de plein fouet.

Il ouvrit la porte du frigo pour prendre une bière. Le ronronnement du moteur rompit le silence écrasant qui régnait dans la maison. Le vacarme résonnait dans sa tête, dérangeant, aliénant. Le rugissement n'avait jamais été si fort.

Sans même refermer la porte, il se rendit à sa chaîne stéréo et choisit un CD. Il chercha sa musique de circonstance. Son choix s'arrêta sur ce disque qu'il avait été incapable d'écouter depuis bien longtemps. S'il voulait mourir, il n'y avait pas meilleure chanson que *The End* des Doors. Il appuya sur *play*, monta le volume et attendit comme un châtiment les premières notes.

This is the end, beautiful friend

Le son de la cithare en harmonie avec le tambourin le submergea comme une vague. La sonnette du crotale qui hochait. Abasourdi par le tourbillon de routes qui s'entrelaçaient dans sa tête, il sentit les larmes jaillir de ses yeux.

This is the end, my only friend, the end

Il inspira puis se débarrassa de son pantalon, rageusement, à coups de pied, tant et si bien qu'il en tomba de tout son long sur le plancher de la cuisine. Adossé aux armoires, vêtu de son boxeur, il baissa la tête et détailla sa jambe. Bien sûr, il voyait sa blessure chaque jour, mais il ne la regardait jamais.

Ses yeux effleurèrent les sillons profonds qui zébraient la peau tels des serpents difformes, bouffis de chair dilatée.

Les lèvres inégales de la cicatrice racontaient un voyage effroyable sur la route où il avait perdu sa vie.

Il rejeta la tête en arrière, incapable de supporter davantage la vue de ces balafres.

À présent, ses vains efforts pour remonter à la surface avaient rendu son existence aussi ridicule que vide. Il avait perdu ses illusions. Il n'avait plus rien à faire ici.

Tout le monde s'était désintéressé de lui. Avec raison. Il était un pathétique fardeau. Même pour son père. Celui-ci lui avait porté un vague intérêt lorsqu'il avait gagné ses premières épreuves sportives. Hélas, son accident s'était produit trop tôt. Après, son père le regardait avec mépris; l'amorce d'une brillante carrière de skieur de fond s'était soldée par un fils brisé, un infirme. En d'autres mots, un raté. Un embarras à dissimuler, un poids à assumer.

Francis s'essuya les yeux du revers de sa manche. Il voulait se noyer, s'enterrer, s'évader ailleurs, loin.

Ses plus beaux souvenirs se trouvaient sur la piste. Peu importait la compétition, il n'y accordait pas tant d'attention. Il préférait glisser sur la neige. Sentir, dès le coup d'envoi, l'air glacé s'engouffrer dans ses poumons, vif, presque douloureux. Comme une lame froide dans son thorax. Puis son souffle qui remontait dans sa gorge sèche et se condensait sur ses lèvres. Ses muscles qui se déliaient, qui retrouvaient au fil de la course cette puissance endormie, fascinante, tapie au fond de lui. Ses sens étaient exaltés par le goût de la neige sur sa langue, ces paysages purs et inertes et le son du vent qui sifflait près de ses oreilles, ses skis coulissant à toute vitesse sur la piste immaculée. Dans ces moments, il vibrait, il découvrait la pleine capacité de son corps poussé au maximum avec chaque coup de patin. Il glissait, il volait, il se déployait. Il était vivant.

Maintenant, il était mort.

Et il mourait un peu plus chaque jour.

Avec empressement, il se leva et fouilla les armoires au-dessus de lui. Il décapsula une grosse bouteille de rhum et porta le goulot à ses lèvres. Il allait se noyer dedans. Ça lui donnerait du courage pour ce qui devait suivre.

Il délaissa rapidement la bouteille et descendit à la cave. Dans son atelier, il repéra ce qu'il cherchait et revint au rez-de-chaussée. La musique des Doors continuait de jouer en boucle. Sans arrière-pensée, il noua la corde. Il y avait souvent songé, pourtant il ne pensait pas avoir la volonté de le faire. C'était le temps ou jamais.

Il tira une chaise jusqu'au hall et accrocha la corde aux barreaux de la balustrade de l'escalier. Étrangement, il ne ressentait aucun remords. Il ne pleurait plus.

Lorsqu'il empoigna la boucle entre ses doigts, le bruit strident des sirènes dévia son attention.

~

Élisabeth se redressa, encore assommée par sa chute, et jeta un regard confus autour d'elle. Ses yeux se posèrent sur l'appareil photo qui gisait à ses côtés, puis sur la fenêtre que les flammes agressives dévoraient de leurs langues fourchues. Elle rebondit, reprenant vivement ses esprits, et grimpa sur le porche. La chaleur intense qui se dégageait de l'ouverture l'empêcha d'approcher.

— Justin ! s'écria-t-elle.

Sa seule réponse fut le rugissement du feu qui consumait la vieille demeure. Les bras protégeant son visage du souffle brûlant, elle tenta de distinguer entre ses paupières plissées un mouvement dans le boudoir. Elle ne vit cependant que les arabesques orangées qui se dessinaient dans le brasier.

Horrifiée, elle s'élança dans la rue.

— Au feu ! Au feu !

Elle hurla, sans relâche, jusqu'à ce qu'elle vît apparaître de la lumière dans les maisons autour. La voisine sortit en peignoir, alarmée.

— J'ai appelé les pompiers ! lança-t-elle.

Peu à peu, les gens envahirent leurs pelouses pour observer, impuissants, ce bûcher qui s'élevait de plus en plus haut. Bouche bée, la tête pleine d'images d'horreur, de feu et de corps embrasés, Élisabeth observa une dernière fois la maison victorienne qu'elle avait tant aimée, puis s'enfuit.

~

Jacques et Lucie se joignirent au groupe qui observait, consterné, le sinistre qui ravageait le domicile de Maggie Leduc, étirant de longs doigts flamboyants vers le ciel, sans fléchir sous les arches d'eau que crachaient les boyaux des pompiers.

— Papa ! Maman ! s'écria Rosalie, se jetant en pleurant dans les bras de son père.

— Rosalie ? Qu'est-ce qu'il y a ? s'enquit Jacques.

Ce fut son frère qui répondit à la place de la jeune fille.

— Quand on est arrivés chez nous, Bartélémy s'est sauvé et… et il paraît qu'y a plein de chats qui sont rentrés chez Maggie avant que le feu commence ! s'exclama Gabriel, troublé.

Rémi, un peu plus loin, se tourna vers eux.

— C'est vrai. Jupiter a fait la même chose. Aussitôt que je lui ai ouvert, il est parti.

— On dirait qu'y avait juste une maison pour eux, murmura Mireille, à côté de lui.

Un cri derrière eux les détourna du spectacle. Josiane fendait la foule, les yeux écarquillés. Elle s'arrêta près de Rémi.

— Où est Justin ?

— Je sais pas, répondit-il, étonné par la question. Ils disent qu'il était encore en dedans quand...

Comme elle s'élançait vers le brasier, Mireille la retint.

— Attends, voyons ! Tu peux pas aller là-bas !

— Qu'est-ce qui te prend ? ajouta Rémi, sans comprendre.

— Il faut que je vérifie ! s'écria-t-elle. Il venait juste de m'appeler, il a peut-être eu le temps de...

Elle s'échappa et s'aventura plus loin. Cette fois, Henri la rattrapa.

— Où il est, Justin ? répéta-t-elle, hystérique, les joues baignées de larmes.

— On est pas encore certains...

— Vous pouvez pas le laisser là ! Il faut l'aider ! s'insurgea-t-elle.

Son oncle l'étreignit mais elle se débattit. Sur l'asphalte éclairé par les lumières vacillantes de l'incendie et des gyrophares, elle se laissa choir et pleura.

Les yeux braqués sur les flammes rouges, elle demeura assise sur le sol, impuissante devant ces murs noircis qui cédaient lentement. Il y avait peut-être encore un espoir qu'il soit sauf. Pourtant, son instinct lui soufflait qu'il n'en était rien.

~

D'un pas hésitant, Francis sortit pour voir un autre camion de pompier vrombir dans la rue. Les sirènes et les flashes des lumières écarlates avaient envahi le quartier. À l'instar des voisins, il s'avança sur la pelouse pour voir d'où provenait le chaos. Il remarqua alors Élisabeth qui accourait, les larmes aux yeux, à bout de souffle. Elle manqua la bande de trottoir et s'effondra sur la pelouse, secouée de sanglots. Francis se précipita vers elle.

Sous le choc, figée dans une terreur qu'elle n'arrivait pas à exprimer, elle secouait la tête, incapable de prononcer un mot. Décontenancé, Francis l'entraîna chez lui. Elle s'affala dans l'escalier, muette, le regard bouleversé. Francis se hâta de lui servir un verre de rhum, ne sachant comment réagir face à sa détresse.

Respirant avec peine, elle but l'alcool à petites gorgées et lorsqu'il la serra pour lui offrir du réconfort, elle s'accrocha à lui. Après un moment, elle articula d'une voix blanche :

— Justin… Justin est mort.

Francis sourcilla.

— Les chats… Les chats ont… Justin… Puis le feu, il a… tenta-t-elle de raconter, sa gorge nouée n'émettant que des son aigus, presque incompréhensibles.

L'émotion la regagna et elle pleura.

Ils demeurèrent quelque temps ainsi, pressés l'un contre l'autre. Élisabeth était troublée par cette mort tragique qu'elle avait souhaitée mais regrettait amèrement à présent. Peu importe ce qu'il avait fait, cette fin était atroce.

Éprouvé par cette journée, le nez dans la chevelure parfumée d'Élisabeth, Francis cueillit des lèvres les larmes salées qui roulaient sur les joues de la jeune femme. Surprise, elle laissa cette bouche avide parcourir sa figure. Elle l'arrêta cependant lorsqu'il embrassa avec insistance son cou et sa nuque.

— Francis… Pas maintenant, murmura-t-elle, abasourdie.

Il ignora cette protestation prononcée sans conviction et l'étendit sur le plancher du hall. Élisabeth fut troublée par le regard ardent qu'il posa sur elle. Éperdus, ses yeux marron n'exprimaient pas le flegme habituel. Elle tendit les bras.

Francis se pencha sur elle, la dévorant et la dégustant tour à tour. Sans plus aucune gêne, elle le débarrassa de sa chemise et explora du bout des doigts les muscles saillants de son dos. De ses longues mains habiles, il la déshabilla et elle ne put retenir un gémissement lorsqu'il posa les lèvres au creux de son aine. Elle s'enhardit et caressa son corps brûlant jusqu'à ce qu'elle parvienne à cette blessure profonde qui débutait en haut de sa hanche. Piqué au vif, il se redressa brusquement. Élisabeth le dévisagea, interrogative. Avec défi, elle continua néanmoins son exploration. De l'index, elle traça le chemin sinueux de la cicatrice qui longeait la jambe, du bas du dos jusqu'à la cheville. Elle sillonna les replis de peau irréguliers sans broncher, les yeux dans les siens, une expression placide sur le visage. Embarrassé, il baissa la tête. Consciente de son malaise, elle saisit la main de Francis et l'incita à suivre le même chemin sans bifurquer.

Comme il résistait, elle prit son visage et le força à la regarder. Ému, il oublia sa blessure et nicha sa bouche au creux du ventre d'Élisabeth, remonta sur la rondeur de ses seins et sur ses mamelons roses. Conquise, elle l'enlaça. Lorsqu'elle sentit son sexe dur contre sa cuisse et l'excitation qui accélérait son souffle, elle l'accueillit en elle avec un soupir étouffé. Étourdie par la cadence de ses hanches et par les douces morsures qu'il laissait dans son cou, elle lui laboura les épaules de ses ongles et grogna entre ses dents serrées.

Ce soir, elle était féline.

~

Le souffle rauque, le sang jaillissant à chaque battement de cœur par une entaille à son cou, Justin reposait sur le dos au milieu du vacarme hurlant de l'incendie qui consumait la maison. Son seul œil valide fixé au plafond où explosaient des gerbes de fleurs orange vif aux pétales immatériels, Justin râlait, chaque respiration l'étouffant. Malgré le bruit, il entendait au dehors les pompiers s'affairer, criant des consignes, tentant désespérément de le sauver. Mais peu importait.

Son corps mutilé gisait au milieu de l'argent éparpillé et des cadavres calcinés des chats.

Une poutre se détacha du plafond et s'effondra sur le sol, soulevant une envolée de billets de banque comme des papillons enflammés. Il murmura d'une voix sifflante :

— Ostie, non…

Alors il sombra dans le déluge d'étincelles.

~

Étendus côte à côte, Francis et Élisabeth gardaient les yeux rivés sur le plafond, reprenant lentement haleine. Les vêtements s'étalaient autour d'eux, le verre de rhum avait roulé sur le sol, traçant un sillon de liquide ambré sur le plancher. Encore confuse, Élisabeth distingua dans la pénombre le nœud coulant qui se balançait au-dessus d'eux. Elle le détailla, consciente de ce qu'il représentait. Honteux, Francis s'essuya le front sans oser la regarder. Il ne pouvait ni l'expliquer, ni le nier. Comme si elle lisait dans ses pensées, Élisabeth tendit la main et serra la sienne d'une pression réconfortante.

~

Un cri de surprise général monta lorsque les murs de la maison s'écroulèrent, ne laissant qu'une maigre carcasse de bois rappeler les contours imposants de la maison. Un autre grincement aigu annonça le fléchissement des poutres principales et la demeure se transforma en un amas noirci de briques et de gypse.

Anéantie, Josiane sanglotait, assise sur le trottoir, une couverture de laine enveloppant ses épaules frissonnantes.

— Laissez-la pas toute seule, recommanda Henri à Rémi et à Mireille.

La jeune femme se pencha pour enlacer sa sœur. En la consolant, elle eut une vague impression de déjà-vu. L'histoire semblait se répéter.

— T'es vraiment certain qu'il était là-dedans? demanda Mireille à son oncle.

— *Man!* Il aurait quand même pas brûlé son héritage avant de s'enfuir, ironisa Rémi.

L'air aussi désolé qu'accablé que leur adressa Henri était une affirmation en soi. Justin était introuvable.

Plus loin, Lucie ne put empêcher quelques larmes de couler.

— Si t'as une boisson forte chez toi, j'en aurais bien besoin, souffla-t-elle à Jacques.

— Moi aussi, ajouta Gabriel.

— Ouais… Je pense pas m'endormir tout de suite moi non plus, répondit-il, serrant sa fille contre lui et déposant un baiser sur son front.

Ils se détournèrent de la scène et se dirigèrent tous les quatre vers la maison de Jacques, ébranlés, le cœur gros.

— Papa ? Penses-tu que les chats ont neuf vies ? demanda Rosalie.

— Je sais pas… Peut-être bien.

Lorsque la porte de la maison s'ouvrit, ils accueillirent avec des cris de surprise la minette qui vint les saluer, les yeux bouffis de sommeil, bâillant de toutes ses petites dents en aiguille.

Mini-Charlotte était la seule survivante du carnage.

~

Élisabeth s'éveilla tandis que des rayons chatoyants jouaient sur son visage, dessinant sous ses paupières des mosaïques rouges. Elle papillota des cils. Le soleil éclatant confirmait que la matinée était déjà bien entamée. Elle s'appuya sur un coude. Vêtue d'un t-shirt trop grand, elle reposait enroulée dans une couverture sur un canapé de salon. Francis était blotti sur le fauteuil face à elle, emmitouflé dans un édredon. Elle ne voyait que ses yeux clos et elle devinait, à sa respiration régulière, qu'il dormait encore.

Elle remarqua ensuite son appareil photo posé sur la table basse. Pensive, elle le prit entre ses mains. Ce qu'elle attendait se trouvait sur la bande de film à l'intérieur. La vérité y était imprimée, étrange et cruelle.

Elle savait pourtant qu'elle ne se résignerait jamais à dévoiler ces horribles photographies. C'était fini. Tout était fini. Il était maintenant temps de tourner la page et d'aller de l'avant.

D'un geste déterminé, elle ouvrit le boîtier et exposa irrémédiablement le film à la lumière. Elle tira jusqu'au bout sur la pellicule. Personne n'avait besoin de connaître ce que les chats savaient d'instinct. Elle jeta le ruban noir et luisant sur le sol.

Le sourire aux lèvres, elle se leva, épiant l'homme assoupi plus loin. Coquine, elle se pencha pour lui donner un baiser sur les lèvres. Avec un léger sursaut, il lui adressa un regard étonné.

— Réveille-toi, Francis. Nous avons dormi assez longtemps.

Épilogue

Accroupi au bas de la colline boisée, le visage levé vers le ciel dans la douce bruine, Francis méditait sur les échos qui se réverbéraient dans le vent. Les chants d'oiseaux montaient dans la forêt, vifs et gais. Les feuilles bruissaient sur les branches. Il ferma les yeux et inspira. Le bruit dans sa tête s'estompait un peu.

Neuf ans auparavant, jour pour jour, il gisait à cet endroit, entre la vie et la mort. Même s'il avait survécu, il avait le sentiment d'être demeuré dans un coma jusqu'à il y avait un mois.

Les mains poussiéreuses, il fixa le petit tumulus où il venait d'enterrer son album des Doors. C'était un bien maigre symbole, mais cela lui permettrait peut-être enfin de finir son deuil et de passer à autre chose.

Quelqu'un cria son nom sur le talus. Il jeta un dernier regard à ce lieu maudit, où après tout ce temps, des débris de métal rouillaient encore. Il entreprit de gravir la butte, s'accrochant avec assurance aux arbres, posant les pieds dans les crevasses. En haut, une main se tendit vers lui et l'aida à terminer son ascension.

— Ça y est ? demanda Élisabeth.

— Ça y est.

Francis resta un moment à fixer la pente abrupte.

— Tu trouves pas ça trop… Je sais pas… niaiseux ? s'enquit-il.

Élisabeth secoua la tête avec un sourire.

— Y a rien de niaiseux à vouloir s'aider.

Elle ouvrit la portière du *pick-up* et l'invita à monter.

— Maintenant, viens ! Je meurs de faim !

~

Roulée en boule sur le divan de son salon, Josiane scrutait la table devant elle. Divers documents émergeaient de l'agglomération de mouchoirs en boule. Une lettre, un article, puis autre chose qu'elle n'osait regarder.

La lettre était celle de Maggie, qu'elle avait souvent parcourue et qu'elle ne comprenait qu'à présent. Elle avait négligé de lire entre les lignes au moment où elle l'avait reçue. Mireille l'avait à son tour avertie, mais Josiane avait fait l'erreur de ne pas se sentir concernée par ces mots.

Chère Josiane,

Aussi belle que tu es bonne. D'une bonté simple et sincère, sans arrière-pensée. Ne laisse jamais personne abuser de ta générosité, de cette compassion innée qui te caractérise. Et méfie-toi de ceux qui voudront l'anéantir.

Je te lègue Cosette et Huxley, mon couple de patriarches, car je sais que tu admires leur complicité. Mais n'idéalise pas trop ces grandes unions romantiques ; elles naissent d'une connivence qui ne se fabrique pas et ne sont pas toujours éternelles.

Ton élève horticultrice,

Maggie

Elle se détourna. Dans la grande fenêtre, les orchidées de Maggie ployaient vers la lumière.

L'article posé à côté de la lettre venait d'Élisabeth. Il y avait quelques semaines, elle s'était présentée à la boutique. Josiane savait qu'Élisabeth fréquentait Francis, et ne savait pas trop comment l'accueillir. Elles s'étaient toisées un moment. Élisabeth s'était finalement lancée.

— Je suis au courant de ce qui est arrivé. Et je veux surtout pas te faire la morale. Mais je t'ai apporté ça pour que tu comprennes. Pour que tu te punisses pas comme je me suis punie.

Elle avait mis le document sur le comptoir puis tourné les talons. Avant de sortir, elle avait ajouté :

— Je voulais aussi que tu saches que si t'étais dans sa mire, t'avais aucune chance.

Intriguée, Josiane avait pris connaissance de l'article. Elle l'avait d'abord repoussé et, plus tard, y était revenue. N'était-elle qu'une autre victime ? Cette liaison devait être plus. Elle était convaincue d'avoir vu poindre le changement en lui. Il désirait vivre avec elle.

Pourtant, il n'était plus. Il avait disparu de nouveau. Pour de bon.

Encore une fois, une des mises en garde de Mireille s'avérait justifiée. Pourquoi avait-elle toujours raison ?

Josiane referma les pans de sa veste et sécha ses joues ruisselantes. Anxieuse, elle se berçait sur place. Elle inspira un coup puis se résigna à prendre entre ses doigts le bâtonnet de plastique blanc qui patientait déjà depuis plusieurs minutes. Dans l'espace libre venait d'apparaître une croix rose.

Ainsi Justin s'était offert sa dernière fugue et il s'était, encore une fois, assuré une descendance avant de partir.

~

— Lucie, ton café est fantastique ! Finalement ! Je suis content que t'aies enfin appris à le faire comme il faut ! lança Jacques en finissant sa tasse.

Derrière le comptoir, Lucie lui tira la langue.

— T'es mieux de l'aimer ! Sinon, je te ressers l'expresso infect que Francis consomme à la chaîne !

— Qu'est-ce que vous avez contre mon café ? s'indigna Francis en passant le pas de la porte, Élisabeth perchée sur son dos comme une enfant.

— Ton café est dégueulasse! Juste en t'embrassant le matin, j'ai ma dose de caféine pour la journée! ricana Élisabeth en se laissant choir sur le sol.

— Ça va, les jeunes? Qu'est-ce que je vous sers ce matin?

— Une montagne de pain doré! s'écria Élisabeth en prenant place à sa banquette habituelle.

— Et une double tasse de mon horrible café!

Lucie se joignit à leur hilarité.

— Et puis, c'est pour quand le grand départ? demanda-t-elle.

— Après-demain, répondit Élisabeth. J'ai pas renouvelé mon loyer et on a bourré la maison de Francis de tout mon *stock*.

— Quand Élisabeth débarque avec ses valises, elle le fait pas à moitié, se moqua Francis. La maison est pleine à craquer!

— Ça évite le prix d'un conteneur. Au moins jusqu'à ce qu'on décide de la suite.

— Où est-ce que vous allez au juste? s'enquit Lucie.

— On descend la côte Est jusqu'à la Floride, commença Francis.

— Après, on pique vers la Californie. Le reste, on le jouera à l'oreille, conclut Élisabeth.

— Pis ensuite? Allez-vous revenir un jour?

— On verra, lâcha vaguement Élisabeth, frottant ses mains avec délice.

Le sourire aux lèvres, Lucie servit l'assiette de pain doré. Francis et Élisabeth semblaient bien différents de ces gens qu'elle côtoyait quelques semaines auparavant. Ils étaient posés, détendus. Francis avait la barbe longue et portait un bermuda qui dévoilait les cicatrices profondes qui striaient son mollet. Élisabeth avait enfilé une robe soleil couleur limette. Ils se souriaient avec complicité, ils parlaient avec enthousiasme de leur voyage.

La sonnerie du téléphone retentit et Lucie les quitta pour répondre. Elle couvrit le combiné et s'écria :

— C'est Rémi ! Mireille a accouché d'une petite fille cette nuit !

Les clients du restaurant levèrent leur tasse en guise de félicitations. Lorsque Lucie raccrocha, elle entendit les protestations de sa fille Rosalie.

— Papa ! Arrête de te moquer de moi ! Et Gab, ris pas toi non plus !

Lucie était bien contente d'avoir enfin fait la paix avec Jacques. Cela faisait du bien de pouvoir parler avec lui des enfants. De les chérir avec quelqu'un.

— Gabriel ! Aie un peu de respect pour ta sœur ! Enligne-toi pas pour être un vieux con comme ton père ! avertit Jacques avec un rire goguenard.

Lucie s'appuya au comptoir avec un sourire paisible.

Après tout, le retour de Justin était peut-être un mal nécessaire.

La rumeur disait que les seize chats trouvés carbonisés près du corps de Justin avaient vengé Maggie. Mini-Charlotte avait été épargnée et on avait découvert plus tard que la petite chatte attendait une portée. Les superstitieux croyaient que la descendance des chats devait être assurée…

Lucie secoua la tête, sceptique quant à cette ridicule légende urbaine. Elle prit place à côté de Rosalie pour connaître la raison des moqueries de son fils et de son ex-mari. Le ciel s'éclaircissait et il faisait déjà chaud; peut-être qu'elle prendrait l'après-midi de congé.

This is the end, beautiful friend.
This is the end, my only friend,
The end.
It hurts to set you free,
But you'll never follow me.
The end of laughter and soft lies,
The end of nights we tried to die.

This is the end.

Remerciements

J'aimerais remercier les premiers lecteurs, qui m'ont guidée au tout début de la rédaction de ce texte. Merci, entre autres, à Kyo, qui y a cru dès sa première lecture.

Merci à l'auteure Mylène Gilbert-Dumas pour son travail sur le manuscrit et ses commentaires éclairants qui m'ont aidée à forger le personnage central.

Merci à Anne-Marie Villeneuve, éditrice chez Québec Amérique, qui a été la première à adopter cette histoire ; à Isabelle Longpré pour son travail inspirant et ses commentaires d'une grande acuité qui m'ont permis d'élever mon roman à un autre niveau ; à Anne-Marie Fortin pour son œil de lynx quant aux importants détails qui tissent la trame de ce récit.

Merci à mes parents, Lise et René, pour leurs nombreuses lectures et leur appui inconditionnel.

Merci à Alexandre, mon amour et grand complice, premier lecteur toujours enthousiaste, de croire en moi et de me le rappeler quotidiennement.

Merci à Fred d'être le rayon de soleil de ma vie.